水韵一方

丁厚银 ◎ 著

四川人民出版社

图书在版编目（CIP）数据

水韵一方 / 丁厚银著. -- 成都：四川人民出版社，
2023.9
ISBN 978-7-220-13091-5

Ⅰ. ①水… Ⅱ. ①丁… Ⅲ. ①散文集-中国-当代
Ⅳ. ①I267

中国国家版本馆 CIP 数据核字（2023）第 162070 号

水韵一方

SHUIYUN YIFANG

丁厚银　著

出 版 人	黄立新
责任编辑	蒋东雪
装帧设计	书香力扬
责任校对	陈　静
出版发行	四川人民出版社（成都市三色路 238 号）
网　　址	http://www.scpph.com
E-mail	scrmcbs@sina.com
新浪微博	@四川人民出版社
微信公众号	四川人民出版社
发行部业务电话	（028）86361653　86361656
防盗版举报电话	（028）86361653
印　　刷	四川科德彩色数码科技有限公司
成品尺寸	145mm×210mm
印　　张	8.75
字　　数	196 千
版　　次	2023 年 9 月第 1 版
印　　次	2023 年 9 月第 1 次印刷
书　　号	ISBN 978-7-220-13091-5
定　　价	68.00 元

文字里流淌的家乡水

——丁厚银散文集《水韵一方》序

陈法玉

　　"水韵名城"和"项王故里""中国酒都"一道，构成了江苏宿迁的三张名片。事实上，宿迁确实也是一座水做的城市。在这片8000多平方公里的土地上，既有全国第四大湖洪泽湖，也有江苏第四大湖骆马湖；既有标志着中国地理南北分界线的淮河，也有纵贯南北的京杭大运河；既有发源于沂蒙山区的沂河、沭河，也有上溯于中原腹地的汴河、濉河……沟渠编织如网，池塘星罗棋布。宿迁有苏北水乡、淮北江南之誉，的确是名副其实。

　　因此，生于斯、长于斯的宿迁作家，笔下总是绕不开这个"水"字。据我所知，宿迁作家写宿迁水的各类作品就有上百种，比如王洁予的长篇小说《蔷薇河》、王清平的长篇小说《洪泽湖畔》、王兴礼的长篇小说《运河谣》、杨鹤高的长篇小说《长河落日》、孙家山长篇小说《潇潇骆马湖》、耿东林的长篇小说《梦断柴米河》、黄凤桥的长篇小说《那条弯弯的河》、刘冬的中篇小说《英雄的柴米河》、胡继云的中篇小说《水镇》、朱本锐的短篇小说《汴水三题》，等等。

丁厚银也是这样，他饱含深情地把家乡的那些河、那些湖、那些渠、那些塘逐一用文字表现出来，让家乡的水在他结集出版的第一本散文集《水韵一方》里，永不停息地流淌，永不停息地歌唱，永不停息地滋养着人们的心田。

这文字里流淌的家乡水，有宿迁的历史文化。我们通过《在水一方》，了解未留任何遗迹的下相古城，了解一条从未离开过宿迁的古泗水，了解那棵历经两千多年风雨依然枝繁叶茂的古槐树和它的栽植者项羽，了解兴于唐宋、盛于明清的宿迁酿酒史；我们通过《洪泽湖大堤的前世今生》，了解黄河夺淮入海，了解保障漕运的"束水攻沙"，了解潘季驯筑建高家堰，了解洪泽湖的演变历程；我们通过《漫步运河湾》，了解宿迁过去的工业集聚区，了解现代玻璃工业怎样在宿迁地区起源，了解靳辅开挖中运河的历史，了解小杨庄码头曾经的繁忙与兴旺；我们通过《重回东关口》和作者一样也回到了过去，看到了青石板街道两旁林立的商铺，听到了大运河上悠远的船工号子。

这文字里流淌的家乡水，有宿迁的风物美景。丁厚银善于在书写家乡的水时，带出家乡的风物美景。洪泽湖的芦苇、骆马湖的小岛、罗曼园的浪漫、三台山的花海……作者或以白描的手法简要勾勒，或以工笔的表现细致刻画，或以水墨画的风格铺张渲染，或以摄影的写实聚焦定格，总是能把那些风物美景描写得生动多姿，让人有身临其境之感。在《湖上的芭蕾》一文中，作者的描写不仅语言充满美感，而且文字有跃动的画面感和现场感：黑色的、白色的天鹅"在清澈的湖水中游来游去，划破光亮如镜的湖面。……浪漫而优雅的天鹅们，以碧波微漾的湖面为舞台，以葱翠环绕的三台山为大幕，在光和影之间，外开、伸展、绷直、旋转，上演了只有歌剧院里才能目睹到的轻盈、优雅、诗意和极具浪漫主义色彩的纯粹舞蹈——芭蕾舞。"

这文字里流淌的家乡水，有宿迁的传说故事。丁厚银《水韵一方》这本散文集，是以写景、特别是以写水景为主，但其中《梨花的故事》和《河边的船上》两篇，却是很好的写人、记事作品。《梨花的故事》是一个关于梨园湾梨花仙子的传说。这个传说不知是丁厚银听来记录的还是丁厚银本人的创作，读起来让人感到既美丽又伤感，同时也感到慰藉和振奋。这个传说虚实结合，亦真亦幻，成功地塑造了梨花仙子美丽善良、勤劳朴实、侠肝义胆、舍己为人的形象，可亲、可敬、可感。景以文名，文以景传。交相辉映，相得益彰。梨园湾景区若是根据这个传说编演个"梨花仙子印象"什么的情景剧，倒也是个吸引游客的举措。《河边的船上》写了一个当代人的故事。老李因为一次到河边的船上饭店吃饭，发现了饭店以烹饪鸟类等野味招徕客人。于是老李一连几天蹲守跟踪，终于在发现了来龙去脉后向公安机关报了案，最后查办了偷猎人和饭店老板。这个故事不仅写出了一个爱鸟人的人道主义情怀，更重要的是表现了正在为建设江苏生态大公园而努力奋斗的宿迁人的环保担当。

这文字里流淌的家乡水，有作者的童年记忆。作家付秀莹说过：一个人永远走不出他童年经验的烙印，童年的情感记忆对一个人的影响太深刻了。尤其对一个作家来说，他可能终生都在书写他的童年、他的故乡。丁厚银亦不另外。在《水韵一方》这部集子里，丁厚银特地编了"家乡的小河"一辑，专门收集了自己对家乡的怀念和童年的趣事的文本。在河汊里捕鱼，在瓜田里偷瓜，在荒芜的渡口徘徊，在即将消逝的村庄流连……作者的回忆唤起读者的回忆，作者的所思所想让读者感同身受。

这文字里流淌的家乡水，有作者的思索和认知。一篇作品如果浮于表面只是给你描画一幅风景或是讲述一个故事而没有作者思考的结晶和认知的呈现，则是不成功的。丁厚银深谙此道。《黄河岸边的钓鱼人》给人留下深刻印象。一个人不是为生活所需去钓鱼，完全可以说是钓翁之意不在鱼。那是在寻求一种生活方式，寻求一种放松的心情，寻求一种小期待或者是一种小刺激。总之他们通过钓鱼，可以获得自己想要的东西。

黄河岸边的钓鱼人，"每天面对同一条河流，沉默的人与同样沉默的鱼，仿佛是一种默契的游戏。人在钓鱼，而鱼也在钓人。人赢了，就把鱼放进铁桶里；鱼赢了，就是吃掉鱼饵，然后悄然离去。人、河流、鱼，仿佛是一个古老的隐喻，鱼饵是它们唯一的联系。许多的垂钓者为了能够让鱼咬钩，经常变换鱼饵，他们坚信，只要有耐心，总有一些鱼儿会上钩的"。——这是如此生动逼真的钓鱼场景，这又是如此真实严酷的人生舞台。鱼的饵料是一截蚯蚓、一片猪肝，人的饵料不就是那些功啊、名啊、权利啊、金钱啊、美色啊、享乐吗？是否有的鱼终生都没有去碰过诱饵？是否有的人终生也都能经得起各种各样的诱惑而清名一世？这样的问题，值得我们去思考。文中作者看似漫不经心的描述，其实背后蕴含着深沉的人生思考！

对于散文创作来说，丁厚银可以说是厚积薄发。既然放开脚步，就要朝着远方。祝福丁厚银的散文作品越来越多，越来越好！

（陈法玉　中国文艺评论家协会会员、宿迁市大运河文化带建设研究会会长，文学创作二级）

美不美　家乡水
——《水韵一方》序

王清平

　　一次征文评奖，丁厚银获得一等奖。结果公布，有同事打电话问我，丁厚银是哪里人？我一时说不上来，因为不认识他。看样子，叫丁厚银且写作的人不止一个。颁奖仪式上，才认识了丁厚银。原来他是一个临近退休的医药战线上的干部。身材高挑，慈眉善目，沉稳大方，给我的印象不错。

　　宿豫区作协换届，我到场祝贺。厚银当选为副主席，可见他的文学创作已经得到当地文坛的认可。人过中年，殊途同归，算是也走到文学道路上来了。总体感觉，厚银讷言厚重，做事认真内秀。前不久，他把近年来创作的游记散文结成一集，取名《水韵一方》，嘱我为序。我下载到办公室电脑桌面上，一有空就拜读，并且随手为每篇做了札记。一晃几个月过去了。怕他着急，我把阅读札记先发给他，然后着手写序。不料，事情一岔，又过去了两个星期。实在有点对不住，厚银。拖得久了，原谅！

　　《水韵一方》是一本游记散文集。全书七辑，均与水有关。水利万物，写水的作品很多。但是，水，有形，有色，有声，却无固定形态，不易把握。写水，大多不能直接就水论水。正如厚银在《水的行吟》中说的，雨滴是水，涓涓细流是水，浩瀚大海是水，但水难道不都是氢二氧一吗？假如没有堤岸疆域，水就会像空气一样难以捕捉。但厚银聪明，他写的水不是单调的水，而是有韵味的水；不是寡水，而是清水；不是没有故事的水，而是有文化内涵的水；不是不解近渴的远水，而是楼台得月的近水。说到底，厚银写的水是家乡水。

以家乡水为题，风险不小。人的正常心理：旅游，必须远足。所谓从自己看厌的地方到别人看厌的地方才叫旅游。习惯认为：身边无高人，眼前无风景。我长期对散文特别是游记散文望而生畏，原因就是怕亲友或当地读者看了笑话。李白到黄鹤楼都感叹："眼前有景道不得，崔颢题诗在上头。"何况我们？你千里迢迢跑去看到的、听到的东西，只不过是当地人耳熟能详的。对你也许是第一次看到、听到，你当然感觉新鲜，但却在当地流传千年百年，而且早有历代文人题诗咏文，甚至留下千古名篇佳作。那么，你的诗文能有多大的意义呢？假如发掘不出自己的新异感受，假如挖掘不出当地人言之不详的史料，我以为那样的游记散文是没有意义的。至于自己家乡的河湖，那就更需要深入的开掘才能有价值。千万不能泛泛而谈，更不能人云亦云。

远山近水。近水，创作风险更大。同饮一湖水，你说水甜，他说水咸；共坐一条船，你看岸柳成行，他看鱼翔浅底；同住一座城，你听晨钟暮鼓，他听桨声欸乃。千人千面，众口难调。试想，假如有人手捧你的大作，在同一时辰同一地点去感受你大作中描写的情景，怎么办？相信没有这样的痴人，却也在提醒作家，在家乡人面前舞文弄墨，尤其是以家乡水为创作对象，势必小心一点。当然，我们又不能因噎废食，要有感而发，该写的还要去写。毕竟，文学创作还是仁者见仁、智者见智的事情。即使有好事者对号入座，达不到作家境界的读者也只能愚蠢地生搬硬套地实证，绝对是很难理解和把握作家的心绪和情怀的。

司空见惯的家乡水有什么好写的呢？如何才能从熟视无睹变得耳目一新？如何才能从人人心中有到个个手下无？如何才能写出让河边湖畔人看了不虚不浮不夸？这是一个很大的难题。看完《水韵一方》，我佩服厚银的勇气和目光。厚银能以新奇的目光打量着家乡的近水，仿佛百看不厌的初恋情人，一如初见，充满感情。一不留神，居然写出数十篇有关家乡水的散文，并且有意识地结集出版。

一部以记录家乡水文化为特色的个人散文集，起码近十多年来在我市文学界还不多见。因此，可见厚银对自己作品的严谨态度和取舍。相信厚银这么多年肯定不止是游览过《水韵一方》中的这些山水，而只选择家乡的近水结集出版更显厚银的别具匠心了。

我注意到，厚银本书虽然写的是家乡的近水河湖，但也竭力寻求对司空见惯的新突破，对熟视无睹的新发现，在述旧与编新上做了有意的探求。厚银笔下的家乡水，大运河、古黄河可以概括为"两河"，洪泽湖、骆马湖可以概括为"两湖"，他家村旁的砂礓河，可以说是"家乡的小河"，至于只有一辑的"远方的山水"，却还时不时地想到家乡的河湖。因此，总体上说厚银本书集中描写的家乡水，不会错。

美不美，家乡水。厚银笔下的家乡水，怎么样啊？思来想去，也只能还是一个字：美！

厚银笔下的家乡水，美在哪里？美在生态。生态之美乃形态之美。没有形态便没有美。生态恰似水之容器，河之堤，海之岸。失去生态，家乡水便失去光影，失去形象。大道无垠，水为大道，生态为器。

厚银笔下的大运河、古黄河从宿迁穿城而过，形成了百里生态长廊。在这个生态长廊上，运河湾、雄壮河湾等已经成为市民们休闲游览的景区。百里生态长廊里，可以骑行，可以漫步，可以宿营，可以采摘。运河湾可能是大运河上难得的生态景观。自西向东的运河在这里掉头向南，在城市中间形成了一个九十度的河湾。这样的河湾非常符合城市崛起的条件，令人想起上海的陆家嘴，重庆的两江口。至于湿地生态那又是另一番美。

厚银不惜用数篇散文记述了洪泽湖湿地的生态之美。

《洪泽湖的水》全景式地描绘了洪泽湖的生态之美。作者仿佛站在洪泽湖大堤的某一个地方，面对烟波浩渺的洪泽湖，时而写洪泽湖四季的不同，时而写洪泽湖大堤，时而写洪泽湖台风骤起、波涛汹涌，时而写洪泽湖周边的美酒佳酿。总之，围绕洪泽湖的水，厚银的笔触视野开阔，角度多变，文思泉涌。《在湿地行走》，则又是一个人独行的视角。湿地姹紫嫣红，花花草草就有了个人的情感寄托。清新的语言文字描绘出生机勃勃的湿地，仿佛文字都湿漉漉的。一处处美景有远有近，见微知著，多有拟人化笔法，而作者在画面感十足的镜头里出没，时而出现在荷花丛中，时而出现在小桥上，时而漫步在芦苇中，色、香、味，声、光、电，调动了各类要素，把一个生机勃勃的湿地描绘得令人心驰神往。

　　《洪泽湖湿地风物》选择了湿地的几种动植物进行了特写，描绘了湿地的生态之美。厚银观察非常细致，芦苇棵棵似剑，却又柔韧如绵，频频招手迎客。芦苇上黄、下绿、根白，偶有芦花出现，写得妙趣横生。《荷》写的是湿地千荷园的荷，独具特色。《菱》与荷对比，菱生长在水下，联想到一种人生态度，值得歌颂。《鸟》写湿地鸟类众多。厚银为读者描绘了一个立体的洪泽湖湿地。

　　厚银写外地的河湖也不忘对生态之美的描写。沙湖的独特生态，沙湖的芦苇，白洋淀的芦苇荡与洪泽湖的芦苇荡有不同的特点等等。

　　厚银笔下的家乡水，美在哪里？美在文化。本书所写的游记散文几乎每一篇都在写历史文化。

　　正像没有生态之美，家乡水的美就失去了依附的形态一样；没有历史文化之美，家乡水的美就失去了灵魂。水之美，美在生态，更美在文化。生态之美是水美之形，文化之美才是水美之魂。

　　厚银漫步运河湾、重回东关口、漫步古黄河，看到的是景，想到的却都是历史文化。其中最具代表性的历史文化丰富的篇章当数《在水一方》和《洪泽湖大堤的前世今生》。

　　《在水一方》是一篇长篇历史文化散文，抓住宿迁最具代表性的历史文化特色和象征物，用大量的历史资料阐述宿迁的悠久历史和丰富人文。全文分为四节，每一节的标题都独具匠心。"一座未留任何遗迹的千年古城"，既然是千年古城，为什么任何遗迹都没有留下？暗示了宿迁水患频仍，凤凰涅槃。"一条从未离开宿迁的远古河流"，则又追溯了泗水渊源和古今流变，岁月如逝，时光荏苒，直至如今风景如画的古黄河。"一棵距今两千多年的鲜活古树"，记述了项王手植槐的沧桑，见证了一代英雄和英雄故里的变迁。"一个快速成长的中国现代酒都"记述了中国酒都宿迁的酿酒历史和酒文化。一座城，千年古城；一条河，从古至今；一棵树，千年鲜活；一个都，白酒飘香。四者关系如何？全因在水一方。古城因水废兴，古槐由水再生，白酒因水而香。此文可谓颇费工夫，可以算是推介宿迁难得一见的视角和美文。

《洪泽湖大堤的前世今生》更是一篇较长的历史文化散文。前面四分之三的内容记述洪泽湖大堤的前世，后面则以个人所见所闻描写了洪泽湖大堤的今生，全文贯穿着作者的思想观点和情愫。

厚银写的外地河湖也不忘挖掘当地的历史文化资源，如在白洋淀上想到了孙犁的小说等。

厚银笔下的家乡水，美在哪里？美在时代。逝者如斯，斯即指水。水之流逝，既有形态之变，更有时间之变。时光荏苒，光阴似箭。时光之美，美在当代。曲水流觞，王羲之感叹："后之视今，犹今之视昔。"鄱阳湖畔，王勃感喟："东隅已逝，桑榆非晚。"面对时光飞逝，唯有珍惜当下，发现时代之美，才能不留遗憾。

《水韵一方》中荡漾着时代的光彩，折射着岁月的峥嵘，更蕴含着生活的美好。

《漫步运河湾》以"我"一个老宿迁人的独特视角，看到眼前景，想起过往事，对运河湾多处景点进行了新旧对比，反映了运河湾的沧桑变迁。最后感慨，宿迁运河湾公园的建成，必将传承大运河融汇南北、推陈出新的文化特质，引领宿迁城市文明和创新发展走向更美好的未来。

《漫步废黄河》写"我"周日散步时看到想到的人和事。已经变为公园的废黄河成了人们休闲的好去处，一个保洁阿姨，一个举着香蕉皮的孩子，一个推着病人的保姆，仿佛一个个市井速写，把读者带进了平常而又新鲜的生活情境之中。

《一路芬芳——盛开在幸福大道上的五朵金花》分节记述身边五个乡村旅游景点，多次描写过的梨园湾、石榴花开的双河村、金银花、活力朱瓦、杉荷园，五朵金花各有特色，或以花名，或靠果富，或凭菜闻，果然一路芬芳，折射出新农村的新气象。

《即将消失的村庄》写作者一次回乡的经历，置身于生长的村庄，充满着乡愁。曾经热闹的村庄，如今只剩下几个六七十岁的老人，那个比作者还大的侄儿清醒而又无奈地选择留在村里。村头那棵老榆树还在，但树下的村民不在了。最后，作者预言还有越来越多的村庄即将消失。这是无奈的感叹，更是农村的现实，谁也无法改变，全文弥漫着淡淡的忧伤，令人唏嘘。

厚银笔下的家乡水，美在哪里？美在情怀。文以情美，无情则无文。纵然写水，水必有情。即使写景，景必生情。情从何来？来自于作者赋情。如果说水无形无色无声，那么只有赋予水以感情，水才会变得有温度有浓度有深度。

《水韵一方》寄予了厚银对家乡水的感情。看他对两河两湖的赞美，那是对家乡的热爱；看他演绎的水的故事，充满着对人性美好的向往。

《梨花的故事》描写了一个美好的传说。一个妇人因吃下梨子生下女儿，取名梨花。梨花与天喜青梅竹马，却遭刘姓财主垂涎，又被选入宫，途中遭遇不测，下落不明。为纪念梨花美德，村民集资兴建梨花庵。不知过了多少年，如今变为梨园湾。民间传说大体不离凄美爱情和悲欢离合，但也寄托人们的善良愿望和美好追求。作者为梨园湾所作的梨花的故事人物形象生动，情节曲折，立意美好。

《夏日的罗曼园》以一次游历为线索，移步换景地为读者描绘出罗曼园的主要景点，选择了一对有着五十年婚龄的曾经恩爱的老人，如今丈夫却不认识妻子，从而感叹"50多年的风风雨雨，50多年的相濡以沫，爱得如此厚重，如此浓烈，又是如此无私。我想，这就是爱情的力量。我突然明白为什么这个公园会有那么多的人光顾，他们的到来绝不仅仅是为了观光，更多的应该是对爱情的向往，是对爱情的回味，是对爱情的敬畏。"

《家乡的小河》这一辑的每一篇散文都充满着厚银的童年记忆和乡村情结，读来感同身受。其中《荒芜的渡口》写砂礓河上渡口的兴衰，描写渡口的形成和董大爷——一个抗美援朝退伍老兵几乎一生渡人的事迹，时间跨度长，情感真挚，人物真实生动，详略得当，具有沧桑感，正像作者最后说的，"渡口因时代而生，也因时代而消失，这或许就是历史。"

这里特别要点到一篇隐藏在第七辑中的精短散文——《粉色的浪漫》。这是一篇走心的散文。与此书中的所有游记不同，它看上去是写一次在三台山与粉黛乱子的偶遇，却更像是一次与有情人的浪漫邂逅。我在阅读时全文复制了《粉色的浪漫》，打算细致分析一下其中的纯真情感。但正式作序时，由于篇幅限制，放弃了当初的想法。序中不再赘述，读者可以自行细品。

厚银笔下的家乡水，美在哪里？美在文笔。厚银的文笔是美的。

首先是结构之美。文体之美，美在结构。《水韵一方》多以一次游览起笔，以"我"的视角展开，但却并不仅仅拘泥于一次浏览和"我"的观察，而是神游四海，心骛八方，穿针引线，旁征博引。或上下五千年，或纵横千万里。可见，厚银在构思这些散文时并非一时心血来潮，而是做了充分的文学准备。那些古诗文，那些典故，甚至那些略带虚构的情节，相信都是他的精心布局。比如，《水的行吟》别具一格，巧妙地吟咏了水的几种形式：春雨—小溪—露珠—雪花（以季节分）—大海（以范围大小分），分别写出水的不同形式和品质特性。《四季梨园湾》，则以四季为纲，以赏花、垂钓、美食、蕴蓄四事为纬，记述了梨园湾全年度的美。春、夏、秋三季好写，冬季能有什么好写的呢？梨园湾雪景，难得一见。想不到，作者以"蕴蓄"为题去写，冬季松土施肥，忙着打造"美丽乡村"，读后感觉新鲜。如此精妙的构思还有很多，恕不一一赘述。

其次是语言之美。厚银散文语言干净洗练，耐人寻味。叙事状物，力求生动形象；传情达意，做到真实准确。他在《大美金鞭溪》中比喻，"如果把金鞭溪比作一位少女，那这两个盈盈幽静的潭水，就宛如山姑诱人的媚眼，深邃而明亮，倒映出两岸的奇峰、绿树和翠草，送你一个恬静的梦、紫色的梦。"是不是很传神？他在《黄河岸边的钓鱼人》中感叹，"他们每天面对同一条河流，沉默的人与同样沉默的鱼，仿佛是一种默契的游戏。人在钓鱼，而鱼也在钓人。人赢了，就把鱼放进铁桶里；鱼赢了，就是吃掉鱼饵，然后悄然离去。人、河流、鱼，仿佛是一个古老的隐喻，鱼饵是它们唯一的联系。"是不是很有嚼头？《秋天的栾树》描写了在秋天开花并且结果的栾树与众不同之处，"如果说秋是一首诗的话，那么栾树无疑就是那最靓的诗眼"。《水韵一方》中这样的拟人和比喻还有很多。

在我即将结束本序时，手机朋友圈中又跳出一个征文评奖结果公示消息，排在一等奖第一位的居然又是丁厚银。嘿，厚银快成获奖专业户了。在祝贺他的同时，也期待着他创作出更多更美更有影响的佳作！

二〇二二年八月十九日

（王清平　中国作家协会会员，江苏省作家协会主席团委员，宿迁市作家协会主席，文学创作一级；宿迁市首批金鼎文艺名家，宿迁市关心下一代工作委员会副主任兼秘书长）

目录
CONTENTS

第一辑　千年大运河

漫步运河湾公园 ／ 002

重回东关口 ／ 007

梨花的故事 ／ 011

河边的船上 ／ 018

走进金色的艺术殿堂 ／ 026

千里运河第一岛 ／ 030

第二辑　悠悠古黄河

漫步废黄河 ／ 034

黄河岸边的钓鱼人 ／ 037

水韵名城 ／ 040

在水一方 / 043

体育，让景区变得更精彩 / 058

钟灵毓秀古黄河 / 062

第三辑　大美洪泽湖

洪泽湖的水 / 068

在湿地行走 / 072

洪泽湖湿地风物 / 075

洪泽湖大堤的前世今生 / 082

湖水煮湖鱼 / 091

杉水相依醉颜红 / 096

第四辑　清清骆马湖

春临骆马湖 / 100

湖边的芦苇 / 102

夏日的罗曼园 / 104

湖岸秋柳 / 109

镜湖鸟岛 / 111

湖上的芭蕾 / 113

骆马湖散章 / 116

骆马湖十年禁渔随感 / 120

沙雕：时尚的艺术 / 126

在沙雕中探寻丝路的芳华 / 130

第五辑　家乡的小河

夏日的镜湖　/　134

渔乐时光　/　136

童年戏水　/　140

瓜园记事　/　142

荒芜的渡口　/　146

即将消失的村庄　/　151

故乡的小河　/　156

第六辑　远方的山水

千垛菜花黄　/　160

大美金鞭溪　/　166

金鞭溪遇猴　/　172

塞上明珠　美丽沙湖　/　175

沙湖之美　/　179

在"天街"上行走　/　183

花溪水街　/　188

篁岭的秋天是晒出来的　/　193

走进白洋淀　/　196

白洋淀的鸬鹚　/　204

第七辑　水畔的赞歌

水的行吟　/　210

四季梨园湾 / 213

灿烂的田野 / 223

粉色的浪漫 / 225

雪花映紫石 / 228

梧桐巷里话梧桐 / 233

秋天的栾树 / 238

当文学邂逅"苏参" / 240

一路芬芳

　　——盛开在幸福大道上的五朵金花 / 245

后　记 / 255

第一辑

千年大运河

SHUIYUN

YIFANG

漫步运河湾公园

市区的运河湾公园建成并对外开放已经很久了，可我至今也没有真正去过，虽然有几次坐车从边缘经过，那也是来也匆匆，去也匆匆。

作为宿迁大运河文化带建设的亮点工程，运河湾公园从其开放那天起，就迅速成为人们光顾的新打卡地。今天，适逢中秋假期，我决定亲自去体验一下，近距离地领略运河湾那旖旎的唯美风光。

公园位于大运河的南岸，北起宿迁闸，南至马陵路，全长约3.5公里，占地面积42公顷。项目以运河湾为标志，以景观绿化为重点，以历史文化为内涵，打造了时尚优美、生态自然、特色鲜明的现代化滨河绿地和生态景观。

在整体空间布局上，公园南面为绿化景观，北边布置游憩服务建筑，中间以一个个小的文化广场作为点缀，形成了集文化、艺术、观赏、休闲为一体的园区。以河为线，以历史文化遗址为点，以点串线、以线带点、双线并行的方式，造就了运河湾公园得天独厚的自然景观和文化地标。

公园内运用海绵城市理念，采用乡土树种，合理搭配各类开花、色叶和常绿树种，通过沿河绿道进行串联，借由水岸空间的创造，构建了观樱台、减水坝湿地、靳辅广场、四世同堂群雕、小杨庄码头、运河上的玻璃城等自然生态景观和历史文化广场，达到经济效益、生态效益和社会效益的统一。

整个片区划分为"浪漫樱花""梨兰竞艳""生如夏花"等八大主题植物景观区，通过"春花烂漫""丹霞映秋"两条景观道路串联成网，形成了各具特色且有机统一的园林景观。

三季有花、四季常绿，公园科学合理地选择了樱花、梨树、海棠等春花树种和银杏、美国红枫、三角枫、五角枫、乌桕等彩叶树种。这些草木与园内小溪沟壑、建筑小品构成了浑然一体的美景。

漫步公园，天蓝水清，色彩斑斓，人景合一。这里，集最美新空间、最美健身线路、最美生态廊道、最美水利风景区、最美文体活动空间于一体。清晨，在鸟鸣声中漫步，凉风拂面，绿树环绕，柔枝垂绿，时有柳条婀娜点水，倚在栏杆上细看运河，波光粼粼的水面上，时有鱼儿跳波，偶尔可见鸢鸟掠水。夜晚，在路灯的照耀下，沿着环形步道行走，犹如置身画廊。穿过一片树丛，跨过一座小桥，任脚下古运河水缓缓流过，在静谧中品味古运河的历史韵味。这里没有如潮水般的压力，也没有车水马龙的喧闹，万物都在羞涩的掩映中变得诗意朦胧，如梦如幻！

公园内彩色的道路纵横交错，四通八达，配套设施齐全：游客服务中心、运河观景阳台、游客休闲长椅、公园直饮水站、隐于绿植中的广播音响、物业保洁站点，等等。

笼式运动场、乒乓球台、塑胶慢跑道、健身步道、休憩凉亭、自行车停放点、各种拉伸器材、多功能娱乐健身场……花海间、绿荫下，都是运动健身的好去处，自身沉浸于这幅画卷，无声无息，迷醉其中。

在公园中间区域，运河二号桥下还设置了一处儿童游乐场。沙滩、滑滑梯和健身路径一应俱全，节日里这里成为了孩子们的天下，嬉戏蹦跳，玩得不亦乐乎，许多大人也和孩子们一起互动，共享亲子之乐。

漫步运河湾公园，于移步换景中追寻昔日记忆。这座公园不仅连接着宿迁城市的过去与现在，也见证着宿迁的未来与发展。

1996年以前，这里是原县级宿迁市的工业集聚区，在那个没有高速公路，没有火车飞机货运的年代，便利的水路交通不仅为当时的企业带来了运输方便，也极大地节约了运输成本。全市大约一半的工业企业都建在了运河边，造船厂、电厂、水泥厂、磷肥厂、农药厂、玻璃厂等沿着运河边一字排开。小杨庄码头、苏玻码头、热电厂码头、航运公司、港务处等水路运输站点穿插其间。这里不仅是老宿迁最重要的工业基地，也是老宿迁最繁忙的物流运输的枢纽。

地级宿迁市成立以后，随着城市的快速发展和生态环境管理的需要，原来的一些高污染、高能耗的企业都已经陆续迁出或者关闭，遗弃的废旧工业厂房和老旧职工宿舍已经破败，野草丛生，严重影响环境及周边居民的生活质量，变成了城市管理的死角。荒芜的码头成了废品收购的站点，那些早已退出航运的大小船只仍拥挤地飘荡在河面，阻塞着河道，对交通和环境造成了极大的影响。

从2019年9月开始，宿迁市政府为加强运河沿线生态环境治理，投资3亿元对运河湾沿线进行升级改造。依托大运河得天独厚的地理条件，将公园建设与大运河文化带建设有机结合。充分利用大运河宿迁段两岸丰富的文化遗产，深入研究和挖掘中运河段的建设和发展历史，靳辅广场、小杨庄码头遗址、苏玻广场……

公园内的宿迁运河记忆馆，记录了这座城市与水的不解之缘，大运河、古黄河都经过这里。从隋炀帝开挖通济渠开始，历经元明时期，宿迁是大运河"弃弓走弦"的重要节点。明清时期，从"借黄行漕"到"避黄行运"，开凿皂河、皂河、中河，既治理和调节水患又保证漕运的畅通。

历代的治水和兴水，为宿迁留下了丰厚的水文化遗产，2018年普查统计，宿迁共有水文化遗产137项，这是宿迁人民引以为傲的资本，更是宿迁经济腾飞的宝贵财富。漕运的兴盛更是开启了宿迁与大运河绵延千年的缘分，使宿迁一跃成为重要的水陆交通枢纽，商贾云集，兴旺繁盛。如今，大运河宿迁段依然保持着文化、风光、经济三重属性。

这里不仅有优美的自然景观，更有极具地方特色和文化底蕴的人文景观和历史景观。许多新建的景点仍然保留着当初的痕迹，苏玻广场，一块巨大的玻璃雕塑，记述着宿迁玻璃工业从1904年民族实业家张謇创办耀徐玻璃厂，到1959年新中国创建江苏玻璃厂几经波折的故事。正是借助于运河便利的运输条件和贸易机会，使得宿迁得以成为中国平板玻璃的发源地，填补了中国近代玻璃产业的空白。

在靳辅广场，高大的靳辅铜像矗立在广场中央，宽阔的碑座记述了清代康熙年间治水名臣靳辅的故事。康熙二十五年，靳辅在张家庄运口经骆马湖，沿黄河北堤的背河，再经宿迁、桃源，到清河仲家庄开建中河，使得黄河、运河分离，避黄一百八十里之险，确保漕运不受黄河水患侵扰。旁边巨大的汉白玉雕塑墙古韵中河，记录了中河建设的场景、运河漕运的繁盛以及对千古功绩的赞美。

早已废弃的小杨庄码头，经过重新修缮，面貌焕然一新。丛生的杂草和芦苇变成了整洁的护岸石坡，残破码头得到重新加固和改造，再现了当年的繁忙和辉煌。一群群栩栩如生的雕塑，卸货、过磅、运输、结算、休憩等场景，仿佛使人又听到了当年那嘹亮的号子，粗犷的船夫在向人们诉说着大运河那不老的传说。对面的河岸上，"千里运河第一湾"几个大字格外醒目，彰显着运河湾非比寻常的历史地位。

古老的运河浩浩荡荡，时至今日仍然船来船往，一片繁忙景象。年轻的运河湾公园，处处洋溢着青春的气息，岸柳依依，芳草萋萋，曲径通幽，好似人间仙境。

那些曾经在这里生活过的人们，虽然现在已搬到了舒适高大的住宅小区，但他们仍然很怀念这里，时常还会回到这里。工作之余，带着家人，行走在鲜花簇拥的绿道上，徜徉在错落有致的栈道上，穿过成片的花海和景观树，看着碧波荡漾的大运河里过往的船只，那种自豪感油然而生，那种喜悦的心情溢于言表。这里，或许就是他们所向往的"诗和远方"。

"运"有通达之意，"河"有载舟之能，"湾"有汇聚之效。宿迁运河湾公园的建成，必将传承大运河融汇南北、推陈出新的文化特质，引领宿迁城市文明和创新发展走向更美好的未来。

重回东关口

听说在宿迁项王故里的东面运河边上新建了一个东关口文化公园，春节期间首次对游人开放，吸引了不少的游客，朋友圈被东关口不停地"刷屏"。我决定利用春节这个难得的假期前去一睹芳容。

从西入口进入，踏过岁月桥，一条新修的复古清代商业街直通东关口城门。街的两旁店铺林立，高高的树上挂满了红灯笼，一派节日喜庆气氛。青石铺成的街道上彩旗飘扬，人头攒动，热闹非常。

适逢新春佳节，这里正在举办宿迁民俗文化展，让人们重回东关口，近距离地了解东关口的历史文化溯源，唤起人们对峥嵘岁月的无限情怀。

在宿迁老物件展区，各种在历史上用过，但现在已经不用或者很难看到的老物件琳琅满目。石磨、风箱、笸斗、竹壳水瓶、收录机、老式电话机、煤气炉、老式钟表、老式缝纫机、陶瓷用具等应有尽有，吸引了许多中老年朋友驻足观看，也勾起了他们对过去岁月的深深回忆。在二十世纪六七十年代，"三转一响"

曾经是年轻人结婚的标配，甚至还有当时因为凑不齐"三转一响"，在结婚当天取消婚约的情况，现在想起来仍让人感慨不已。许多上了年纪的老人，当年陪嫁的物品早已不知去向，而现在在这里看到久违的钟山牌手表、蝴蝶牌缝纫机、凤凰牌自行车、燕舞牌收录机更觉是那么的亲切。

在烟标火花展区，各种不同时期的火花布满了整个展区的墙面，有人物、有山水、有动物、有植物、有运动、有养生、有故事、有传说，有单枚的、也有一套数枚或数十枚的，金陵十二钗、水浒一百单八将，每一枚火花都有一个来源，每一枚火花都有一个故事。

与火花同时展出的还有烟标，各式各样、各种品牌的烟标充满展柜。有国内的、也有国外的，有本地的、也有外地的，有过去的、也有现代的。尤其是淮阴卷烟厂那些在二十世纪随处可见、但如今已消失的"大运河""华新""玫瑰""丰收"等烟标，现在都静静地躺在展框内，接受人们的检阅。这对于那些喜欢吸烟的人和收藏者来说真是意外惊喜，能在这里同时看到那么多种类的烟标，真是大饱眼福。

除了上述展品外，在其他展区还有毛主席像章、剪纸、烙画、书法、绘画、摄影、雕刻、盆景等同时向游客展示。部分展区如剪纸、书法、绘画等，参展者还与游客展开互动，现场教学，让游客直接参与其中，亲身体验民俗文化的魅力。

另外，为了丰富节日气氛，从 2018 年 2 月 10 日至 3 月 16 日，关口文化公园还专门为大家安排了苏北大鼓、苏北琴书等总共约 35 场演出。牛崇祥、陈锦荣、胡博、李全营等非物质文化传承人和民间艺人轮番上场，精彩的表演不时地引来阵阵掌声，真是既饱了眼福又饱了耳福。

穿过长长的关口街，我们来到了东关口最为雄壮的建筑——东关口城门楼前，远远望去，高大的城门楼威武雄壮。城门楼共有三层，上面两层是仿古式飞檐楼阁，下面一层是城墙，城墙约有12米高，城门楼的正下方有三个高大的拱形门洞，中间的门洞略高，两面的略低。江苏省书法家协会主席孙晓云题写的"东关口"三个金色大字高高地镶嵌在城门洞的正上方。由我市著名诗人刘家魁创作、江苏省书法家省书画院院长李啸题写的春联"东关迎旭日顺风顺水扬帆大运；西楚展宏图同德同心逐梦小康"高挂于城门楼上，更加增添了春节的节日气氛。

在城门楼的南面和北面，还分别建有两个城门，南面的叫"承晖门"，是一座水门；北面的叫"安泰门"，是一座陆门。两座城门遥相呼应，与中间的东关口主城门，共同构成一幅完整的关口城墙图卷。

顺着阶梯，我登上了东关口城楼的第二层，这里也是城墙的顶端，站在这里向南北两面观看，城墙的顶部宽约10米。城墙的东西两边一面面杏黄大旗迎风招展，蔚为壮观。城墙虽然只是复建了其中的一段，但仍给人一种雄厚方正，巍然耸立，坚固持重和凛然难犯之感。

站在二楼的垛口向东远望，流淌了千年的京杭大运河绕城而过，氤氲的水面上，一层薄薄的雾气随风飘荡，城门外宽大的码头一直延伸到河的中央。可能因为这里以前是码头，河面比其他地方的河面要宽一倍以上，最宽处估计有300米，远远望去甚为壮观。岸边一座高大的牌楼静静地屹立在河岸和码头之间，门楼上"紫气东来"四个大字遒劲有力，在雾气中若隐若现。仿佛看到了一百年前运河上船只往来穿梭、舳舻相接、帆樯林立，码头上人来人往，货物堆积如山的壮观场面。也仿佛听到了那悠远的船工号子声，"嗨呀哈嗨！栽下膀子探下腰，背紧纤绳放平脚，拉一程来又一程噢，不怕流紧顶风头，临清城里装胶枣，顺水顺风杭州城，杭州码头装大米，一纤拉到北京城""哟嗬嗬……哟嗬……一声号子我一声汗，一声号子我一声胆"。打篷、拉纤、摇橹、撑篙各种号子响彻云霄。

向西望，一片青砖黛瓦的古建筑群显得古色古香，那就是宿迁最著名的旅游景区——项王故里，整个景区占地959亩，建筑面积约35万平方米。景区内，一南一北两座建筑显得格外醒目。南面青黛色的是魁星楼，那是学子和文人最敬重的地方；北面白色的是白塔，那是寺院里最圣洁的地方。一白一黛，遥相呼应，在白黛之间是一片杏黄色的建筑群，庄重典雅，那就是宿迁第一寺院——真如禅寺，每年都会吸引大量的善男信女前来烧香拜佛，祈祷风调雨顺，人们幸福安康。

梨花的故事

很久以前，在宿迁县城，一条大运河顺城而过。这条大运河北到北京，南到浙江杭州，俗称京杭大运河。在大运河的东面，还有一条河流叫六塘河，直通骆马湖。两河相距不到十里路。在六塘河的西岸有一个村庄叫张圩子，村里住着五十多户人家，大多数都姓张，只有村西几家姓李和姓钱。

传说村中有一对张姓夫妇，男的叫张良，三十多岁，夫妻俩结婚十年还没孩子，到处烧香拜佛，请求上天能够赐给他们一男半女。

这年夏季的一天，张良干完活回到家中，坐在院子中的梨树下乘凉，忽然看到梨树上有一个硕大的梨子，像是已经成熟了。他很奇怪，还没到梨子成熟的时节，哪来这么大的梨子。于是他就把它摘下来给妻子吃，妻子一口咬下去，感觉与以往树上结的梨子味道都不一样，特别好吃，就一口气把它全都吃了。

说来也怪，没几天，妻子忽感身体不适，反胃呕吐，请郎中把脉，郎中高兴地告诉张良："恭喜，你妻子有孕了。"闻此消息，全家异常高兴，全村人都来祝贺，有的说是烧香拜佛的诚意感动了观世音菩萨，也有的说梨树显灵，报答他们一家对梨树的尽心栽培。

十月怀胎，一朝分娩。次年农历三月，孩子降生，是个女孩。因其出生在梨花盛开的季节，故而给其取名叫梨花。

梨花天生丽质，温柔可人，知书达理，唱起歌来像百灵鸟一样动听。人们都把这姑娘当作自家孩子一样，男女老幼都非常喜欢她。

村西面那个姓李的人家是个外来户，还是个武术世家，据说他们的祖上还是一位将军，因躲避战乱搬到了这里。李家有个男孩叫天喜，年龄和梨花差不多，天喜天资聪慧，自幼习武。小的时候，梨花经常到李家玩耍，看着天喜练武，有时也跟着比画练几下。天喜的才华颇得梨花父母赏识，梨花更被天喜父母视为亲生。两人青梅竹马，被庄上人看作是一对金童玉女。天喜和梨花二人心有灵犀，情投意合，经常在梨树下舞刀弄枪，一起玩耍，互诉衷肠。两家老人商定，待长大以后，便择日让梨花嫁到李家。

在梨花长到十四五岁时，忽然有一天，家里面来了一群客人，有男有女，其中一个人拄着拐杖，还有一个人背着宝剑。正在家里梨树下洗衣服的梨花，赶忙跑上去迎接。客人告诉梨花，他们路过此地，因旅途劳累，想讨口水喝。梨花说："你们在此稍候，我去取水。"不一会儿，梨花从屋内提出一个茶壶和几个小黑碗，几位客人边喝边聊，转眼之间，水就被喝个精光，几位客人又问梨花是否还有水，梨花说："有，可需要到两里外的地方去取。"那个拄着拐杖的人指着梨树说："你这树上不是有梨子吗？可以摘下来给我们吃，我们付给你钱。"梨花有点为难地说：

"这棵梨树上的梨子不好吃，又酸又涩，而且一年就结这么二三十个。"来人中的那个女的说："没关系的，我们帮你看看。"说着，从身上取下背包，打开以后，从里面拿出一把剪刀，又拿出几根树枝，在梨花家的梨树上面划了个口子，将树枝插进去，用布条包好后，又用嘴吹了一下，只见那棵梨树忽然之间长出许多新的枝丫，一会儿的工夫，树上就结出了很多梨子，把枝条都压弯了。梨花简直不敢相信自己的眼睛，揉了几下。那个背宝剑的从树上摘了一个梨子递给梨花，让她尝一尝。梨花一口咬下去，又酥又甜，汁水顺着嘴角流下，心里更是美美的。

梨花高兴地问客人，自己是不是在做梦。客人们告诉梨花，他们不是普通的客人，是居住在蓬莱的八仙，那个拄着拐杖的叫铁拐李，那个背着宝剑的叫吕洞宾，那个女的叫何仙姑，另外的几个人分别叫曹国舅、蓝采和、韩湘子、汉钟离还有那个骑着毛驴来的叫张果老，说起来和梨花还是一家子呢。他们一行是前往天宫参加一年一度的王母娘娘的蟠桃盛会的，路过此地时，在天空中看见此地水流如带，绿树蔽荫，东有六塘河，西有大运河，如此美景，何不下去看一看。故此，他们沿着六塘河一路南行，这才来到了梨花所在的村庄。

临走的时候，何仙姑又从背包里取出几根树枝交给梨花，告诉她，以后可以用同样的方法，嫁接更多的梨树，就可以长出更多又大又好吃的梨子了。

送走了八仙，梨花按照仙姑的交代，带领乡亲们用仙姑给的树枝将村前村后所有的野生梨树都进行了嫁接。说来也怪，那些经过嫁接的梨树从此枝繁叶茂，每到秋天都能果实累累，而且结的果实又大又酥又甜，村上人都夸梨花成神了，从此尊称她为梨花仙子。

这件事情让宿迁城里的一位姓刘的财主知道了，这位刘老爷仗着他与当朝皇帝沾有远房亲戚关系，故而独霸一方，骄奢淫逸，鱼肉百姓。他听说城东六塘河边上有一位梨花仙子，不仅人长得漂亮，而且本领也高，还能够呼风唤雨。于是就想入非非，竟然要将梨花纳为小妾。多次派人带着厚礼来提亲，都被严词拒绝。软得不行，刘老爷就来硬的。有一天，趁着村里人下地干活的档口，悄悄地摸到梨花家，梨花当时正坐在梨树下给天喜纳鞋底。几个蒙面人悄悄上来捂住梨花的嘴，绑架着往河沿上走。

村上的人看到梨花遭遇不测，赶紧去通知梨花的父母，梨花的父亲听说此事，丢下地里的活，叫上天喜，疯了似的朝河边奔去。那帮人正把梨花往船上拖，梨花挣扎着，天喜跑上去几拳就把那几个蒙面人打倒在地，紧紧地把梨花搂在怀里。这时船上的人说话了，他们是刘老爷的家人，刘老爷在宿迁城里有权有势，是皇亲国戚，刘老爷看中了梨花，要纳她为妾。天喜怒目圆睁，对着刘老爷说："你身为皇亲国戚，怎能如此胡作非为，大白天强抢民女，欺压百姓？看我手里这把刀是否同意！"说着，挥刀就向刘老爷砍去。这时，天喜的父母也带着村里的乡亲挥舞着铁锹、棍棒赶到，吓得刘老爷带着手下人落荒而逃，不敢再来。

次年二月，当朝皇帝广招天下美女进宫当宫女，派来的钦差大人坐镇徐州，然后张贴榜文，昭告附近各州县。地方各州县都被这事弄得焦头烂额，一方面尽心尽意地每天山珍海味款待钦差大人，又一方面连夜派人到各地挑选美女。钦差大人规定，各个州县挑选多的、漂亮的给予奖励，挑选少的要给予惩罚，要拿银两来弥补。这一下附近各州县的老百姓可就遭了殃了，谁也不愿意把自家的女儿送进皇宫去当宫女。为了躲避差官，许多人家不得不把女儿藏起来，或者送到外地。官府找不到人就把他们的父母甚至整个村庄上的人都抓起来，逼他们交人或者交钱。一时间，许多村庄被弄得乌烟瘴气，鸡犬不宁。

宿迁城里的刘老爷闻讯后恨恨地说道："既然你不顺从我老爷，我就让你进宫活守寡去。"于是，赶紧跑去向县官献媚道："宿迁的六塘河岸边有一个叫张圩子的村庄，庄上有一女子，名叫梨花，年方十六，面似芙蓉，眉似柳叶。传说东海蓬莱的八仙还到过她们家，还教给她一些仙法。若大人准许，我可亲自带路到那个地方走一遭，为皇帝陛下挑选一名最满意的美人进宫。"县官正为挑选不到美女而发愁，听刘老爷一说，心中大喜，急忙点头准之。刘老爷又说："有一点为难的地方，就是那个村庄上有一个叫天喜的小伙子是梨花的相好，此人会武功，不好对付。"县官满不在乎地说："挑选美女进宫，那是当今皇上的旨意，抗旨不遵，必将严厉处置，谁敢？"

天喜本想带梨花远走天涯，但梨花不同意，她舍不得父母，也舍不得乡亲们。为了使村里的生灵免遭涂炭，梨花说服天喜，要放下儿女私情，从长计议。无奈之下，天喜只能暂时让梨花女扮男装。这时，刘老爷带着大队兵马来到张圩村，要带走梨花。但他们做梦也没有想到村民们此时已经有了防备，看到村民们手持各种农具，正气凛然，县官恼羞成怒，"抗旨不遵，就地正法。"同时命令士兵边后退边准备放箭，就在这千钧一发之际，梨花站了出来，高声大喊"住手"，天喜想阻拦，可已经来不及了。梨花告诉县官，我可以跟你们走，但必须放过全村的老百姓。

县官答应了梨花的请求，梨花也依依不舍地和父母、天喜以及全村的老百姓一一告别，然后跟着县官去了宿迁县城。梨花的父母以及全村的老百姓泪如雨下，跪地痛哭，天喜想和他们拼命，被梨花的父母拦下，他们只能无奈地祈求上苍保佑梨花。

过了两天，梨花就和其他几个被选招的姑娘一起登上了官府的船队，顺着大运河向徐州进发。

当船队行至骆马湖边时，突然一阵大风，将载着梨花的那只船掀翻，船上人全部落水，其他船上的人迅速组织打捞，当所有人都被救上岸时，唯独不见了梨花。连续三天打捞，活不见人，死不见尸，官府无奈，只得放弃。

后来有人说，梨花是被天上的神仙给救走了，也有说是被河里的河神娘娘给救走了。总之，这一切都是猜测。

噩耗传到村里，村庄上的老百姓悲痛欲绝，他们自发的捐款捐物，在村东面的六塘河边上，专门请人来设计建造一座梨花庵，用来供奉梨花的塑像，历时三年时间，方才建成。梨花庵建成后，村里还专门请了宿迁城里的一些高僧，到这里开光讲经。在其后的一百多年时间里，这里一直香火不断，每年的农历三月初三，梨花盛开的时节，村里的男女老少以及附近的善男信女，都要成群结队，到梨花庵来烧香磕头，祭拜这位传奇的梨花仙子。后因该庵位于乡村，交通不便，加之年久失修，逐渐趋于破败，故而香客渐少，至今已找不到任何痕迹。但有一些习俗仍流传至今，比如，在烧香祈祷时，用梨子做贡品。相传以前在庙里烧香进献贡品时，是不允许摆放梨子的，因为梨的谐音是"离"，不吉利。但在梨花庵，梨是可以作为贡品的，因为梨花庵所供的就是梨花仙子，而这些梨子都是当年梨花所培育出来的，这里的梨代表的是"离苦得乐"。

当年梨花带领全村老百姓嫁接的梨树，在张圩一带繁衍生息，枝繁叶茂，成为造福一方的神树。在村里，几百年以上的梨树随处可见。可惜，在抗日战争时期，1938年的秋天，日本鬼子大约3000人，从南、西、北三个方向向宿迁县城进攻，守城的军民奋力抵抗，但终因寡不敌众，被迫渡过运河向东转移。当撤到张圩一带时，敌机尾随轰炸。一时间，火光冲天，整个村庄和大片的梨园都被毁于一旦，许多百年以上的梨树也未能幸免于难，大火整整烧了一天一夜，几里地外都能看到冲天的火光，有人看见大火中的梨树干上流淌着鲜红色的液体，据说那是梨树在滴血。

如今，那个地方仍然叫张圩村，新中国成立以后，那里建成了苗圃，以栽植苗木为主，故而又叫张圩苗圃，再后来，为了开发旅游的需要，又给它取了另外一个名字叫"梨园湾"。

现在梨园湾内的梨树，大多是二十世纪五六十年代，苗圃村的群众重新栽植的，树龄距今也都在五六十年以上了，梨树都已进入盛果期。从2010年开始，这里每年春天都要举办一届梨花节，以吸引越来越多的客人来这里游玩赏花，在秋季到这里采摘梨子、品尝美食。在这片古老的大地上，这片梨园又焕发了新的生机，时代又赋予了它新的使命。

河边的船上

当老李和往常一样在运河边的风光带内遛弯时，忽然接到小周打来的电话："师傅，你在哪呢？"

"我在河边遛弯呢，有事啊？"

"啊，是这样，师傅，我想明天晚上请你一起去吃个饭，地点就在河边的船上，离你家也不远，你可一定要来啊。"

"好的，明儿见。"接到小周的电话，老李满口应承。

小周是老李以前的徒弟，现在已是运输公司副总，爷儿俩感情一直不错。

老李叫李运龙，他和《亮剑》里的李云龙只差一个字，并且音还相似。今年五十八岁的他，再过两年就退休了。二十世纪七十年代以前，老李从部队转业后就在运河船厂当了一名工人，后来船厂撤销，他就转到了运河港务处工作，现在已经退居二线。

老李一生似乎都没有离开过运河，对运河有很深的感情。没事的时候总喜欢到运河边转一转，听一听船上的汽笛声和树林里的鸟叫声，看一看运河里来往的船只和运河岸边的风景树木，逗一逗树林中的小鸟。自从不上班，他就养成了一个习惯，每天早上只要没有其他要紧的事，他总爱带着一支竹笛和一些杂粮和小米等到运河岸边的树林中喂食小鸟。说来也怪，只要老李的笛子声一响，那些栖息在林中的小鸟就会飞落到地面，这时老李就会拿出随身带来的杂粮撒在地面任小鸟抢食。他的工资有三分之一都被他用来购买这些杂粮，为此老伴很有意见，有时还和他吵，好在老李的儿女们都很支持，时不时地从外面带一些杂粮回来。

小周在电话里提到的"河边的船上"，是位于运河西岸靠近原来小张庄码头的一条船，船上面开了一家餐馆。老李虽然没在那里吃过饭，但他知道那个地方。

第二天傍晚，老李遛完弯就直接步行从运河桥上过河，来到了"河边的船上"。这是一家用旧船改造而成的小餐馆，一共只有三个包间，其中最大的包间最多也只能坐上十个人，另外两个较小，只能坐五六个人。由于空间较小，甚至连椅子都没有，只能放一些圆凳子。餐馆也没有正式的名字，所以大家都习惯地叫它"河边的船上"。

到房间看看，人都还没来，老板过来给他倒水。从闲聊中得知，餐馆是一对夫妻开的，由于是小本经营，故只请了一个厨师，也没有服务员，夫妻二人集老板、服务员、采购、打杂于一身。

老李喝了一口水，觉着一个人坐着没意思，就又下了船，沿着运河边向北走。在距离船大约 50 米的一处草丛中，老李意外地发现有许多鸟的羽毛，仔细看还不止一种鸟的羽毛。与鸟接触这么些年，老李对鸟的羽毛还是能够轻易分辨的。用小棍拨一下，并没有发现鸟的尸体，所以老李判定这并不像是鸟儿自然死亡的地方。

老李又向北转了一会儿，在附近又发现了一些类似的羽毛痕迹，有的还被埋在了地下……

再次回到船上，小周和他邀约的其他人也陆陆续续地到了。按照宿迁人的习惯，饭前不"掼蛋"（一种扑克牌玩法），等于没吃饭。

老李推脱说自己水平不行，跟不上年轻人，小周只好和其他人一起开始了"掼蛋"，老李坐在旁边观看。

一盘"掼蛋"下来，大约到了晚上七点多钟，这时老板告诉小周，饭菜也准备得差不多了。老李是小周的师傅，自然坐在了上席最中间的位置，其他人依次落座，开始推杯换盏。

酒过三巡，菜过五味，终于到了上主菜的时候了，红烧斑鸠、红烧兔子、炸鹌鹑、清蒸白鱼……

吃完饭，小周要用车子送老李回家，可老李认为离家不远，饭后走一走权当锻炼，因此执意要步行回家。

回到家中，已是晚上九点钟了。回想起今天吃的野味，老李怎么也高兴不起来，斑鸠、麻雀、鹌鹑，这不都是国家禁止捕猎的保护鸟类吗？这些小鸟是从何而来的？

看到老李闷闷不乐，老伴开玩笑地说：

"怎么，今晚徒弟招待不周啊，他不是请你去吃野味了吗？"

"没有啊，一桌饭，不算酒一千五百多块呢。"

"怎么，你心疼钱了？"老伴继续问。

"不是。"

"那你为什么还不高兴？"

"不是不高兴，而是高兴不起来，桌上有很多野生的鸟类，有一些还是国家保护，禁止捕猎的。我在想，他们的这些鸟都是从何而来的？难道他们不知道那是国家禁止捕猎的吗？不行，我要去查一查，那些鸟究竟是从哪来的。"

"查什么，你怎么查，不要多事，查到了你又能怎样。"老伴表示反对。

"你不如直接报警，让警察来管这事。"老伴又建议道。

"报警是可以，可如果警察到那里查不出证据，那不是打草惊蛇吗，反过来还会说我报假警呢。"

"不行，我明天得再去暗中侦察一下，看看他们的那些鸟都是从何而来的。"

一连几天，老李都凭着他在部队当过侦察兵的经验，在隔岸的运河边上偷偷地观察，可始终没有发现什么线索。老李满腹狐疑，却又无可奈何，难道这些鸟都是自己飞到船上的？

老李决定改变方法，将侦察的时间提前。早上五点多钟，老李早早地起了床，赶到了运河边。这次他没有带笛子，而是带了一个可以伸缩的单筒望远镜，那还是他在部队退伍时带回来的，放在家里一直没用，这次正好派上了用处。

由于起得早，运河边上还没有人，老李就一个人在那里晃荡，可他的眼睛却一直盯着对岸的那条船。

秋天的早上，天气还有点微凉。大约六点钟，终于有了动静。对岸开餐馆的船上突然有一个人手里提着几个袋子，从大船上下来后直接登上了旁边的一条小渔船，然后径直地向北划去。

老李在东岸装作晨练，也跟着一直向北走。

小船划了大约有三四里地，过了运河二号桥，突然转弯向着河的东岸划来，老李也就此停步，躲在一棵大树后的草丛中用带来的单筒望远镜远远地观察。

小渔船来到东岸，停靠在了河边一处帐篷边，渔船上的人提着笼子，来到了帐篷里。

大约过了十多分钟，那个人提着袋子又回到了小船上，同时还多了一个遮挡着的鸟笼子。回到小船上后，原路返回。

一连两天，都是如此。至此老李基本断定，那条开餐馆船上的那些野味就来自那个帐篷。

老李决定向公安部门报案，他来到水上派出所，将他的观察所得和想法向张所长作了详细汇报。所长当即决定次日清晨派人现场侦查。

侦查员回来汇报，和老李说得差不多。

为此，张所长决定收网。第三日凌晨五点半，将前去抓捕的人分为三路：一路乘快艇从水上包抄，一路从河东岸的陆地上包抄，还有一路身着便衣，监视着那条开餐馆的大船。

可事情并没有想象得那么顺利，一直等到早上七点钟，也没见大船上有人到帐篷去交易。

"奇怪，难道走漏消息了。不会，绝对不会。"老李一边自言自语，一边将目光转向张所长。为了不打草惊蛇，张所长决定暂时撤出。

可就在公安人员撤走半小时后，老李发现那个大船上的人又驾着小船，划向了帐篷，老李还特地用手机拍了照。

张所长决定派人第二次再去蹲守。这一次没有白去，早上，刚过六点，大船上的人就驾着小船沿运河边划向了东岸的帐篷，就在他进入帐篷的一刹那，所长一声令下，两路人马以迅雷不及掩耳之势扑向帐篷，将正在进行交易的双方抓个正着，人赃俱获。现场一共查获各种小鸟十八只，其中有七只还活着。另外，还查获了电子捕鸟器、粘网、手电、弹弓、笼子等作案工具。

另一路监视餐馆大船的人马也有所收获，在船舱内起获了活鸟五只，死了的以及已经加工过的半成品有二十多只，其中包含国家二级、三级保护动物麻雀、斑鸠、野鸭、刺猬等，还有一只猫头鹰。

在审讯室内，这伙人如实地交代了偷捕、贩卖国家禁捕的野生动物的全部事实。

其中在帐篷里的是两个外地人，一个叫贾亮，今年四十一岁，一个叫胡德标，今年三十七岁。他们都是沂蒙人，三年前，因为偷猎被当地的政法部门处理过，今年刚放出来，就又跑到了本市来重操旧业。他们选择运河二号桥以北的河边，那里树木较多，鸟类也比较多，河边又没有路，所以一般很少有人去，是他们捕鸟的绝佳地。为了掩人耳目，他们还在河边搭了个帐篷，白天以钓鱼作掩护，晚上和凌晨利用电子捕鸟器和粘网等捕鸟，然后再将捕到的鸟卖给饭店牟利。

船上餐馆老板叫杨波，今年四十七岁。据他交代，在运河边的船上开餐馆已经有两年多时间了。三年前，杨波还在运河里跑运输，因为生意不好，想转行，把船卖掉，但因为他那条船相对较小，年代也比较长，卖不了多少钱。后来经朋友提醒，干脆就找人将船改造一下，在船上开起了农家乐。

刚开始的时候，由于缺乏特色，生意并不是很好，加之知道的人并不多，前来吃饭的大多是老板以前的熟人，每天能有个一两桌人就不错了，只能勉强维持。

直到几个月前，突然有两个外地人找上门，问他要不要野味，并且说，开餐馆要有自己的特色，现在很多人都喜欢吃野味，很赚钱。如果老板愿意要，他们可以提供货源，并且价格包满意。

杨老板开始迟疑，一来他不知道野味的生意到底怎么样，能不能吸引人，二来他也知道现在许多野味国家都禁止捕猎。但考虑到餐馆生意惨淡，加之又在运河边上，抱着侥幸心理，最终还是决定试一试。

为了安全起见，餐馆的菜单上并没有标出各种野味，只是遇有熟人钦点，他们才现场烧制。同时他们与供货人约定，每天由老板亲自驾驶小渔船，在早上六点钟左右到指定地点接货，回来以后将那些野味放置到大船的船舱底部。

经过一段时间的试经营，餐馆真的红火了起来，知道的人也越来越多，订餐至少需要提前三天，就连中午也很难订得到。原来的两个包间也被改造成了三个包间。

当餐馆红火起来后，杨老板满脑子想的都是赚钱，渐渐地就放松了警惕，餐馆对于野味的存储和鸟毛的处理也逐渐地随意了起来，直至东窗事发。

在问到其昨天为何没有在六点钟去帐篷里取货时，他说是头一天晚上陪着客人喝酒，因为是老顾客，碍不过面子，多喝了点，故而早上睡过了头。

由于案件相对简单，警方将其移交检察院起诉，法院也作出了判决。两名捕鸟人，虽然他们偷猎的并不是国家严禁的珍贵、濒危野生动物，但因其数量巨大且使用了非法的捕猎工具，加上他们是累犯，故而从重判罚分别被判处有期徒刑五年，没收全部非法所得，并被处以罚款各二万元。餐馆老板被判处有期徒刑两年六个月，并处罚金三万元。饭店的厨师因知情不报也被罚款五千元。

　　而老李因为举报有功，被当地政府奖励人民币五千元。老李拿到这五千元后，将其全部用于制作广告宣传牌，置于运河风光带内。内容主要是宣传保护鸟类，并详细列明受国家保护的鸟类名称、图片以及违法捕猎应受到的法律制裁等普法知识，号召人们保护鸟类、保护环境。

走进金色的艺术殿堂

　　金秋的九月，在阳光明媚的骆马湖畔，一座新修建的沙滩公园正式对游人开放。整个公园分为休闲沙滩、运动沙滩和水湾沙滩三个功能区，是集旅游观光、休闲度假、运动健身、文化娱乐为一体的全国内湖最大的白沙滩公园。

　　公园内，2019 年度中国宿迁首届国际沙雕节正在如火如荼地进行。本届沙雕节，以大运河文化为主线，以时间为经空间作纬，采用围合式、城堡状布局。整整一百座沙雕作品，涉及运河沿线 6 省 20 城的政治、经济、文化、社会等诸多领域，集中展示了世界遗产大运河的深厚文化积淀和大美风光。

　　进入沙雕现场，在入口处，一块巨大的 logo 墙气势磅礴，仿佛流淌千年的大运河就在眼前，南来复北往，千里赖通波。墙的背面是京杭大运河的流域图，从北京到杭州，全长约 1794 公里，横跨海河、黄河、淮河、长江、钱塘江五大水系。丰富的文化遗产如珍珠般散落在大运河两岸，105 处全国重点文物保护单位交相辉映，因其深厚的历史文化内涵，被誉为"古代文化长廊""古代科技库""名胜博物馆"和"民俗陈列室"。

在入口处的左边，第一座沙雕就是习近平总书记关于大运河遗产保护的重要批示，紧挨着的就是大运河申遗成功的标识。2014年6月，在卡塔尔首都多哈召开的第38届世界遗产委员会会议上，中国大运河项目成功入选世界文化遗产名录，这条世界上开凿时间最早、使用最久、跨度最大的人工运河，终于登上了《世界遗产目录》。

在入口处的右面，第一座沙雕是《京杭大运河》特种邮票，对于喜爱集邮的人来说，这套邮票并不陌生。2009年9月26日，中国集邮总公司第一次发行了以大运河为题材的邮票，全套共六枚，图案分别是燃灯塔、天后宫、山陕会馆、清江闸、文峰塔和拱宸桥以及一枚"千里通波"的小型章。运河、邮票、沙雕在这里的有机结合，着实给我带来了不小的惊喜。然而，在接下来的观赏中，更大的惊喜接踵而至。邮票中的六枚图案的原型竟然又有五处以独立的形式出现在五个独立的沙雕作品中。首先是位于北京通州的《燃灯塔》，是京杭大运河源头的标志性建筑。位于天津古城的《天后宫》，是海运漕粮的终点，也是转入内河装运漕粮的码头。位于江苏淮安的《清江大闸》，是漕粮所必经的咽喉要道，每当运粮季节，万艘漕船和12万漕军帆樯衔尾，绵亘数里，蔚为壮观，有"南北襟喉"之称。位于杭州市区大关桥之北的《拱宸桥》，横跨运河之上，是京杭大运河到杭州的终点标志。

宿迁作为京杭大运河上的重要节点，对京杭大运河尤其是航运起着至关重要的作用。因此，本次沙雕展也少不了宿迁的元素。据统计，本次沙雕展的一百座沙雕作品中，与宿迁有关的就达35座，其中最能体现宿迁运河文化的就是《皂河古镇》和

《东关口》。乾隆皇帝沿着运河七下江南，五次住在皂河行宫，皂河乾隆行宫也成了宿迁大运河遗产唯一的点。巍巍东关口更是宿迁运河繁荣的标志，站在《东关口》沙雕前，街景、酒肆、茶馆、商贾热闹非凡，仿佛使人看到了千百年来运河上的《舟楫之盛》，船只往来穿梭，舳舻相接、帆樯林立，码头上人来人往，货物堆积如山。码头装运工人弓腰塌背，将一袋袋的粮食、食盐等从码头上《装船》，在没有火车和汽车的年代，雄伟的《漕运巨船》成了大运河上军队或者朝廷运送粮草物资的重要水上运输工具。《漕运军队》威武而又悠闲，时刻维护着漕运的安全。《纤夫》们赤着双脚，头顶烈日，脚踏两岸，几十个人用系在船头的绳索奋力拉纤，艰难地行走在大运河畔，用脚丈量艰辛，用汗水书写生活。年轻瘦弱的女子，静静地坐在运河边上《妻望夫君》，在她的心里，不仅是对新婚丈夫无尽的思念，更是对船工辛苦劳作深深的担忧，那种无奈又无助的眼神，不禁使人黯然神伤。与此对比鲜明的是《盐商》肥头大耳，手捧账本，满脑子想的都是钱。运河盐运给他们带来了巨大的财富，使他们能够大肆挥霍，过着穷奢极侈的生活。

沙雕城堡内，地面上那一层厚厚的白沙，意外地成了孩子们的最爱。也许他们对沙雕还是懵懂的，也许他们还理解不了每一座沙雕的内涵和意义，所以他们对沙子的兴趣远比沙雕要大。一到那里，他们就迫不及待地拿出自带的小桶、小铲子，自顾自地不停地将沙子装到桶里，又倒出来。

许多大人也只能跟着孩子一起玩起沙子来，有的家长还带来了沙雕模具，将细细的沙子装进模具，又用小桶从湖边提来湖水，和小孩一起尝试着做沙雕。一位母亲带着她的小女儿正在做沙雕，趴着跪着在沙里雕，仿佛自己也回到了童年时光。一个穿着漂亮裙子的小女孩，赤着双脚，正在用力地在沙里堆起一个像馒头一样的沙雕，虽然只是个雏形，但她那专注的神态，分明让我看到了一个未来艺术家的样子。

　　沙雕城堡外，傍晚，在落日的余晖中，远处的骆马湖波光潋滟，几艘帆船正在水中飘荡，那些彩色的帆，在蓝天碧水的映衬下，显得格外醒目。洁白的浪花似缓似急地从地平线落日处卷来，带着夕阳的余温和颜色，从沙粒表面轻快地滑过，永不疲倦地袭上沙滩又迅速退回。落日、沙滩、浪花、游人构成一幅浑圆而和谐的画面，撒下一路欢快。

千里运河第一岛

在京杭大运河宿迁仰化段的河中央，有一个小岛，叫马棚岛。该岛东西长约 3.2 公里，南北长约 1.8 公里，占地面积 5.76 平方公里，耕地面积 500 多亩，是现今京杭大运河中唯一一座有人在上面生活的岛屿。

这要是在其他地方或许并不起眼，可在京杭大运河中应该算是第一大岛了。所以，当地人又给它起了一个响当当的名字，叫"千里运河第一岛"。

说起马棚岛的历史，其实并不久远，它原来并不是一个小岛，而是运河北岸的一片河滩。只是这个河滩有点大，硬是把运河向南挤了个弯，使大运河从其南面绕流过，它的北面就是运河防洪大堤。至于这个河滩是什么时候形成的，是怎么形成的，当初开挖运河时，为何要保留这个河滩，而让运河向南绕了那么一个大弯，由于没有史料记载，也就无从考证了。

明清时期，这里滩涂宽广，林草茂盛，是沿河百姓牧放牛羊的好地方。那个时候，宿迁境内的运河上还没有桥，运河两岸来往及运输都是靠船，就连皇家漕运都是靠船，那时候运河上也没有船闸，河内来往船只，都靠人工拉纤来完成，船行很慢，船工和船上的人沿途都需要不断补给，因此这片滩地就成了来往运输船只休息补充的重要节点。

据说当年乾隆皇帝下江南，龙舟行经此地，河滩聚集上万百姓，欢呼万岁。乾隆爷出舱观景，颇为感奋，遂脱口而出"河干百姓，皆为仰化民"，仰化一名由此而得。乾隆下江南第一次经过此地后，官府发现这个地方属于水上交通要点，加之当地水草丰富，适合养马，故而就命人在此搭建马棚，设立驿站，派专人在河滩养马，供南来北往的驿差在此换马休息，所以这片河滩就被叫作"马棚滩"。直到清朝末期，文报局和邮政先后出现，驿站才逐渐被废止。从此，这个曾经热闹繁华的滩涂也就渐渐地走向了荒废。

由于这片伸入河中央的滩涂阻碍了河水的流动，以致常常在枯水期造成河流的淤塞。以前在漕运发达的时候，官府每年都要派人清淤，后来随着漕运的消失，官府也就不再清淤，以至于会在夏季雨水多的时候，造成整个滩涂受淹，在冬季枯水期，又会造成河道淤塞。

直到二十世纪六十年代，宿迁当地政府为了彻底解决这个问题，决定在滩涂的北面新开挖一条运河，使河道变得通畅，南面的运河依然保留，中间的滩涂也就变成了一片孤岛。马棚滩，也就变成了孤悬运河中央的"马棚岛"。此时，岛上还居住着63户人家，259口人，还有一所小学校。

相对隔世的环境使小岛上形成了独特的自然人文风貌。岛上居民勤劳朴实、善良宽厚，生活来源主要依靠农业生产、捕捞、水上运输、水上超市和外出务工。该岛四面环水，一面朝天，每天都有几百条船只从身边通过，并有近百条船舶滞留。白天船舶驶过，劈波斩浪，河水荡漾，机声隆隆，喇叭声声，欢声笑语，划破水际。夜幕降临，小岛上下，林木肃立，灯火闪烁，水天一线，在汽笛的渐渐远鸣声中，小岛更显得安静而神秘。独特的风光、清新的空气，加之生态资源彰显，交通的日益便捷，马棚岛成为上链皂河乾隆文化，下接三庄泗水文化的中枢地带。

2004年，宿迁市一支由河海大学教授组成的专家团沿运河考察，一致认为马棚岛极具开发优势，可将其列入宿迁市运河旅游资源开发。2005年，马棚岛被宿迁市人民政府正式列入运河旅游开发项目。2016年，为适应旅游开发的需要，马棚岛上的居民大都陆续迁居仰化镇区，只有一户人家，因为特殊原因尚留岛上。

如今的马棚岛已被规划定位为集水上娱乐、观光、旅游、垂钓、休闲、购物、居住于一体综合旅游项目，再现昔日繁荣指日可待。为了推介旅游，当地人还编了一句顺口溜：仰化是个好地方，乾隆皇帝来观光，千里运河第一岛，水好景好人更好。

初夏时节，麦浪滚滚，从航拍图上看，马棚岛就像一个巨大的金色元宝镶嵌在碧水之中，所以当地人又称其为"元宝岛"。远远望去，小小的水岛仿佛一艘游轮泊在宁静的港湾，河水轻吻着她线条曼妙柔和的身躯，漾起层层涟漪，发出轻柔的脆响，若微风拂过琴弦，似雪花飘零水上。她祥和的静默，纯真而又飘逸，宛如一个体态丰腴的女子，那样的顾盼动人。微微碧波是她澄澈的眸光，朵朵白云是她纤柔的霓裳，青青嫩草是她素雅的披肩，缕缕炊烟是她缥缈的遐想……

第二辑

悠悠古黄河

SHUIYUN

YIFANG

漫步废黄河

　　散步是我的习惯，但时间并不固定，有时早上，有时晚上，随机而定。相较于时间，散步的地点则相对固定，我一般都是在市区的废黄河边上。一来是因为那里的风景很美，二来那里离我住的地方也不远。

　　今天是周日，因为没了上班的压力，所以比平时起得晚了一些。吃过早饭，我习惯性地再次来到废黄河边。一条弯弯曲曲的小道顺着河岸向前延伸。岸边，那一排排高大的树木，遮荫蔽日，是人们休闲的绝佳之地。

　　我沿着废黄河信步漫游，感受颇妙。走在它的身旁，好似走进了历史，一种凝重的心情油然而生。回忆起这条河流的前世今生，感慨颇多，看着眼前的沧桑巨变，我的心情顿时又为之震撼。

　　一条从远古走来的废黄河，在我生活的市区蜿蜒穿过。别看它现在静若处子，波澜不兴，但曾经的它是那么狂荡不羁，凶暴肆虐。据史料记载，自金代以来，黄河曾有数次侵夺淮河流域，前后长达千年，给沿岸人民带来了数不尽的灾难。有一首流传很广的民谣"黄河故道白茫茫，光长茅草不结粮。风吹沙起满天扬，不吃茅草饿断肠。"字里行间充满了辛酸和无奈。

新中国成立以后，国家投入大量的人力和物力，对曾经的黄河夺淮入海通道进行了彻底的治理，原来老百姓口中的黄河已经变成了废黄河。一个"废"字，既是为了与真正的黄河有所区别，也表达了人们对这条曾经给两岸人民带来深重灾难的河流的痛恨之情。经过多年的治理，如今的废黄河沿岸发生了翻天覆地的变化，原来浑浊的河水变得清澈透明，曾经的茅草地如今变成了富足粮仓，一年四季，麦浪滚滚，稻谷金黄，虾美蟹肥，瓜果飘香。从空中俯瞰，宛若一条缤纷的彩带，镶嵌在这块古老的中华大地上；从地面远眺，绿树成荫、碧波荡漾，秀丽的美景，让人流连忘返……

近年来，为了变"废"为宝，市委、市政府又对废黄河流经市区的河段进行了大力整治，修整河岸，清淤引水，一座座宽广的大桥横卧于碧波之上，一条条彩色的自行车道、海绵人行道沿河铺就，一块块设计精美的公园绿地镶嵌于废黄河两岸，廊桥栈道，亭台双塔，荷叶田田，曲径通幽，各种体育、休闲、文化、娱乐设施点缀其间……

可能是周日的原因，河边的人明显比平常要多，打球的，跑步的，看书的，还有钓鱼的，动静相宜，各得其乐。

一位穿着醒目黄色背心的保洁阿姨，在人群中不停地穿梭，地上的果皮、纸屑、树叶等，统统成了她收集的对象。一个刚学会走路的孩子，手里拿着一把刚剥下的香蕉皮，在大人的引导下，颤颤悠悠地走向保洁阿姨，示意要把香蕉皮放入保洁阿姨的袋子中，引来一片掌声。

一位大约五十岁的妇女，用轮椅推着一位大爷，上坡的时候有点吃力，我赶紧过去帮她推一下，那位妇女连声感谢。

我问她："这车上坐的是你老伴?"她说不是，她只是这位大爷他们家请的保姆。大爷今年六十多岁了，前年得了脑卒中，行动不便，儿女平时工作很忙，也没时间照顾。那时候，她刚退休，在家也没事，就想出来找点事做，可像她那个年纪，又没有什么特别的专长，所以只能干个保姆什么的。

我问她："你照顾老人辛苦吗?雇主家里的人对你怎么样?"

她告诉我，辛苦是肯定的，由于老人行动不便，她需要一天十几个小时陪伴他，洗衣做饭，吃喝拉撒。有时她丈夫也会过来帮忙。

她还告诉我，雇主家里人对她不错，很信任她，一直把她当作自家人，除了工钱以外，有时还给她买衣服。她以前在工厂上班，一个月也就3000多块钱。可现在她一个月可以拿到5000块钱，比上班拿的还多，她很知足。

"人家那么信任我，家里的钥匙都交给我，又给了我那么高的工资，我要对得起人家。"她又补充道。

坐在轮椅上的大爷，听见我们的谈话，不停地点头，他虽然吱吱哇哇的话都说不清楚，但他的心里还是很清楚的。

和他们告别以后，我又沿着河边继续往前走，似乎感觉还有更美的风景在前面……

黄河岸边的钓鱼人

市区的古黄河，经过几年的治理，河水逐渐变得清澈。新建的国家级水利风景区，突出了水的元素，将黄河两侧池塘全面沟通。园区内亭台楼阁相望，小桥流水依依，喷泉、假山、岛屿点缀其间。

这里已成了附近市民休闲漫步的首选之地。沿着蜿蜒的石径往里走，耳边鸟鸣声声，高大、别致的观赏乔木、灌木群一景一品，相映成趣，吊桥、廊桥、曲桥、栈桥，一桥一景，别具匠心。凝翠阁、邀月亭、伊人亭、水榭平台、叠水、凝缘栈道、黄河观景台……处处充满了诗情画意。

沿岸的亲水平台和错落有致的木质栈道，更是拉近了人与水的距离，这里也成了垂钓爱好者的天堂。在古黄河两岸 8 公里的范围内，每天都可以看到有数十人在垂钓，如果遇到节假日，最多能有近百人在挥竿，场面非常壮观。

这些钓鱼者中，有男人，也有女人；有大人，也有小孩；有常年在这里钓鱼的，也有偶尔在这里钓鱼的；有认识的，也有不认识的；有一天可以钓几十斤的高手，也有可能整天一无所获的新手。

　　一年四季，春夏秋冬，不管是白天还是黑夜，晴天还是雨天，只要你来到古黄河，总能看到垂钓者那寂寞的背影以及伸向水中的长长钓竿，任岁月流逝，钓鱼者依然一如既往。

　　我住的小区距离古黄河不到100米，每天都会到河边的公园内漫步，也经常会看人家钓鱼，有时也会加入到钓鱼这个行列。虽然技术不行，常常"空军"，但仍然乐此不疲，偶尔也会有所收获，那种感觉就像中了大奖似的。

　　一次，我和几个钓友趁天还没有完全大亮，早早地就来到了位于古黄河雄壮河湾中心的小岛上，各自选择认为理想的钓点。选好钓鱼窝点后，先将炮制好的鱼饵下在选定好的钓窝中，再慢慢地抽出鱼竿，像模像样地挂上鱼钩鱼线，安好鱼竿支架，再把鱼钩上的诱饵挂上，轻轻地将挂有诱饵的鱼钩下到钓窝中。这边再从渔具包里掏出装鱼的网兜，安好钓鱼坐的马扎，然后，静静地坐在马扎上，两眼直盯着漂在钓窝上面的鱼漂，等待着自愿上钩的鱼儿们到来。

　　可是，钩已抛下去许久，却不见动静。看着旁边钓友不时有鱼儿钩出水面，我有些坐不住了，不停地抛下钩去，又不断地拉上来，不是饵料已被鱼儿吃得精光，就是看到鱼儿跃出水面又跳进了河里。正当我心灰意冷之际，忽然鱼漂有了动静，我激动得心几乎要蹦了出来，赶紧提起鱼竿，一条小鲫鱼顺着鱼竿跃出水面，活蹦乱跳，虽然不大，但终究有了收获，心里还是很高兴。将鱼放进渔网，再次挂食抛竿，颇有点姜太公的味道，可不是嘛，百家姓中，丁姓不就是姜太公的后代么。

　　想到此，我自我安慰道：钓鱼意不在鱼，而在钓一种心情，难得轻松一回啊！心也要像这水一样静水流深……

　　正当我自言自语时，水面上的鱼漂忽然又一次下沉，当我再次拉起鱼竿时，感觉沉甸甸的，像拉满了的弓箭，无论怎么用力也抬不直它，鱼钩上的鱼像是要和我较劲似的，在鱼线的牵动下来回用力地向水底游荡，就是不向水面上露头。一分钟，两分钟，时间在不断地过去，这时，焦急得我头上直冒汗，经过十几分钟的博弈，鱼儿终于露出了水面，一条红尾大鲤鱼，在钓友的帮助下，被装进了长长的鱼笤，端上了河岸，好家伙，差不多有四十公分长。心里美滋滋的，别提有多高兴了，这应该是我在古黄河中钓到的最大的一条鱼了。

经常在河边看人钓鱼，我发现许多喜欢钓鱼的人，似乎都是一些不爱说话的家伙，自己不想说，也不想听别人说。即使一个钓鱼者与另一个钓鱼者之间，也总是保持着必要的距离，互不干扰，相安无事。他们每天面对同一条河流，沉默的人与同样沉默的鱼，仿佛是一种默契的游戏。人在钓鱼，而鱼也在钓人。人赢了，就把鱼放进铁桶里；鱼赢了，就是吃掉鱼饵，然后悄然离去。人、河、鱼，仿佛是一个古老的隐喻，鱼饵是它们唯一的联系。许多垂钓者为了能够让鱼咬钩，经常变换鱼饵，他们坚信，只要有耐心，总有一些鱼儿会上钩的。

在古黄河钓鱼的人，还有一个共同的特征，似乎约定好了似的，那就是他们并不以能钓到多少鱼作为目标，也不会去计较能不能收回钓鱼的成本。许多资深垂钓者，他们有时早上四五点钟就赶到了黄河边，晚上七八点钟还在坚守岗位，虽然钓的鱼不少，但他们却并不会拿去卖，也不会带回家，如果有人需要，他们会无偿地赠送，如果没有人要，他们则会在回家之前将它们一条条放回到河中。

这就是黄河岸边的钓鱼人。

水韵名城

　　宿迁是一座傍水、临水、濒水的生态水韵城市。奔腾而来的大运河与古黄河流经市区，犹如两个臂膀展开，将这一方水土拥入怀中；烟波浩渺的洪泽湖和一望无穷的骆马湖，宛如明镜，镶嵌在宿迁南北；纵横交织的六塘河、砂礓河、柴米河、淮沭河、新沂河、淮河、汴河遍布城乡。得天独厚的地理环境，勾勒出一幅"烟波水世界，绿色梦田园"的壮丽画卷，被亲切地称之为"苏北水城"。

　　这里湖泊万顷，河流密布，水域成片，清波粼粼；这里白鹭翩翩，野鸭嬉戏，水鸟盘旋，彩蝶飞舞；这里芦花扬波，水草青青，菱藕鲜嫩，鱼肥蟹壮。处处洋溢着灵动之美，灵动得让人轻轻一点晶莹四溅，灵动得让人轻抿一口清润至心。

　　清晨，大地朦朦胧胧，宛若仙女下凡之境。水面一叶小舟，随风飘荡，氤氲的雾气，从身边缓缓飘过，诗一般的情景。

　　傍晚，天空夕阳西下，绚丽的晚霞，像一块随风舞动的绸带，摆动着，沉浮着。水面金光闪闪，绚丽缤纷，梦一般的意境。

　　烟波浩渺的洪泽湖是中国第四大淡水湖，全湖由成子湖湾、溧河湖湾、淮河湖湾三大湖湾组成，面积约 2069 平方公里。位于泗洪境内的洪泽湖湿地公园，是宿迁市第一家 5A 级旅游景区，园内森林繁茂、空气清新，湖水澄碧、百鸟鸣唱、野趣浓郁，保留了湿地森林的原生态风貌，是洪泽湖畔一道亮丽风景线。一望无际的骆马湖是江苏省的第四大淡水湖，总面积 375 平方公里。骆马湖水多来自沂蒙山洪和天然雨水，沿湖又无工业污染，常年水体清澈透明，湖滩浅水中生长密密匝匝的芦苇和众多浮游生物，为鱼类生产提供了良好的生态环境和水资源。

　　同万里长城齐名于世的京杭大运河已被联合国列入世界文化遗产名录，宿迁段长达 112 公里，素有"黄金水道"之称，以得天独厚的优势在水上流通，在促进区域经济发展中起到了重要作用。悠悠古黄河，曾给宿迁人民带来深重的洪涝灾害，近年来，经过宿迁人民的努力打造，逐渐变废为宝，现已变为了人们休闲观光的亮丽景点，成为一张崭新精美的城市名片。

　　由此，两湖两河，不仅成为一道道优美的景观，更是孕育了多姿多彩的文化内涵和独具宿迁特色的文化底蕴。水是生命之源，她能孕育万物，滋养生灵，水是生态之源，她能润泽土地，净化环境。

　　因水而名，因水而美，因水而秀，因水而灵。这里的每一片水域，都如此的清幽、清碧、清爽，如此的神秘、神奇、神韵。正是这一片片烟波水世界，造就了宿迁这座城市的灿烂文明，培育了无数英雄豪杰，也滋养了这片无限生机的土地。中国优秀旅游城市、国家园林城市、国家卫生城市、中国金融生态城市、联合国环保节能新型示范城市、全国文明城市、中国酒都。一张张亮丽的名片，向世人展现了这座古老而又年轻的现代化城市的勃勃生机。

宿迁水资源丰富，宿迁的水文化更是历史悠久。从大禹治水到隋炀帝开凿大运河再到靳辅治水，前后历经了4000多年，在这座世代先民与水相伴的城市里，独特而丰富的水文化遗产随处可见。根据2018年普查统计，宿迁共有水文化遗产137项，其中以陈家大院、龙王庙行宫、归仁太皇堤遗址等为代表的工程建筑类水文化遗产101项，以高渡花船、簖的制作技艺、洪泽湖渔鼓、皂河正月初九龙王庙会等为主的非遗类水文化遗产35项，另外，还有文献资料类水文化遗产1项（民国老地图）。这是宿迁人民引以为傲的资本，更是宿迁经济腾飞的宝贵财富，充分利用水资源打造水景观、水特色、水环境、水文化，是宿迁城市建设最重要的内容之一，也是宿迁发展的内在潜力。

近年来，宿迁借助水生态文明试点城市建设之力，注重把生态文明理念融入水资源开发、利用、治理、配置、保护的方方面面，致力于构建城乡一体化自然文明、乡风文明、水生态文明的先导区、先行区和示范区。建成的国家水情教育基地宿迁水利遗址公园、宿迁水文化展示馆，运河沿线的宿迁历史博物馆、东关口历史文化公园和泗阳妈祖文化园，10个国家和省级水利风景区，77个水美乡村，无不展示着水文化的魅力。

展望未来，以水为脉、以绿为润、以人为本、以业为先。秉持"精忠履责善若水，水韵倾城显芳华"的精神，筑梦水城绘蓝图，再创历史新辉煌。

在水一方

　　位于江苏北部的宿迁是一座古老而又现代的城市。说它古老，是因为它有距今两千多年的建城史；说它现代，是因为它是一座刚刚于二十世纪九十年代才设立的地级宿迁市。

　　走进宿迁的大街小巷，"项王故里""中国酒都""水韵名城"的宣传标语随处可见，这是宿迁引以为傲的三张名片。

　　在这三张名片中，我最青睐的还是"水韵名城"。宿迁又称苏北水城，境内河湖密布，骆马湖、洪泽湖，两湖清水，烟波浩渺；大运河、古黄河，两条玉带，穿城而过；淮河、沂河、六塘河，纵横交织，水域相连。丰富的水资源，不仅为民生带来福祉，更为境内的工农业生产带来便利。

　　然而，曾几何时，水也为宿迁人民带来了深重的灾难，宿迁一度被称为"洪水走廊"。"大河迤北洼，宿桃清沭淮。六塘为之经，其纬诸河在。岁久或淤滞，暴涨屡致殆。"（卫哲治《命疏浚六塘河下游诗以志事》）一首诗写出了宿迁纵横交错的水网壮美，更写出了水患给宿迁带来的悲壮之感。历史上，宿迁先后被称为"厹犹""下相""宿豫""南徐州""东徐州""东楚州"

"安州""泗州"等，曾经使用过如此之多名称的地方，在中华大地上绝无仅有。这些地名，包含着宿迁令人叹息的历史，黄河每次改道南下，宿迁都首当其冲，县城多次被毁，频繁地一宿搬迁，最后"宿迁"居然尴尬地成为了这座城市的名字。

一座未留任何遗迹的千年古城

宿迁的城市建设和发展也一直与水为邻，纵观历史，从其建城之日起，就与水结下了不解之缘。

早在新石器时代，宿迁境内即有先民繁衍生息。秦始皇二十六年（公元前221年），秦统一全国，推行郡县制，于今宿迁地置下相县，属泗水郡所辖，因处古相水下游而名，城址在今宿城区废黄河西岸之古城村，城垣土筑。史称"上古城"。

东晋安帝义熙元年（公元405年），于下相东南原犹犹县治所地置宿预县，在泗水之北建宿预城，治所在今宿城区郑楼镇大碾村，史称"下古城"。此时的宿预（注：古代"豫""预"字相通，故又作宿豫）县城已取得了郡级治所的地位。

南朝宋时，撤销下相县、司吾县、凌县，其地统归宿预县所辖。北魏时复置下相县，至北齐天保元年（公元550年），废除下相县，并入宿预，其地归宿预县所辖。此后历代均未复置。作为境内中间地带的宿预县，其城址自东晋建置县并作为宿预郡的治所之后，相继作为北魏的南徐州、梁的东徐州、东魏的东楚州、陈的安州、北周的泗州的治所，而下相县城一度作为北魏所设的盱眙郡的治所。

隋大业初，废除泗州，改置下邳郡，仍以宿预县城为其治所。

唐初改隋下邳郡为泗州，仍以宿预县城（今洋河新区郑楼乡古城村）作为其治所。唐玄宗开元二十三年（公元735年），宿预县城被洪水冲圮，驻宿预县城的泗州治所南迁临淮县城，其址在今江苏盱眙县西北淮河北岸。宿预县的治所乃向西北迁至原下相城址，县城虽迁，县名未变。

唐代宗宝应元年（公元762年），为避代宗李豫名讳，更宿预为宿迁，一直沿用至今。

宋太宗太平兴国七年（公元982年），置淮阳郡，辖宿迁县、下邳县。宿迁县的境域包括今宿城区、宿豫区、泗阳县、泗洪县东部和北部地区、今徐州市所辖的新沂市大部分地区、睢宁县东南部分地区、今淮安市淮阴区的西部和北部地区，如今淮阴区的渔沟镇在那时即隶属于宿迁县。今宿迁市境内泗洪县的西南部地区，彼时为虹县所辖，隶属于泗州。今宿迁市沭阳县在彼时则隶属于海州。

南宋时，由于金兵南侵，淮河一线特别是淮北地区是宋与金长期争夺的地带，战事频繁。宋高宗建炎三年（公元1129年），今宿迁市境内被金国占领。因战争破坏，百姓逃亡，田园荒芜，城垣房舍毁坏，不得不废除宿迁县。

宋理宗景定三年（公元1262年），蒙元军队占宿迁，此时，县城已是一片废墟荒野。元世祖至元十二年（公元1275年），复置宿迁县，隶属于归德府邳州。迁县治于黄河东侧今项王故里附近，县城北为马陵山。

明正德元年（公元1506年），知县邓时中筑土城，置4门：南曰临淮，北曰通泰，东曰镇海，西曰会洛。然县城地势低洼，时时受黄河之水威胁。至嘉靖、隆庆年间，民居半圮而入于河，县衙房舍亦倒塌过半。

明万历四年（公元1576年），为避黄患，知县喻文伟恳请上司发漕粟帑金，尽捐任内所蓄及淮安知府等捐银，遂北迁县治及学宫于马陵山麓（即今幸福中路）。城以土筑而堞以砖垒，城周长约2千米，城之形态，状如太阳。城墙高1丈5尺，址阔3丈，顶砖铺，阔1丈，雉砖砌，高3尺。置3门：东曰迎熙，西曰拱秀，南曰望淮。其北不置门，但于城墙上置一亭，曰揽秀。城有窝铺8，并置东西水关，城外筑护堤。二十二年，知县何东凤捐俸薪，聚财粮，整修城垣，易以砖砌。明代，宿迁城内置县衙、知县宅、县丞、主簿、典史公廨，另有监狱、钟吾驿、演武厅、养济院等设施，城内外建成街道14条。主街道云路街，后成为贯穿南北的中轴线，从而奠定了今地级宿迁市政治、经济、文化中心的基础地位。

悠悠千载，四座古城，皆临河而建，又总是随着水的进退而兴衰，随着泥沙的淤积而消亡。因此，可以说宿迁是一个特别的城市，历经洪水和战火，几度搬迁，成为了历史上少有的没有完全意义上的老城区。1952年后，由于根治废黄河及城市建设的需要，最后的城墙被拆除，至此古城遗迹荡然无存。

一条从未离开宿迁的远古河流

与水为伴的宿迁城，虽几经搬迁，但有一条水道却一直伴随着宿迁的兴衰和变化。虽然时至今日它的名字逐渐消失在历史的长河中，但祖祖辈辈居住在此的宿迁人都知道它从来也没有离开过宿迁。它就是今天在其上游山东境内仍然存在的古泗水。

根据史料记载，古泗水流域广阔，河道大体可以分为三个部分：上游部分为从今天的山东泗水县至济宁市，中游部分是从今天的济宁市至徐州市，徐州以下至淮河交汇处为泗水下游，宿迁当时就位于泗水下游流域地区。

《水经注疏》卷二十五《泗水》篇中这样记载其在宿迁的流向："又东南径下相县故城东，泗水又东南得睢水口。泗水又径宿预城之西，又径其城南。泗水又东径凌栅南，又东南径淮阳城北，又东南径魏阳城北，泗水又东径角城北，而东南流注于淮。"从文中记载可以看出，古泗水过古邳后，在宿迁境内基本保持东南流向，几座古城均依水而建，其先经下相古城东南会睢水，再经宿预、凌栅（凌县故城治）、淮阳（今淮安市西南）、魏阳（泗阳故城治）、角城（今泗阳县李口北）等古城后继续东南由"泗口"入淮。

在古代，泗水包括其支流沭水、沂水等水系的上游，均属山区季节性河流，由于源短坡陡，尤其在汛期洪水集中时，短时间峰高流急，经常造成上游地区山洪泛滥，因此常被上游流域称为"害河"。而洪水进入到下游流域后，由于地势相对平坦，行洪较为缓慢，且历时较长，加之水质清澈，因此不但利于引渠灌溉，而且也有利于行船水运，这就为包括宿迁在内的古泗水下游流域的人类繁衍生息和生产开发提供了优越的自然条件。

早在先秦时期，泗水流域就已形成较为发达的农业文明，至汉代，农业发展水平进一步提高。由于当时的气候温暖湿润，土地肥沃，尤其是水利资源丰富，生态环境优越，宿迁地区农业发展水平较为先进，是典型的鱼米之乡，在当时的农业社会中属于最富庶的地区，经济水平远超今江南地区。《尚书·禹贡》根据土地肥力将全国"九州"土地分为三等九级，宿迁属"徐州"，土地肥力为"上中"等，远高于时属"扬州"的今江南地区的"下下"等。《战国策·秦策》亦称泗水流域为"膏腴之地"，《后汉书·陶谦传》载："徐方百姓殷盛，谷实甚丰，流民多归之。"后虽在三国、南北朝期间频受战乱影响，宿迁归属屡经更替，经济也遭到破坏，但农业发展水平总体保持稳定。南北朝时徐州刺史薛虎子在《徐州陈政事表》中云："徐州左右，水陆沃壤，清（泗）、汴通流，足盈灌溉，其中良田十万余顷。"到了唐代和北宋时期，种植业进一步发展，曾出现"一熟可资数岁"的丰收景况。唐朝诗人张籍在《泗水行》中写有："泗水流急石篹篹，鲤鱼上下红尾短。春冰销散日华满，行舟往来浮桥断。城边鱼市人早行，水烟漠漠多棹声。"更是生动形象地描绘出当时泗水下游地区水美鱼肥、舟船泊聚以及市井繁荣的场景。

作为"禹治九水"之一的古泗水，还因为其地理位置和南北走向，尤其下游通畅，水运商贸开发甚早。早在两千多年前的《禹贡》就有"沿于江海，达于淮泗""扬徐二州贡道浮于淮泗，则自邳宿而西，漕运之始也"的记载。春秋时期，吴王夫差先开邗沟，后引菏入泗，最先沟通了"四渎"，即江、淮、河、济四大水系，从而使泗水之滨的宿迁自古就有了"北望齐鲁、南接江淮"之称。战国魏惠王所开的鸿沟，又进一步沟通了中原地区和江淮地区的水运交通，《史记·河渠书》载："荥阳下引河东南为鸿沟，以通宋、郑、陈、蔡、曹、卫，与济、汝、淮、泗会。"秦汉时期，泗水更是国家漕运的重要运道。东汉时期的王景治水，使河汴分流，又沟通了汴水和泗水，进而又加强了经由宿迁的泗水水运交通地位。直到明清大运河开通前，南北航行水运和国家漕运通道基本都是依托古泗水中下游河道为基干的，泗水之滨的宿迁也因此一直是一座重要的交通枢纽城市。

在某种程度上可以说，古泗水流域对宿迁发展变迁有着十分深远的影响。仅从作为人类社会活动和经济发展"活化石"的地名来看，泗水下游的宿迁地区就先后有泗阳县、泗水国、泗州、泗洪县以及"泗口"和今天安徽的泗县等许多与泗水有关的古今地名。而徐州以上只有其源头的泗水县以"泗"为名，这充分证明了作为下游流域的宿迁地区受泗水流域影响最为深远，且得益于古泗水的润泽也最甚。可以说，孕育和兴盛于水体丰茂的泗水之滨的宿迁，古泗水就是它的母亲河，更是宿迁发展变迁的重要见证和源流。

古泗水流域还是上古文明"东夷文化"的重要发祥地，也是中国传统文化的核心——儒家文化的诞生地。古代传说中的诸多首领人物如伏羲、神农、黄帝、少昊、虞舜、大禹等无不与泗水有关，孔子、孟子、颜子、曾子、思子、墨子等众多的先贤圣哲都生长和活动在泗水流域。春秋时期，孔子在"洙泗之间"讲学授徒（洙，即洙水，古水名，源出今蒙阴县东北，古时至卞县与泗水合流，故道久湮，非今洙水），此后人遂以"洙泗"代指孔子和儒家学说。北魏地理学家郦道元誉泗水为"海岱名川"。唐朝诗人李白足迹遍及泗水两岸，并留有"秋波落泗水，海色明徂徕"的佳句。白居易著名的《长相思》："汴水流，泗水流，流到瓜州古渡头。吴山点点愁……"也是一首家喻户晓、耳熟能详的佳作。宋代理学家朱熹的《春日》："胜日寻芳泗水滨，无边光景一时新。等闲识得东风面，万紫千红总是春。"千百年来更是被广为传颂。

然而，这一切，到了南宋时期，流淌了数千年的古泗水安流入淮、滋养两岸的局面被打破。"夺泗入淮"的黄河，鸠占鹊巢，是淮泗流域历史上一个重大的转折性事件，最终使苏北地区乃至淮河下游地区发生了巨大变迁。

南宋建炎二年（公元1128年），东京（今开封）留守杜充为阻止金兵南下，在李固渡（今河南滑县境内）人为决河，以水代兵，使黄河在山东金乡夺泗南下，经徐州、下邳、宿迁、淮阴入淮，成为黄河长期南泛"夺泗入淮"的开端。此后，黄河还有多次大规模南泛入泗的记载。其中，金章宗明昌五年（公元1194年），黄河在武阳决口泛滥，由封丘沿汴水至徐州夺泗，从此徐州以下泗水河道均为黄河所夺，黄泛之灾亦日趋严重。直至清咸丰五年（公元1855年），黄河于铜瓦厢（今河南兰考县境）决口后北徙，才结束了长期南泛的局面。但徐州以下泗水故道皆被淤废，仅留下了一条高出两岸地面4-6米的"地上河"，即今天的黄河故道。

黄河"夺泗入淮"看似是水系的变迁，但因其"善淤、善决、善徙"的特性，实则是影响地区生存环境和经济社会发展的重大变迁。长达700多年的黄泛肆虐最终使苏北以及整个淮泗流域水系遭到严重破坏，河道淤塞，湖泊兴替，水、旱、蝗、沙、盐碱等自然灾害频发，地区生存环境乃至整个经济社会也随之发生了翻天覆地的重大变化，并成为整个区域近现代发展相对滞后且开始逐步落后于江南地区的重要原因之一。

据《宿迁县志》记载："自南宋以来的800年间，水势横溃，河湖无涯，无岁不受患。"这也是宿迁历史上数次迁城的主要原因。至今在宿迁地区还流传着这样的歇后语："夜里搬家——宿迁"，"宿迁宿迁——住一夜就搬迁"。据说当时古黄河决堤，洪水如猛兽漫泻而来，眼看县城将遭灭顶之灾，一切将被洪水吞没。于是，人们连夜向高处搬迁，一夜之间将整个县城迁移到了一个山坡上。从此，"一宿之迁"的说法广为流传。

泛滥的黄河挤占古泗水河道，大量的泥沙冲积，也对宿迁的地形地貌变化造成了一定的影响。由于泥沙淤积，河道不通，原有的水网河流全部遭到严重破坏，淮水、泗水、睢水、沭水、沂水等主要河流水系被打破，骆马湖、埠子湖、白鹿湖、仓基湖等众多湖泊被淤塞或积为平陆，原始植被也遭到破坏，土壤急剧沙化和盐碱化，水利设施也遭到破坏，良田不断退化荒芜，农业生产水平出现急剧倒退，"稻作为主"也逐渐被"旱作为主"取代。

据《徐州府志》载，清代同治年间宿迁已经"下隰之稻，百不及一"。宿迁人民也由此陷入了无穷无尽的灾难之中，洪水所到之处，田庐飘荡，村落成墟，人畜溺死无数。有水则涝，无雨则旱，十年九灾，且大灾过后连年颗粒无收，人民生活极为贫困，继而流民四起，卖儿鬻女随处可见，甚至出现"人相食"的惨烈景象。明代宿迁人张忭曾作《哀宿口号》四首律诗，其一写道："流民连岁不堪图，尤是今年景象殊。树已无皮犹聚剥，草如有种敢嫌枯？插标卖子成人市，带锁辞年泣鬼途……"真实反映了当时宿迁人民所遭受的沉重灾难。

从此，泗水之滨风光不再，黄金水道变成了洪水走廊，良田沃土变成了黄泛之地，鱼米之乡变成了多灾之乡，宿迁也由此成了贫穷落后的代名词。即便在1855年黄河北徙后，黄河"夺泗入淮"的遗患还在长期持续地影响着宿迁地区，直至新中国成立后很长一段时间内，仍难以从根本上改变易旱易涝、多灾低产的农业生产面貌和贫穷落后、经济欠发达的状况。

而此时的泗水由于入淮河道被黄河侵夺，其中游逐步在徐州至济宁间潴蓄，形成昭阳湖、独山湖、微山湖、南阳湖等湖泊，从此，泗水不再南下。同治年间，四湖连成一片形成今天的南四湖，该段河道亦湮废在湖内，至此，古泗水仅剩济宁（鲁桥）以上河道，即今天的泗河，徐州以下则被称为黄河故道。泗水的名称也开始逐步被黄河而取代。随着年深日久，泗水逐渐淡出人们的记忆，湮灭在宿迁历史的长河中。

一棵距今两千多年的鲜活古树

如果说要用一个人物来代表一个城市，那对于宿迁，人们首先想到的就是楚霸王项羽。位于市区南部中运河和古黄河之间的项王故里，不仅是著名的旅游景点，更是宿迁的一张亮丽名片。

在景区的大门前，一座高达 9.9 米雄迈今古、提兵跃马的项王铜像，气势雄伟，飒爽英姿散发着浓郁而厚重的历史气息。仿佛让人看到了破釜沉舟的巨鹿之战霸气绝伦的风姿，让人热血沸腾。又像是电视剧中大破秦军后，项羽于辕门召见诸侯将领，诸将无不跪着前来，不敢仰视项羽的情境。何等威武！

走进景区登上城楼，居高临下，整个建筑群尽收眼底。青砖青瓦，飞檐石基，古色古香的建筑群既有汉代民居特点，又有宫殿式建筑风格。既雍容典雅又十分雄伟壮观。

项王故里主体建筑为三进院落，迎面高耸着一座高大的石牌坊，上书"项王故里"四个大字。

英风阁作为建筑群的主体，阁内有项羽高大塑像。在英风阁门前，一尊巨大的青铜鼎坐落在院子中央，鼎高 2.6 米，直径 1.9 米，重 8 吨。古朴壮观，气势雄伟，鼎上有项羽不朽的历史功绩的铭文。墙上嵌着项羽生平十二幅浮雕，如项羽举鼎、鸿门设宴等。

第三进院为花园式庭院，正面为故居纪念室，室内有虞姬像，室外有系马亭，亭内有石雕乌骓马，亭外有拴马槽。该槽相传为项羽饲养乌骓马所用，保存至今。

庭院的右边，一棵巨大的古槐树几乎占据了庭院的一半。树高 10 余米、树围约 3.86 米、树冠径约 10 米，槐树一分为二的造型及体态之粗壮无不让人震惊，被列为国家一级保护古树名木，位居江苏十大"寿星树"之首。这棵树貌奇古的老槐树虽经历两千多年风风雨雨，枝干苍老，但仍傲然挺秀，令人发思古之幽情。苍皱的树干依然彰显着古树的魅力，斑驳的裹结犹显项羽的铮铮铁骨和英雄气概。

走近这棵呈"V"字形生长的"项王手植槐"，你会看到树体有两根粗壮的枝干，需要五个成年人才能将其合抱住，其中一根主干已经中空，还"挂着拐"。细心的游客可以看到，这根"挂拐"的枝干虽然同样生机旺盛，但整体显得有些焦黑。"据说西侧枝干曾在 1974 年遭受雷击，现在已经被'复活'。"

考虑到古树"年事已高"，为了得到有效的保护，景区在古树周围修建了一圈铁栅栏，栏杆上系满了祈福的红布条。在栅栏里，管理人员为了缓解树干的承重压力，用铁箍将裂开的树干箍在了一起。老的树干已经枯萎了，为了保证大树能够充分吸收营养，景区管理人员又在旁边种植了一棵小树，运用'嫁接法'，配合古树四周的通气孔，让地下的树干能够更好地呼吸上面的空气。

根据《淮阴风物志》记载：宋初，黄河夺泗入淮，下相城（今宿迁古城）湮圮，但项王故里的古槐幸存。由于黄河泥沙淤积，在长达几百年的过程中，树干多次被泥沙掩埋，然而遗留下的树梢却一次又一次地顽强生长。现在大家所看到的，其实是这棵古树的一条枝干重新焕发生机后长成的，这已经是第四代再生枝了。最初的树根被埋在地下，距离现在地面的树根大约十几米的深度，足见其所经历的磨难。即使如此，每到春夏，依然满树繁花，枝叶茂盛，生机勃勃，堪称一大奇观。该树曾被美国一位植物学家喻为"天下第一槐"。它不仅创下了植物界的奇迹，更是见证了宿迁数千年与水为邻的历史，见证了宿迁人视死如归的英雄气概。

一个快速成长的中国现代酒都

翻开宿迁历史，在远古的宿迁大地上，就流淌着淮水、泗水、睢水、汴水、沂水、沭水等众多名川大河，富陵湖、骆马湖、侍丘湖、白鹿湖、埠子湖、仓基湖等湖泽更是星罗棋布。正是由于水系发达，河湖密集，为原始先民提供了理想的生活环境，也为城市的兴起提供了坚实的基础，人们逐水而居，依水而城，在这片大地上繁衍生息并创造了灿烂的文明，其中最具特色的就是酒都文化的开发和传承。

宿迁地处中国地理南北分界线，气候温和湿润，水域面积占比达四分之一，拥有华东地区最大的淡水湿地——国家级洪泽湖湿地自然保护区。独特的地理环境，为宿迁的酿酒产业提供了良好的生态机遇。宿迁被誉为中国最具天然酿酒环境与自然酒起源的地方，是拥有六枚中国白酒驰名商标的产区，也是世界十大烈酒产区和三大湿地名酒产区之一。可以说，温润的气候、广袤的湿地、优良的水土以及丰富的微生物等自然要素在酒窖中精妙融合，才形成了宿迁美酒特有的味感。

宿迁的酿酒历史源远流长，1954 年在泗洪境内出土的下草湾醉猿化石距今约 4 至 5 万年，被称为"中国自然酒起源的地方"；秦汉时期，古泗水国酿酒技术名扬天下，被誉为"天然粮仓""大汉酒国"。

兴于隋唐、盛于明清，有着 1300 多年酿酒历史的宿迁，以盛产美酒而名扬天下。1915 年，洋河酒获巴拿马国际博览会国际名酒称号及金质奖章；1955 年 11 月，在全国第一届酿酒会议上，双沟大曲荣获甲等佳酒第一名；1984 年，洋河酒获原轻工业部酒类质量大赛金杯奖。近年来，宿迁酿酒人在继承古法酿造技艺的基础上，不断创新酿酒工艺，率先突破了中国白酒香型分类传统，首创以"味"为主的绵柔白酒质量新风格，"绵柔型"作为白酒特有类型被写入国家标准。

"醉里乾坤大，壶中日月长。"得天独厚的生态环境，成就了宿迁美酒的卓越品质。2012 年，宿迁被中国轻工业联合会、中国酒业协会联合授予"中国白酒之都"称号。中国酒文化源远流长，以酒闻名的城市很多，但有"酒都"之誉的地方屈指可数，全国仅有江苏的宿迁和四川的宜宾两个地方获此殊荣。

酒都宿迁的崛起，得益于"先天优势"，更是"后天努力"的必然。近年来，宿迁始终将酒产业作为支柱产业、地标产业予以重点打造。截至 2021 年底，全市共有以洋河、双沟两大中国名酒为代表，以乾隆江南、御珍酒业、分金亭酒业为龙头的各类白酒产业 170 多家，原酒产能 24 万吨，储酒能力 127 万吨，窖池总数 7 万口。拥有"梦之蓝""蘇"酒等 6 大中国驰名商标、23 个省著名商标、20 个省名牌产品，形成了集成化、多元化、品牌化的酿酒产业。

如今的宿迁，城因酒而名、酒因城而兴，酒城交融、互促相长，不仅酿造出了享誉千年的美酒，更创造了灿烂多彩的文化，获得了"华夏文明之脉、江苏文明之根、楚汉文化之魂"的美誉。

时光流转，岁月沧桑，今日的苏北水城宿迁，秉承"生态为归宿，创业求变迁"的发展理念，在 1996 年地级宿迁市成立后仅仅 25 年的时间里，经济建设和城市面貌都发生了翻天覆地的变化，截至 2021 年宿迁的 GDP 已达到了 3719 亿元，比建市时的 1996 年增长了近 30 倍，财政一般预算收入达到了 221.2 亿元，比建市时的 1996 年增长了近 65 倍。从 2018 年起，宿迁成功跨入全国地级市"百强"。整个宿迁正在以现代生态新城的崭新风貌，成为苏北大地、古黄河畔的一颗璀璨的明珠。

不仅经济建设发生了质的飞跃，精神文明建设也取得了举世瞩目的成就。2017 年，宿迁以全国总分第一的成绩创成"全国文明城市"，此外，还先后荣获"国家人居环境奖城市""国家卫生城市""国家节水城市""国家园林城市""全国绿化模范城市"等多项殊荣。

水是一座城市的血脉，更是一座城市的灵魂。一方水土养育一方人物，一方水土培育一方文化。宿迁之所以能够成为中国的酒都，其实答案就在于宿迁大地上的这一方水土，更在于这一方勤劳智慧的人民以及千百年来绵延不绝的传承和发扬。

傍晚时分，徜徉在宿迁古黄河水景公园，步行道上或跑步或慢走的市民络绎不绝，整个城市处处氤氲着一股浓浓的酒香和淡淡的花香。特色龙堤、雄壮河湾广场、欢乐湾、古河风光台、樱花苑、水杉林、双塔云影、藏金湾等景点交相辉映，将整个黄河故道串联起来，各有特色，又浑然一体，犹如为宿迁披上了一条风光秀丽的绿色纱带。

因水而"迁"又因水而兴的宿迁，处处洋溢着青春的活力，产业迸发澎湃动力，生态环境优美如画，人民群众生活逐渐富裕，群众的获得感和幸福感有了质的提高。改革创新，传承发展，已经成了当代宿迁人肩负的重要使命。

体育，让景区变得更精彩

位于古黄河两岸的宿迁古黄河水利风景区，西起通湖大道，东至古黄河二号桥。整个景区占地面积 4.11 平方公里，规划范围内古黄河段长 6.8 公里，水域面积 1.72 平方公里。

整个风景区由一个个公园组成，从西向东依次为"印象黄河公园""水景公园""雄壮河湾公园"，是集水利、观光、旅游、休闲、娱乐于一体的城市水利风景区，也是沿岸广大市民休闲娱乐、水景观光、健身锻炼的理想之所。

2014 年 10 月，水利部公布了第十四批国家级水利风景区名单，宿迁宿城古黄河水利风景区名列其中，成为宿城区首个国家级水利风景区。

景区内的每一个公园都是免费的、开放的，你可以从任何地方进出。滨水的公园内，小桥与流水相依相偎，大树与小草形影相随，鲜花与步道交相辉映。亭榭错落，别有雅趣，鸟语花香，绿树成荫。岸边木制的亲水平台和栈道一直延伸到河面，许多规格不一的大型石块点缀其间。

在寸土寸金的中心城区核心地段，能够建成这么一大片公园绿地，为沿岸的广大市民提供了重要的公共活动空间，足见宿迁市委、市政府的睿智和担当。然而随着城市居民生活水平的不断提升，古黄河景区公园的功能也在发生着悄然的变化，以休闲和旅游观光为主的理念正逐渐被生态体育和全民健身所取代。

为了满足广大市民健身的需要，切实打造中心城市"十分钟健身圈"，以中心城区体育公园、城市绿地、社区空间为建设框架，解决市民"去哪儿健身"的问题，从 2016 年开始，市委、市政府在古黄河水景公园内又开工新建一座生态体育公园。一条800 米不规则环形塑胶跑道、一个多功能运动场、一条自行车轮滑道、四个标准网球场、五个篮球场、一个门球场、十余处健身路径等一系列健身场地陆续建成，只要进入公园，市民能随时随地都能找到健身场地。

在这里，公园就是天然的健身房，公园就是标准的运动场。清晨，一群群广场舞爱好者早早地就来到这里，随着音乐的节奏，翩翩起舞，即使在炎热的夏天和寒冷的冬天，他们也从不间断；旁边的太极拳爱好者也不甘落后，一招一式，整齐划一；夕阳下，来一场夫妻间的网球对垒，既锻炼了身体，又增进了感情；周末，和球友们在足球场上酣畅淋漓地奔波，每进一个球都要大声欢呼，似乎忘却了工作一周的疲劳；篮球场上，一场职工业余比赛正在如火如荼地进行，交替上升的比分，预示着"友谊第一比赛第二"。

在这里，公园是不用买票的游乐场，孩子们在柔软的草地上放风筝，在小树丛中和小伙伴玩捉迷藏。年轻的父母也不用特意在周末抽时间陪孩子逛公园，大可以放心地让他们自己去玩耍。

不仅在生态体育公园，景区的其他公园也都根据地理位置的特点和周围居民的健身需求，建设有专门的体育活动场所，市民们完全不需要到很远的地方去锻炼。

在印象黄河公园，一片片茂密的树林中，一条条彩色的塑胶小道显得格外醒目，一些戴着头盔、穿着迷彩服的骑行爱好者，常常把这里当作他们休闲骑行的最佳场所。穿行其间，偶尔还能看到一些装备齐全的专业自行车运动员在训练。

一些喜欢健步走的市民则在河的对岸，身着统一服装，高举旗帜，跟着音乐大步前行，即使挥汗如雨，也不会停下来，长长的队伍，蔚为壮观。据说最多的时候，有上千人加入。

在轮滑场地，一些学习轮滑的孩子，在老师的带领下，有模有样地从身边呼啸而过，那种认真的劲儿完全不亚于专业的运动员。

在水景公园的水上运动中心，宽阔的河面上，一只只皮划艇依次划行，有单人的、双人的、四人的，还有多人的，坐在快艇上的教练们跟在划艇队伍中，忽前忽后，通过喇叭及时纠正选手们的动作、姿势，计算着时间和频率。他们当中的很多人都参加过宿迁举办的生态四项赛，在省运会和青少年划艇比赛中取得过优异成绩。

在古黄河雄壮河湾，每隔差不多一公里就有一个全民健身路径点，各种适合中老年人锻炼的体育设施齐全，每一个路径点内都配备有太空漫步机、弹震压腿器、腹肌器、太极揉推器、肋木、腰背按摩器、双联蹬力器、上肢牵引器、扫腰器等设施，且每一种器材旁边都图文并茂地标明主要功能和锻炼方法，人性化十足，深受中老年人的喜爱，没事的时候他们总爱到这里来做做拉伸、交流交流。

公园的中间交叉穿行的人行步道就像一条条彩带飘荡在公园绿地之间，供市民步行穿越，这也是最受市民喜爱的场所。

在滨水的公园内，得天独厚的条件，也为垂钓爱好者提供了绝佳的场地。水边的栈道和石头上面，一个个垂钓爱好者聚精会神地盯着河面的浮漂，生怕错过有鱼咬钩的精彩瞬间。尤其是在节假日，钓鱼的人更多，许多的钓鱼爱好者长年累月在这里垂钓，他们只为渔，不为鱼。

如果用无人机广角镜头，对整个古黄河水利风景区进行移动拍摄，呈现在眼前的一定会是一幅非常壮观的古黄河全民健身图。

在宿迁的古黄河畔，公园的功能已逐步实现由旅游观景和休闲娱乐到生态体育和全民健身的嬗变，市区公园体育化、体育设施公园化，正受到越来越多市民的喜爱。

钟灵毓秀古黄河

对于一座城市来说，河流是她的血脉，也是她的灵魂。对于宿迁人来说，古黄河就是她的母亲河。纵观宿迁的发展历史，因水而迁，又因水而兴，这是她真实的历史写照。

作为历史上闻名全国的洪水走廊，黄河曾数次光临宿迁，滔滔河水曾多次吞噬过宿迁这片古老而文明的土地，但也让宿迁人深受黄河之恩惠。

对于宿迁来说，黄河古道，已不仅仅是条河流，也不仅仅是个记忆，她是如今宿迁大地上一道亮丽的风景线，同时也成了人们繁衍生息的风水宝地。

那从心头流过的清澈河流，似乎悄然显现了这座城市特有的精神气质，藏在每个宿迁人的血脉里，与古黄河紧密相连、传承至今的，是我们称之为国家河流精神的东西。

当目光聚焦于因河际会的国家河流精神，更需要萃取世界同频的眼光。河流成了城市的美，只因为她懂得给城市一个"看与被看"的角度，此所谓：城市有了河流，就有了倒影，这种美无须多言。

站在古黄河的岸边，河面水平如镜，两岸绿树成荫，人们在河边悠闲地垂钓，老人们在河边姗姗漫步……自从滚滚黄河水将入海口迁到了千里之外的山东半岛，念旧的宿迁人却从不敢对黄河忘怀，不再拥有滔滔黄河的日子，黄河的精神还在！

这清流、这缓波、这温情脉脉与丰腴的体态……正迈着轻快的步伐，带着母亲河滋养的千年文明，以及全面发展的美好新颜，大步向前，奔赴光辉灿烂的前程。

一条古黄河，半部宿迁史，她见证宿迁的过去、现在，也孕育着宿迁的璀璨未来。作为宿迁的母亲河，古黄河与城市同呼吸共命运，见证了宿迁发展的每一段历史。她哺育的英雄之城海纳百川、坚忍执着、创新创造……

在 1996 年区划调整之前，古黄河两岸杂草丛生，连一条像样的路也没有，许多地方还保留着当年黄河泛滥的痕迹，加之缺乏规划和治理，雨污混流，古黄河一度成为城区污水的主要排放场所。每到夏天雨季，臭气熏天，河里的鱼还会因为缺氧而大面积死亡，古黄河也成了人们不愿靠近的地方。

为了让古黄河"变废为宝"，从 1998 年到 2012 年，14 年时间，宿迁市委、市政府组织人力物力，共 9 次对河道进行疏浚、堤防加固、水景植物栽植、堤顶道路设施等治理工作。

从 2010 年开始，宿迁市为了全面改善城区黄河古道水生态和水环境，由市规划局牵头，开始规划建设古黄河水利风景区。西至通湖大道，东至古黄河一号桥，规划范围内古黄河段长 6.8 公里，景区占地面积 4.11 平方公里，水域面积 1.72 平方公里，栽种植物 212 余种，水生植物 20 余种，新建各种桥梁 50 余座，各类体育设施 30 多处。

景区在建设过程中，依托古黄河城区段河道工程，通过实施疏浚工程、道路与护坡工程、亮化工程、绿化和水土保护工程、建闸筑堤工程、截污工程等六大工程，形成了集反映新时期的黄河精神为特色、融自然景色与人文景观为一体的大型城市河湖型水利风景区。在具体建设中，本着兼顾老城区和宿城新区、方便市民的原则，采取分段、分步实施的方法，"印象黄河""水景公园""雄壮河湾"三个板块在五年的时间里相继竣工。

古韵悠长的印象黄河公园，在布局方面，按照"一堤、两带、八园、十景"的空间布局，集宿城区古黄河两岸水利兴修、环境改造、旅游景观于一体，对古黄河进行整治、开发和利用。景区内特色龙堤、古河风光台、双塔云影、宿迁市水文化展示馆、朱瑞将军纪念馆、中国奇石馆等景点分布在不同的区域，河岸沿线的美景和清澈的古黄河水相互交融，明秀灵动。

在内涵方面，重点突出水的元素，以古黄河水体、古黄河文化、楚汉文化为核心，充分利用水资源，打造水景观、水特色、水文化、水环境，做好水文章，把古黄河打造成一个河清湖秀、人水相依、生态宜人，集水利、观光、旅游、休闲、娱乐于一体的城市风景区。

作为古黄河景观带标志性建筑的江山塔和春好塔，气势宏伟。双塔总建筑面积约 2500 平方米，其中，江山塔层数为 9 层，高 86 米，春好塔层数为 7 层，高 72 米。双塔塔名来源于乾隆皇帝六下江南，驻跸宿迁时所发出的"第一江山春好处"的感慨。

日出时，看双塔立于水中，与北面的拱桥相映成趣；入夜时，双塔映月，遥相呼应。双塔倒影耸立湖中，在霓虹灯的照映下，流光溢彩，碧波荡漾，美不胜收。

站在九龙宝塔向下望去，往东南是一眼望不到头的黄河古道公园，公园里绿树成荫；往西北则是烟波浩渺的骆马湖，湖面上渔舟点点，鸥鹭翱翔。

被称为中心城市河湖水系通联枢纽的古黄河水景公园，是一座集滨水旅游、体育休闲、应急避难等功能于一体的市民公园。园中的一汪碧水澄澈如镜，不时有飞鸟掠水而过，在水面荡漾起圈圈涟漪，生出一种野逸之趣。沿河的栈道两侧，芦苇依依，绿意涌动，尽显自然之美。在这里，可以欣赏到24座各具特色的景观桥梁，领略匠心匠意。

沿岸绿植满目葱翠，广场绿地赏心悦目，醉人景观星罗棋布，犹如一幅天然画卷，置身其中令人心旷神怡。忙碌了一天的人们纷纷聚集而来，有的坐在长廊下闲聊，有的和家人一起散步，孩童在溪间戏水，脸上洋溢着快乐的笑容……

生态清新的古黄河雄壮河湾公园宛若一座天然的大氧吧。公园分为南岸、北岸两个景区，包括城市广场、儿童游乐区、黄河新天地、生态保育区、商业街区五大功能区，是休闲散步的绝佳场所。景区内，万卷山、登高台、神马石、项松坪等景观小品错落有致，各类乔木、灌木蓬勃生长，苍翠欲滴。柔软的草地、碧绿的杨柳、典雅的亭子……园中的生态美景和园林艺术相得益彰，带给人们美的享受。综合性的商业建筑、青少年城市广场、仿古亲水楼阁、健身路径、现代化的街坊公舍、直饮水机、公园长椅等配套设施，可以满足不同年龄层次市民的娱乐和休闲需求。

当清晨第一缕阳光照入宿迁大地，这里就已经热闹起来，健身步道、网球场、水杉林里早已有了晨练人的身影，江山塔、春好塔在晨光中舒展它们妖娆的身姿……古黄河早已成为宿迁人心中的"后花园",钟灵毓秀、婀娜多姿的古黄河风光带,如一位在水一方的伊人巧笑倩兮,不仅成为宿迁人心头的骄傲,更是宿迁城市生态和旅游的绿色名片。

傍晚时分,我们徜徉在宿迁黄河故道景区,步行道上或跑步或慢走的市民络绎不绝,河边仍有人在垂钓,公园内露天篮球场上,年轻人在挥洒汗水……特色龙堤、雄壮河湾广场、欢乐湾、古河风光台、樱花苑、水杉林、双塔云影、藏金湾等景点互相辉映,将整个黄河故道串联起来,各有特色又浑然一体,犹如为宿迁披上了一条风光秀丽的绿纱带。

每天来这里游园、锻炼的人不计其数。这么好的水环境,当然也少不了那些垂钓爱好者的身影,他们静寂无声垂下的,是鱼钩、是漂浮、是不设防的心灵、抑或是白日俗世里尚未来得及摆脱的忧愁与伤感。究竟钓走几尾鱼呢? 豁达的宿迁人从不去惊扰问询。而黄河水,苍翠清明的绿,就刻在了每一个人心里。

优美的环境,完善的设施,位于宿迁古黄河畔的水利风景区,不仅得到市民的青睐,也得到了国家的认可。如今,在宿迁流传着这样一句话:一条古黄河浪漫了一座新城。

第三辑

大美洪泽湖

SHUIYUN

YIFANG

洪泽湖的水

水是万物的生命之源。水生万物，万物水润。是水，孕育了洪泽湖丰富的物质资源，甘甜的湖水下，是鱼鳖虾蟹和水生植物的世界；湖水之上，是鸭鹅雁等水鸟的天地。是水，孕育了洪泽湖深厚的文化底蕴，作为世界文化遗产的洪泽湖大堤历经千年，修复、加固，至今仍然发挥着重要的作用，堪称中国水利史上的奇迹。

踏上素有"水上长城"之称的洪泽湖大堤，呈现在眼前的是一幅巨大的水墨画卷。以天为顶，以地为底，以日月星辰为邻，以风雨雷电为伴，浩渺烟波演绎出无尽的绚丽和多彩。湖面上的点点白帆，隆隆机声，川流不息、南来北往的运输船队和撒网垂钓的渔船，构成了一幅洪泽湖独特的美学画面，描绘出洪泽湖的古朴原始之美。

位于苏北平原上的洪泽湖，宛如一位纯朴的乡间少女，摆脱热闹尘世，远离城市，独自守着湖水的贞洁，酿出一块冷清的天地。洪泽湖之水天上来，它靠雨雪的积蓄保持湖水的平衡，它靠珍藏的苇根、菱根繁衍生息，净化湖水。它靠水浪的打磨荡活一湖水，生养着自己的鱼和蛙、昆虫和小鸟……

春天，阳光明媚，湖水把自然的微笑铺展于轻风之中，波光粼粼，金光闪闪，伸手可掬，温婉可亲；盛夏，湖水把狂欢托给暴风骤雨，雨乘风势，风借雨威，湖水接着天水，掀起惊涛骇浪，浪的汹涌，水的韧性，练就了洪泽湖人同舟共济、自强不息的精神；深秋，湖水把和颜悦色展现在绵绵秋雨之中，细雨霏霏，烟波浩渺，水天一色，浑然一体；冬天，湖水凝结成厚厚的一层冰，并且塑造出壮美的形象，晶莹坚固，清冷的湖水在冰下禅心修炼，认真完成一次涅槃，以新的姿态迎接来年的春潮。

洪泽湖西高东低中间洼，呈不规则几何形态，从东北至西南方向筑有拦水坝，其余都是天然湖岸，岸线弯曲，岸坡平缓。全湖水域由成子湖湾、溧河湖湾、淮河湖湾三大湖湾组成。当水位为12.5米时，湖水面积为1597平方公里，在汛期湖水面积可扩大到3500平方公里。明清以来，湖水全凭洪泽湖大堤作为屏障，也就形成了一座高于地面的悬湖。

风和日丽时，碧水如镜，上下天光，一碧万顷，沙鸥翔集，波光粼粼。不知是水洗亮了天，还是天照亮了水，格外地清新和高远。湖岸边，那一簇簇松树偎依在大堤两侧，千姿百态，风情万种，似妩媚的少女楚楚动人。无数的白杨整齐挺拔，直入云霄，像英武的士兵护卫着大堤。堤坡小草平整似毯，踩上去感觉柔柔的，绵绵的。

偶有台风拜访，洪泽湖则是另一番景象。远远望去湖从天边来，天从湖边起。扎堆的乌云由远而近涌来，又马不停蹄地从头顶奔向远方。湖水颜色由深青色转向白色，风卷着巨浪，在辽阔的湖面上恣意妄为，咆哮着向岸边奔来。

然而再汹涌的水也高不过巨大的堤，再磅礴的浪也斗不过坚硬的石。魔高一尺，道高一丈，任凭风吹浪打，堤自岿然不动。

这动静嬗变，是洪泽湖的喜怒哀乐，是洪泽湖的悲欢离合，也是洪泽湖古朴秉性淋漓尽致的表达。

洪泽湖不缺乏诗意，长淮在这里交汇，与岸边的老子山构成一处山水相依的原生态风光。洪泽湖水在这里居然变得更加淳朴，有了温度，便成就了洪泽湖的温泉。温泉水质有多种人体必需的微量元素，具有改善人体机能、调节神经、扩张皮肤血管、解酒醒神等功效。老子山温泉水温高达 63℃，泉质优良，清澈透明。

在这里，海市蜃楼也并不是梦境。2019 年 8 月 4 日下午 3 点 40 分左右，洪泽湖西南方向上空出现了海市蜃楼壮观景象。有高耸的铁塔，有飞檐的城楼，有低矮的民房，还有郁郁葱葱的绿树丛林……海市蜃楼为洪泽湖又增添了一份神秘的色彩。

慕名的游客从四面八方聚集而来，他们来赏荷，荷花出淤泥而不染，是因为这片好水的洗涤。他们喝着洪泽湖水，吃着岸边粮，咽着湖水煮的湖鱼，品着湖水酿的"双沟醴泉"。在这片水上，韵致翩翩，画家留下了画，诗人留下了诗，音乐家留下了不朽的音乐，更多的人留下了流连的影子。

挡不住诱惑，走近湖边，捧一捧湖水润润脸，凉凉的，爽爽的，柔柔的。此时的我如释重负，浑身轻松。我只想在这明媚的阳光下，坐在石坡上，面向大湖，抛开尘世的一切烦恼，似鱼儿自由，像鸟儿飞翔，享受着大湖带来的种种乐趣。

洪泽湖人不仅领略了水的韵致，水的壮美，而且领略了水的力量。水，不只是单纯的风景，更是恩泽，是发展。正因为有了水的存在，世界才变得缤纷，万物才有了生机，人类才延续了生命和历史。

　　悠悠洪泽湖，最值得眷恋的还是那湖充满韵味的水。

在湿地行走

初春时节，我独自一人，行于在洪泽湖湿地那悠长而寂静的林间小道，欣赏着这盎然的春意。

路边盛开的鲜花，沁人心脾的芬芳让你举步又止，高洁优雅的风姿让你驻足长观。芍药花笑破了脸，开得那么芬芳馥郁，开得那么欢快舒畅，开得那么得意扬扬；桃花笑红了脸，露了她的花容月貌，散了她的倾国之香，褪了她的娇媚艳妆；杨柳笑弯了腰，惊起飞鸟空中鸣，招来春风把衣撩，惹得行人回眸笑。看着这些坦荡、可爱的生命，心灵为之一振，顿时肃然起敬，他们仿佛用欢笑诠释着什么。是坦荡，是率性而活，还是笑对人生？

远处，那一泓深蓝的湖水，静静地偎在那里，如恬静的少女，看着你甜甜地笑，不禁轻声低吟春来江水绿如蓝。微风吹来，波澜不惊，水波不兴。湖水清澈明净，波光潋滟，碧绿的芦苇缓缓晃动，在温柔的梦境中迟迟不愿醒来，翩翩的蜻蜓疾驰而来，落在上面，吓得芦苇连忙扭动着笨拙的身躯。日光也来凑热闹，洒下粼光无数，让湖水亮得逼你的眼。

一泓湖水，一座拱桥，在水波潋滟之间，整合的是突兀，成就的是意境；一片绿洲，一条小道，在阡陌纵横之间，看到的是绿意，得到的是生机。这一湖映着蓝天的碧水，滋养着惬意和闲适，摇荡着活力和平静；这一泓脉脉含情的湖水，春风化雨滋润着心田，澄澈明净涤荡着心灵。

那一座位于湖中的小岛，四周的树，高高低低，参差不齐。高的是披着浅色绿衣、戴着细碎花蕊、化着淡妆的翠柳，矮的是穿着灰色蓑衣、开着红花的桃树，红花配绿叶，别有一番风味。多情的杨柳，忘却了晓风残月的淡淡忧伤，用她那戴着花蕊手链的纤纤玉手撩动着平静的湖水。她的千娇百媚，柔情似水，让树上的鸟儿再也按捺不住自己的心情，放声歌唱，歌声婉转动听。调皮的小飞虫也激动不已，一转身跳进湖里，又一振翅飞了回来，仿佛故意挑逗水里的鱼儿。

那一片位于岛中的千荷园，早已沐着春风，迎着朝阳，顶着片片荷叶，在微风中轻歌曼舞，惬意而又浪漫。

入口处的宣传牌上标示这里的荷花有 1008 种，10 万株，到底有多少，我无法一一去数，一是因为当下时节，荷花尚未开放，二是我对荷花的品种知识了解不多，也辨别不清。单从视觉和感官上来判定，应该是有的。

漫步在荷花大观园的木质栈道上，密密麻麻的荷叶林，生长在水鸟合鸣中，吸日月之精华，纳大湖之灵气。仿佛是一群群淳朴的洪泽湖女子，你挨着我，我挨着你，窃窃私语，推推搡搡。间或那"莲动知鱼游"的古典诗歌意象从眼底生出。我默默地静赏着，内心产生一种想要触摸的冲动，情不自禁地伸出手，凑近她……忽又将手收了回来，唯恐亵渎了她的神圣与圣洁。

伫立在拱桥之上，迎着习习凉风，没有御天下之风的欲望，只想融入这一泓湖水，尽享这一湖的宁静，洗涤着自己那颗躁动不安的心。当我开始羡慕那些可爱生物的悠哉生活时，才发现自己失去了很多，也得到了很多。

一缕微风，一抹新绿。雨后的洪泽湖湿地，每一个角落都透着春天清新的气息，浸润着丝丝缕缕的清香。漫步在湿地的道路上，用心去接触自然，感受那心灵的触动，就一定会找到那一片属于自己的净土，一个精神的圣洁家园。

洪泽湖湿地风物

苇

洪泽湖湿地里不种庄稼，主要是生长芦苇。可以说，湿地是芦苇的天地，遍地生长的芦苇在湿地里具有压倒性的优势。芦苇不需要任何人工栽种，它的根系非常发达，繁殖能力极强，冬天收割完毕，第二年春天，只要春风一吹，芦苇就会从湖里冒出来。

一望无际的芦苇绿波随风起舞，前仰后合，发出沙沙的声响，给人以"风吹草低见芦苇"的水阔天空之感。时而飞来的一两只小鸟从芦苇荡上空划过一道白色的亮线，显得更加富有生趣。

一条通往芦苇荡的栈道，由一块块木板铺成。漫步在公园栈道上，随处可见成片的芦苇俨然是一道独特的风景线。棵棵芦苇直立如剑，却又柔情万种，纤细的腰肢摇摇摆摆，密密丛生，修长如眉的叶片挨挨挤挤，泛着绿，透着香，真叫人想抚摸抚摸，可那叶片上的小绒娇嫩得又使人不忍下手。由于湖水的长期冲刷，有些地方的芦苇露出白而青的地下茎，盘根错节，牢牢地抓住这片水中的泥土，生怕稍不留神就被湖水冲走。或许是芦苇真的有净化水质的功能，湿地苇丛中的水并不像其他沟河里的那样浑浊，而是清澈见底，晃荡着蔷薇色。清风吹漾，一脉脉细浪不时亲吻着芦根，一群小鱼也不甘寂寞，不时穿梭其间。

在栈道的木板缝隙里，一棵棵顽皮的芦苇悄悄地钻出来。纤细嫩绿，却又是那么的坚韧。一阵风吹来，栈道两边的芦苇叶子像是在频频招手，难道它们认识我？难道是我们老家河道内的芦苇迁移到这里的？再细细地一看，原来这些芦苇并不是向着我一个人而是对着所有人都打招呼，看来我是自作多情了。即便如此，我仍然很高兴，这或许就是它们的待客之道吧，热情、好客不也正是洪泽湖人的传统美德吗？

芦苇、蒲草，在夏秋季节已然高大茂密。浮萍贴着水面悄无声息地拓展领域。还有许多叫不出名字的水草，它们挤挤挨挨在一起，簇拥着某个不被我知道的小秘密。

荷

夏日，是洪泽湖湿地赏荷的最好时节。

夏至一过，就到了洪泽湖湿地一年一度的荷花观赏期，此时，近万亩荷花次第开放，争奇斗艳，吸引了四面八方的游客纷至沓来。

坐落于洪泽湖湿地公园西南部一个小岛上的千荷园，是一座被柳树、白杨围合的岛屿，当你通过一座桥梁登上这座小岛时，你会发现岛上中部地带有一大片长满荷花的池塘，形成了湖中有岛、岛中有湖的独特景观。

夏日的千荷园，习习微风，荡漾荷池，寻幽漫步，行走在荷花大观园的木栈道上，粉白剔透的花瓣在阳光的照耀下折射出耀眼的色彩，轻风吹来，荷花随风摆动，阵阵花香扑鼻而来，让人感觉美不胜收、心旷神怡。

环顾着荷香弥漫的四周，密密麻麻的荷叶林，生长在水鸟合鸣中，吸日月之精华，纳大湖之灵气。随着湖风且歌且舞，伴着湖浪亦唱亦吟。

那一片默然绽开的荷花，她们为自己生命深处的内在渴求而开放，开得热烈而又娇羞，仿佛是一群淳朴的洪泽湖女子，你挨着我，我挨着你，窃窃私语，推推搡搡，那隆凸起的心事如抑制不住的花苞一起开放了。

那昂首向天的荷花，似晨雾中的火炬，似暮云中的霞光，红艳而又温存，多情而又豪放，年年岁岁以浓墨重彩把生命的热情抒发得如此淋漓尽致，以脉脉深情把红色的剧情演绎得如此动人。

那微微荡漾的清波托起的田田绿叶拱着的红花，半舒着鲛绡似的花瓣，中心生出嫩黄的蕊在恬静的朝阳里显得更加丰腴艳丽，冰清玉洁，只有清亮的湖水有幸能照它的倩影。我对这种美好事物的降临表示深深的敬意，多么希望自己染尘的内心也被这圣洁之物洗礼。

一场雨后，洪泽湖湿地的荷花轻摇曼姿，多了几分娇羞。雨后，潮湿的空气吹拂淡雅的荷香，带着一丝凉意，缓缓沁入心扉，顿感舒畅空灵。那落在荷瓣上的雨水凝成露珠，晶莹剔透。

此时的荷花就像一位挂着泪珠的姑娘，梨花带雨，令人心生怜惜。那亭亭出水的荷花，或全开，或半开，或仅露出粉粉的小骨朵……

菱

湿地的植物生态是多样的，除了芦苇、荷花，还有菱角等多种水类植物。

夏天，菱角是洪泽湖湿地的一道风景，那一片覆盖在水上的菱，袅袅娜娜，青绿碧翠，白花点点，素雅大方，似洒落在绿色地毯上的雪花。

菱是如此执着安定，不像浮萍那样随水漂泊，聚散不定。因为菱有一个深深扎在水底的根，有一根牵着灵魂的线。它风吹不走，雨打不散，一如家庭紧紧团结在一起，守着家园，繁衍生息。菱与莲为邻，当莲开得红红火火，置身于万丈红尘被人们尽情赞美时，菱毫不嫉妒、不露声色地快快活活地生活在莲的底层，赖以生存的条件仅仅是从莲叶缝隙中洒落的阳光、雨露。向人们展示着，以它那坚硬饱满的果实，以它那份"不管风吹浪打"的成熟。

夏天，当荷花盛开时，人们都把目光投向了娇艳美丽的荷花，历代的文人墨客也留下了许多赞美荷花的诗文，却极少有人关注默默无闻的菱角。时至今日，即使你翻遍《辞海》《辞源》也很难发现有几篇是颂菱之词。偶有发现，大多也是采菱者在劳动中唱的《菱歌》。屈原在《离骚》里的"制菱荷以为衣"的浪漫描述及李白诗"菱歌清唱不胜春"的吟诵，寥寥数语，仅算是对寂寞冷落的菱的安慰罢了。

　　然而，菱角却并不会去计较这些。到了秋天，随着季节的变化，昔日盛开的莲花，逐渐枯萎，进入了"残荷听雨"的苍凉时节。菱花却依然悄悄地开开合合，默默地酝酿着生命的灿烂。结出的菱角有红色的、有绿色的、有褐色的、有鹅黄色的、有两只角的、有四只角的。她不妖不媚，不卑不亢，有棱有角有尊严。谁要是不讲规矩，轻慢亵渎了她，她就会刺伤你的手，刺痛你的嘴。你若取之有道细品慢尝，她就会给你一份美的收获和享受。

　　而我真正感到了菱的伟大，是它在任何能成活的地方的本领，哪怕阳光雨露不足，只要在天地之间，它都会把绿色、芬芳的小白花和甜美的果实献出来，由此证明它那一颗无私奉献的灵魂。

鸟

　　保护区内丰富的自然资源为鸟类提供了绝佳的栖息之地，吸引着越来越多的珍稀鸟类前来繁衍生息。据统计，目前保护区内共有各种鸟类15目、44科共194种。每年的冬季，北方的候鸟南迁，保护区又成为各种珍禽鸟类的最佳"中转站"。每到此时，大约200万只候鸟齐聚于此，成群连片的鸟类铺天盖地，清脆的叫声不绝于耳，鹤鸣鹳舞、此起彼伏，形成了一幅美丽壮观的自然景象。在这些鸟类中，有国家Ⅰ级保护鸟类4种，国家Ⅱ级保护鸟类26种，还新发现了世界濒危鸟类——震旦鸦雀。

　　天性爱游玩的水禽们，漂浮在不远处的水面，时而追逐嬉戏，时而秀着恩爱，悠然自得，快乐无比。

白鹭鸟的大长腿是灰色的，嘴巴又尖又长，全身披覆着洁白的羽毛。它们会长时间安静地立在丰茂的水草间，远方那一点白，闪着光，构成了一幅绝佳的水墨画。这一方水域，因为这些水鸟们的身姿，笼罩上圣洁的光环。

野鸭子总是小心翼翼，生活在水中央。它们偶尔会悄无声息地靠近岸边的水域，探头探脑而又悠闲自得，穿梭于水草之间。每次近距离捕捉到它们灵巧的小模样，我总是惊讶不已。

有时候它们躲进茂密的草丛，或者天色已晚，身影融进了黑暗，看不见它们我多少会有点儿失落。水面忽然传来几声咕咕的轻唤，这细微的声音穿透城市的嘈杂，传音入密般进入我的耳朵，内心一时清明起来，浮躁瞬间熨帖。

一对爱美的丹顶鹤在各自打理自己的容颜。其中一只特别仔细，它不停地用嘴巴啄啄颈脖处的毛，在我们看来已经很光滑很干净了，它还不满意，还要再衔一点水，左一遍右一遍地整理，一直到它满意为止。然后，它们又互相打量对方，再去将不满意的地方收拾齐整。

一对对的黑天鹅，深得"大象无形"的精髓，用与众不同的素色，在绚烂的水面上，成为了一独特的风景。它们骄傲的神情，似乎阐述着"我的地盘我做主"的主人应有的风采。

一对已为父母的天鹅，将一只小宝宝围在中间，教它如何在水面上快乐地生存。那个不停在水里扎猛子翻跟头的应该是天鹅爸爸，它用身教的方法，告知它的孩子玩水的乐趣和生存的技巧。从呵护到放开，它们清楚不同的时段不同的教育历程，在某种程度上，动物的本能要超过人类的理智。这些年来越来越多的啃老族，不就是父母们不放手的结果吗？

　　鸟儿在水边嬉戏，我们在公园徜徉。此时，它们的心情是否如我们此刻这般惬意？我总是忍不住揣测鸟儿们的心思。沉浸的时间久了，我会感觉自己也是它们当中的一员。当它们一飞冲天，像一架滑翔机滑过天空时，我也加快步伐，像有一种要起飞的冲动。有时也会停下来，静静地站在岸边，只为再一次近距离观察它们那充满野性、灵动自如的身姿。

洪泽湖大堤的前世今生

　　位于江苏省北部的洪泽湖是中国五大淡水湖中最年轻的湖泊，也是五大淡水湖中唯一一座先有堤后有湖的湖泊。

　　位于洪泽湖东岸的洪泽湖大堤，北起淮阴区码头镇，南至洪泽区蒋坝镇，全长70.4公里，全部用石料人工砌成，是中国古代最重大的水利工程之一，与四川都江堰并称"堰中双雄"。

　　在2014年6月22日卡塔尔首都多哈举行的第38届世界遗产大会上，中国大运河入选世界文化遗产名录。而洪泽湖大堤也作为大运河58处遗产点之一，正式成为世界文化遗产。

　　根据明万历年间成书的《河防一览》等书记载，洪泽湖大堤的历史要追溯到距今2000年以前的公元200年。今洪泽湖所在地区，地质上属于凹陷地带，地势低洼，当时西有万家、泥墩、富陵三个相连的湖泊，南有白水塘、破釜塘两个陂塘。东汉广陵太守陈登在北部屯垦，筑堰三十里（今武家墩至老墩头段老堤基），名曰捍淮堰，这就是洪泽湖大堤最初的起源。

　　公元616年，隋炀帝杨广刚登基就准备巡幸扬州，当他来到破釜塘附近水域时，正值天旱水浅，龙舟搁浅。忽然一夜之间暴雨解围，杨广认为是上天"洪恩浩泽"所惠，于是就把破釜塘赐名"洪泽浦"，这是历史上第一次出现"洪泽"之名，湖也就由此得名。

五代十国时期，南唐楚州刺史何敬洙修筑唐堰。宋神宗年间，楚州司户参军李孟修陈公塘，连接上东汉的捍淮堰，洪泽湖大堤的雏形就此形成。

南宋建炎二年（公元 1128 年），金人第二次攻破开封的前夕，守将杜充不敢迎战。为了阻止金人南下，他便下令掘开黄河大堤，导致黄河"夺淮入海"，人为地造成了黄淮大灾难，各个小的湖泊连成一片，洪泽湖也由此形成。此后的七百年，黄河夺淮日益频繁，淮河流域水灾泛滥，大量的泥沙使得洪泽湖底淤积垫高，湖水常常漫溢成灾，修筑大堤已势在必行。

明清两代，为保障运河漕运的畅通，配合清口枢纽"蓄清刷黄""束水攻沙"的工程策略，解决黄、淮、运交汇处泥沙淤积、汛期防洪等问题，在洪泽湖的东侧，大体以历代修筑的塘堰为基础，加筑土坝石堤，抬高洪泽湖水位，使之高于黄河水位，以蓄积导引淮河来水，冲刷黄河运口河床。明代永乐十三年（公元 1415 年），平江伯陈瑄筑堰以抵御黄河洪水。明万历六年（公元 1578 年），总理河漕潘季驯为了综合解决黄河、淮河、运河交汇地区的问题，以高家堰为主坝，"筑堤束水，以水攻沙"，修筑了长达 30 公里的高家堰大堤，切断淮河向下游旁溢的汊涧，创修洪泽湖水库，次年七月竣工。从万历八年（公元 1580 年）十月起，又开始增筑直立式条石墙护面，包砌石工防浪墙。由于工程浩大，加之水、旱、蝗、震等自然灾害和战乱，洪泽湖大堤增砌的条石墙工程竟经历了明清两代的 171 年，至乾隆十六年（公元

1751 年）才算基本完成。高家堰北端明万历中顺延至运河边，清康熙中改在今淮阴区码头镇，并从此固定下来。

明代的高家堰以南十多公里处，原地形较高而且平坦，离城市较远。潘季驯曾利用它作开敞式溢洪道，称为天然减水坝，沿用了 100 年。清康熙十七年（公元 1678 年）十一月到次年五月，靳辅在此处筑副坝，其溢洪作用改由人工减水坝代替，高家堰遂向南延伸至今洪泽区蒋坝镇。至此洪泽湖大堤基本建成。

新中国成立以后，党和政府对洪泽湖大堤的安全极为重视，进行多次抢修加固，其中规模比较大的共有三次。

第一次是 1951—1955 年的全面检修，在石工墙前加筑石𥕢，分别建造三河闸、高良涧闸、二河闸，在三河闸下开挖长达 150 公里的入江水道；在高良涧闸下开挖长达 168 公里苏北灌溉总渠入海水道；在二河闸下开挖了长达 170 公里的淮沭新河，沟通淮、沂、沭流域并入海。这样初步解决了淮水入江、入海的出路问题，又使洪泽湖成为苏北地区的湖泊型大水库。

1965—1969 年又进行了大规模的加固工程，拆除老石工加筑斜坡，又从湖里取土在坡前修筑防浪台，同时扩大入江水道的排泄工程，使排洪流量从不足 8000 立方米每秒扩大到 12000 立方米每秒，大大减轻了汛期湖堤的压力。

1976 年唐山大地震之后又进行了第三次大修，即对大堤实行抗震加固，工程重点是高良涧至蒋坝的沙性土层段，在堤后加筑长 22.15 公里的两级平台，在淤泥层厚又难以清完的九龙湾等堤基段，加筑三级平台，并填平周桥等处带有隐患的深塘，基本上清除了堤后各种隐患。

2003 年，洪泽湖入海水道完工后，彻底解决了几百年来淮河的入海问题。被大堤关锁的洪泽湖，可以接纳淮河中上游面积达16万平方公里的来水，最大蓄泄量可达100亿立方米，常年可以储蓄30多亿立方米的水量，从而使洪泽湖成为苏北地区泄洪、灌溉、航运、城市供水、发电、旅游和水产等综合利用的湖泊。

洪泽湖位于京杭大运河文化带南北分界线上，而洪泽湖大堤则成为了大运河申遗的重要节点。正是它的修建使洪泽湖得以最终形成，"当时修建大堤，是为了'防淮东漫成灾'。从这个历史节点开始，不断修缮增筑的洪泽湖大堤见证了中国古代治理黄河、淮河和京杭大运河的悲壮历史"。

在洪泽湖大堤前后近2000年的存续过程中，随着洪泽湖水的变化，大堤的建造及其功能也在不停地变化着。据史料记载，东汉末年，战争频仍，谷麦昂贵。国家为了强兵足食，开展了大规模的屯田工作。淮阴地处淮河流域，曾享有"江淮熟、天下足"之誉。为了屯田的需要，当时的广陵郡太守陈登，经过一番考察以后，他认为这一带土肥水美，只要筑好堤坝，即可旱涝保收。于是完成了从武家墩到西顺河镇长30里的堤堰，并取名叫"捍淮堰"。后来，曹魏太尉司马懿为消灭孙吴，进而统一全国，派邓艾在堤内屯田蓄粮，这对洪泽湖大堤的固筑和淮扬的经济发展起到了一定的促进作用。在这段时间内，洪泽湖还没有真正形成，所以，大堤的主要功能还只是屯田和交通。

唐宋之前的洪泽湖原本是一片小湖群，直到1128年黄河夺淮之前，包括洪泽湖在内的江淮地区总体上较为太平，北宋李构曾说"江淮可以经天下"，可见其当年之富庶。

从1128年南宋守将杜充掘开黄河大堤，导致"夺淮入海"开始，直到清咸丰五年（公元1855年），黄河再次改道，夺山东大清河进入渤海。在长达 700 年的时间内，江淮地区不断遭受黄河的侵袭，其间，黄河多次泛滥，给沿途老百姓带来无尽的灾难，瘦弱的洪泽湖因此要承担起黄、淮两条河的泄洪量，洪泽湖大堤处于不断的溃堤和修缮之中。

在漫漫岁月中，洪泽湖大堤有它不堪诉说的苦难。明清两朝，虽然维修和加固了洪泽湖大堤，但无力从根本上控制"悬湖"，湖堤经常溃决。据史书记载，从公元 1575 年至 1855 年的 280 年间，大堤溃决 140 多次。每次堤溃，洪泽湖倾泻如倒，里下河一带尽为"泽国"，人为鱼食。康熙十九年（公元 1680 年）的一场大水，将繁华的古泗洲城沦于湖底。如今在盱眙淮河大桥西附近，每当水位下降时，人们还能看到古泗州城旧城的轮廓。

长达 135 公里的洪泽湖大堤，从空中俯瞰，雄伟壮观，蜿蜒曲折，据说有 108 道湾。关于这 108 道湾的形成有很多种说法，而流传最多的是洪泽湖大堤当初的建造者为了抵御风浪破坏而人为建造了波形堤。然而经过现代水利专家的考证以及相关史料记载，大堤弯曲主要由于决口和石墙倒塌。清朝广泛采用的是月堤堵口法，就是在决口外建一道弯月形堤作截流，单单乾隆年间的 19 年中（1776 年—1794 年），大堤就倒塌 300 多处，所以说大堤弯曲是修堤堵决的结果。

从洪泽县城沿洪泽湖大堤向南 11 公里，会发现大堤东侧有一条石圈堤，这就是周桥大塘。因塘上有形似月牙形的石工墙环绕，又称"周桥月潭"。这是大堤 108 湾中最为有名的一湾。

在周塘大桥遗址公园，有一组展示民族英雄林则徐率众加固洪泽湖大堤场景的群雕，气势恢宏，显得格外引人注目。或许很多人都知道林则徐是民族英雄，是虎门销烟的功臣，但却很少有人知道林则徐还是治水英雄，其带领修建的周桥大塘内堤石工墙，迄今仍然发挥着重要作用。

据史料记载，清道光四年（公元 1824 年）的农历十一月十二日午后，洪泽湖西风骤起，巨浪滔天，惊涛席卷堤顶，高达数丈，洪水数次冲击，终于撕开堤坝。刹那间，夹有冰凌的湖水破堤而下，形成一段宽近 400 米、深达 30 多米的深潭。

周桥溃堤之后，由于决口太宽，大塘深不可测，到第二年仍无法堵塞。朝廷遂令时任江苏巡抚的林则徐前往现场指挥。此时的林则徐老母病逝，尚在丁忧期，重孝在身，按说应该守丧三年，不做官。但因为洪泽湖大堤实在是太重要了，道光帝命他夺情起复立刻赶回负责修缮大堤。为此，林则徐身着孝服急赴高家堰，与当地官民风餐露宿，经过几个月的奋战，终于完工复命。

其后，朝廷又出巨资，用 6 年时间于道光十年（公元 1830 年）筑成长 737 米、顶宽 33 米的内堤，将大塘紧紧围住，并用条石砌成护墙。

6 年时间建 737 米石工墙，或许有人认为太慢了。可如果你到过大塘内堤实地查看，你就会改变看法。在那个没有任何现代化施工机械的年代，劳动人民仅凭着一双双手，竟修建出了针扎不进，指伸不进，如此严丝合缝、固若金汤的石工墙！为了抵御洪水冲击，石块之间采用卯榫结构，用铁钉咬合，并且每块铁钉上都铸有建造者的铭文，以示负责。如果出现质量问题，可以终身追究。2014 年大运河申遗时，来自世界遗产委员会的专家们来到这片石工墙前考察，对一百多年前中国劳动人民的智慧啧啧称赞！

从明万历八年（公元 1580 年）起，洪泽湖大堤全部改为石堤，在迎水坡开始增筑直立式条石墙护面，时称"石工墙"。石工墙使用千斤重的条石及糯米石灰浆砌筑。在洪泽湖大堤 54 公里处，有一个九龙湾，竖立着一堵石工墙，至今仍保存着洪泽湖大堤的最初模样。这些痕迹斑斑、布满青苔的石工墙，共用条石 6 万多块，超 60 万立方米，且都是规格统一的长方形青石，长 0.8 至 1.2 米、宽厚各 0.4 米，从堤脚至堤顶多为 18 层，高度约 7 米。

洪泽湖大堤边上没有山，这些玄武岩条石，要从山东和盱眙等地开采、加工，通过船运到这里。想象一下，一个用了 200 年时间的超级工程，光是运来的石头总量就是一个惊人的数字，如果把这些石头堆在一起，可能是一个不小的山头。如果用单块条石头尾相接，从这里一直可以铺到北京。

水边堆砌的石块是阻击巨浪直接拍打堤岸的，这个石堆的长不必说了，宽度也是非常的。堤岸是大条石铺的迎浪石坡，据当地人讲，石坡水下是几米深的木桩，在打木桩之前，用桐油对木桩表面做了处理，可以千年不腐。

明代修筑石工墙时，先在堤脚打梅花桩或马牙桩（木桩）。每相隔 4 寸一根，根根都要打实，打好木桩再砌石工墙。结构为双层独立，外层挡水，里层挡土。砌石时还采用丁、顺相间的方式并用铁锔扣连。

清代修建石工墙时还在墙后加砖柜，并使条石与砖搭接，再用石灰糯米汁胶结成一体，砌垒石工墙须在无水条件下进行。明代洪泽湖常遇干旱枯水，施工比较容易。清代湖水居高不下，必须采用围堰的方法排水后，方可施工，难度和成本就大得多了。

　　我第一次接触洪泽湖大堤是在1985年的5月，从江苏省淮阴供销学校毕业的前夕，被分配到淮阴县的高家堰乡供销社实习。

　　高家堰供销社就坐落在洪泽湖大堤的边上，从供销社到堤上只有几百米远，没事的时候我就到大堤上去游玩。第一次看到洪泽湖大堤，我就被深深地震撼了，第一感觉就是洪泽湖大堤很长、很宽、很高。在洪泽湖大堤上，我第一次看到有一只和真牛一样大小的铁水牛，昂首屈膝，横卧在厚约10厘米的连体铁座上，重约4000公斤，其造型栩栩如生，铸工精细，斑驳的脊背充满了历史的沧桑，一双炯炯有神的大眼睛，坚定地注视着眼前滚滚的河水。

　　出于好奇，我曾向当地人询问这条铁水牛的来历，他们告诉我，这条铁水牛是康熙年间由河督张鹏翮经办，用生铁铸造而成的。当时一共铸造了九条牛，另外还有两只虎和一只鸡，安放在大堤上，以镇水患。俗称"九牛二虎一只鸡"。如今"鸡飞虎跑"，就只剩下五条铁牛散落在大堤上了，高家堰的这一条是唯一在原址上保存最为完好的一条。

　　时间一晃过去了三十多年，当我接到朋友邀请，再次重返洪泽湖大堤时，这里的一切仿佛那么熟悉又那么陌生，那么亲切又那么感慨。

　　高家堰的铁牛仍在，只是在它的上面加盖了一个亭子，周围也增加了一些保护。

　　洪泽湖大堤仍在，这条世界上最早、最长的水坝，也是除了都江堰外唯一延续千年至今依然在使用的水利工程。大堤的使命逐渐由最初的防洪转变为明清时期的保障漕运畅通再到今日养育滋润着沿湖的千万人民，不变的是她恩泽万物的情怀。长堤沿线留有众多的名胜古迹，许多石碑、宫庙、水工遗迹，积淀深厚，是不可多得的文化遗产。一部洪泽湖大堤的发展史也是我们学会与自然环境和谐共存的过程。

洪泽湖大堤自从新中国建立，就再也没有发生过大的溃堤决口。经过几十年的建设和维护，现在的洪泽湖大堤已经被开发成了著名的旅游区，大堤两侧的数百万株树木组成一道"绿色长城"，把古老的洪泽湖大堤装扮得生机勃勃。先后建造的三河闸、高良涧闸、二河闸和蒋坝船闸等十余座控制闸，犹如一颗颗明珠，镶嵌在洪泽湖大堤上。

我被这举世无双的悬湖的深邃内涵所陶醉，被这大湖厚重的魅力所倾倒。那百里长堤用忍辱负重的坚韧承担了八百年的悲伤，那大堤上铁铸的"九牛二虎一只鸡"就是洪泽湖身边的饰物，她用善良与勤劳装点着自己的期待。那湖底的泗州古城与明祖黄陵，就是洪泽湖的脏腑，她用沉默的废墟，抒发着生命的悲壮。那宏伟壮观的水利枢纽就是洪泽湖的臂膀，托起了苏北经济复苏的一轮火红的希望。雄伟、壮美的洪泽湖大堤如巨人的臂膀护卫着安宁，欢唱着以水兴利的赞歌！

湖水煮湖鱼

自古以来，洪泽湖渔民便传承了"以船为家，漂泊水上，居无定所，捕鱼谋生"的习惯，也养成了纯情憨厚、勤劳朴实的纯朴品性。那时的渔民全都是个体作业，大都使用只能容下一家几口的"连家船"。

渔民们会根据不同季节选择不同的捕鱼工具，有丝网、旋网、滚网、圈网、盘钩、鱼叉等。那时的渔民没有固定的捕捞水域，他们撑起"连家船"，带上这些渔具，或以家族聚居，或以姓氏为群体，终年漂泊在洪泽湖上。常年以捕鱼糊口，生活穷困，衣衫破烂，所以被称为"渔花子"。民谣中唱的"全家睡破舱，吞菜又喝汤，肚子吃不饱，两眼泪汪汪"，就是那个时代渔民生活的真实写照。

新中国成立后，特别是根治了淮河、洪泽湖的水患之后，渔民的生活逐渐变好，也就过上了"50年代船舱是家，60年代草屋篱笆，70年代泥墙土瓦，80年代电灯电话，90年代楼上楼下，新世纪高楼大厦"的新生活。

现在渔民的生活条件改善了，在陆地上有了自己的家园，但他们的生活习惯却并没有多少改变，部分渔民仍然喜欢待在船上，早出晚归，早上早早地就驾船入湖，从事捕捞作业，中午就在船上起火做饭，晚上太阳下山才返回家园。有时到了渔汛期间，为了捕到更多的鱼，他们干脆又直接住到船上。他们捕到的鱼直接送到固定的码头上，专门的人收鱼，不用自己到集市上去卖。现在渔民的捕捞方式已由过去的个体作业改成了协作配合。

我曾在 2016 年应邀到泗洪去做洪泽湖渔民风情调查，历时一个星期。为了掌握第一手资料，我们决定直接到湖里的渔民船上去走访了解。

记得那时还是初秋时节，秋高气爽，湖面风平浪静，大约上午十点，我们乘船入湖。在湖里划了一个小时左右，我们终于看到不远处有几只渔船在湖里作业，随即靠过去，并说明来意，船主热情地邀请我们到他们的船上去。

这是一艘比我们老家普通渔船要大一倍的机动木质渔船，它的前半部分主要是用于捕捞作业，后半部分则是用木头搭起的两层结构的生活区，下面住人，上面用于吃饭、休憩，两面是玻璃窗，前后是推拉门。船舱在主人的精心打理下，显得宽敞、明亮、整洁。

船上是一对夫妻，船主姓陈，看上去有六十多岁，古铜色的脸上布满了记录着沧桑的皱纹，一双亮光闪闪的眼睛含着笑意。

经过询问后得知，其实船主的年龄只有五十二岁，之所以看上去年龄稍大，主要是常年在湖上风吹日晒所致。

船主老陈告诉我们，他们家祖祖辈辈都是靠打鱼为生，他们夫妻两个都是渔民的后代，就连结婚都是在船上。虽然现在在政府的帮助下，已在岸上安了家，但他们还是喜欢待在湖里。他的一儿一女，大学毕业后都留在了城市里工作，只有逢年过节孩子们都回来时，他们才回到岸上的家。

在谈到在洪泽湖捕鱼的话题时，老陈兴奋地告诉我们，经过20世纪以来的治理，现在的洪泽湖资源十分丰富，对于他们这些靠水吃水的渔民来说，简直就是上天的恩赐。洪泽湖拥有鱼、虾、蚌等水产品一百多种，水生蔬菜莲藕、菱角、茭白、水芹等三十多种。洪泽湖最具代表性的鲜味水产有大闸蟹、甲鱼、鳜鱼、白鱼、银鱼、青虾、回鱼、鳗鱼等，洪泽湖大闸蟹因为个大、鳌肥、肉香而扬名大江南北，成为洪泽湖水产品中的"形象大使"。

洪泽湖湖面广阔，湖边滩多，水草生长不均，水域深浅不等，各种鱼类分布和繁殖情况也因区域、水情、草情的变化而不同。然而，这对于那些常年在洪泽湖打鱼的渔民们来说似乎并不在意，哪里水深，哪里鱼多，他们都了如指掌。所以，渔民们根据多年的打鱼经验，将洪泽湖的水底世界划分为四个渔区：大滩洼渔区，位于洪泽湖南部，是淮河家鱼生长区；成子湖渔区位于洪泽湖北部，主要有鲫鱼、鳊鱼、螃蟹；湖西渔区主要有鲤鱼、乌鱼、青鱼、鳗鱼；湖东渔区主要生产银鱼、鲚鱼和秀丽白虾等。每到鱼汛到来之际，几十条渔船集体出动，用木板连续敲打船舱，在一片被合围的水域内，鱼群惊恐万状，四处游窜，不多时，一网网活蹦乱跳的鱼儿就被捕捞上来倒进了渔家的船舱。有时幸运的话，一网就可以打上来一百多公斤，仅仅半天的工夫，所有渔船的舱里全都装满了活蹦乱跳的鱼，也装满了渔民的喜悦……

说话之间，已到了中午，老陈留我们在船上吃饭、考虑到访问还没有结束，来回又耽误时间，我们就决定留在船上吃饭。但由于事先没有准备，船上的食材也不多，好在有许多新捕的鱼，老陈说，那今天就让你们来尝尝湖水煮湖鱼吧，保证让你们吃得满意。

随即，老陈夫妇俩就开始忙碌了起来。在湖里做鱼当然也不用菜刀宰杀，而是用手指从腹面两鳃结合部撕开，掏出鳃瓣和腹中内脏之后洗净待用。

将铁炒锅置于煤气灶之上，锅中倒入湖水，开大火，再将收拾好的鱼放入锅中。不一会儿，锅顶蒸气氤氲、满船生香。待鱼汤翻滚、色呈乳白时就入味了。放入食盐、酱油、牛角尖椒和葱蒜等佐料。再在锅边贴上一圈玉米饼子，大火烧开，不用转锅装盘，稍后举筷即可享用。

用此法烹鱼，肉质细嫩、气味芳香。尤其鱼汤，汁浓而不腻、味鲜而不腥，色香味俱全，更是别有一番风味。

碰巧的是，在老陈的船上还有两瓶珍宝坊，是老陈准备劳累时喝的，也被拿了出来。每人倒上一小碗，船头烹鱼，湖上煮酒，谈笑间迎着湖风仰头而饮，那怡然自得的样子，自然是给个活神仙做也不换。

其实，这种生活方式，对于渔民来说，再正常不过，而对于我们这些久居城里的人来说却感到很新鲜。以前只是在书本上读到过，早在唐代，诗王白居易于江州赴任途中就有诗句：船头有行灶，炊稻烹红鲤。清代，作为扬州八怪之首的郑板桥也曾在《由兴化迂曲至高邮七截句》中写道：湖上买鱼鱼最美，煮鱼便是湖中水。书本上的美味只能看而不能食，现如今，在这大湖之中，能品尝如此美食，真是不虚此行。

　　关于煮鱼的水，洪泽湖渔人有自己独到的见解：哪条河里打起来的鱼就得用哪条河里的水煮，鱼的味道才会更加鲜美。

　　这到底有什么根据？我问过一些老渔夫，他们也说不出缘由，就是这么一辈一辈传下来的，不过这样做出来的鱼确实要好吃很多。

　　忙碌了一天，收获满满。临走前，我们提出要支付饭钱，可老陈夫妇说什么也不肯收，并一再强调这些鱼都是不花钱的，要感谢就感谢这洪泽湖吧。多么朴实的渔民，多么善良的百姓。

　　夕阳西下，到了要返回的时候了。夕阳下的洪泽湖美轮美奂，一艘艘归航的渔舟，满载着收获和希望，向着远方的码头驶去，好一幅质朴温暖的动感画面。无数只大雁在天空中齐声吟唱，围绕着船帆、伴随着夕阳，翩翩起舞。整个洪泽湖仿佛披上了一层金黄色，金光灿烂的湖面，金黄色的渔船，金黄色的帆。优美的湖光水色，渐渐西沉的夕阳，缓缓移动的帆影，放声歌唱的渔民，全都融进了渔笛声里，化作一首洪泽湖美丽清纯的抒情曲，而荡桨声、摇橹声和浪花飞溅声，也组成了渔歌唱晚的动人乐章。最后，几十条渔船渐渐地驶近湖岸，又将这幅渔歌飞扬的场景拉到了湖岸。

杉水相依醉颜红

位于广袤的苏北平原上的洪泽湖是中国第四大淡水湖，位于泗洪境内的洪泽湖湿地公园是宿迁第一家国家 5A 级旅游景区。

这里一年四季景色宜人，春夏时节，芦苇青青，荷花飘香；秋冬时节，候鸟云集，层林尽染。无论你什么时候来，都会觉得不虚此行。

每年的初冬时节，这里都会呈现出一片迷人的色彩。在经历了深秋风霜的浸染和洗礼后，成片的落羽杉终于等来了换装的时节，层林尽染，羽毛般的叶片在冬日暖阳的照耀下，犹如童话世界。绿色、黄色、浅红、深红与一湖碧水，交织生化出的自然之象，早就在梦里美化我的世界。

近日，随着气温的下降，我们再次来到洪泽湖湿地公园时，立刻就被眼前的景象所吸引。一万余株由水杉、池杉、落羽杉等珍贵树种所组成的湿地水杉森林就静静地立在洪泽湖的边上。倒映在清波中，映衬在蓝天下，艳如朝霞，和蓝天、湖水相映成趣。如此美景，让我不禁脱口而出："好像一幅浓淡相宜的唯美油画。"

　　远方，一排排、一行行整齐的水杉树干高耸笔直，枝叶稀疏有型，叶子细长，在冬日阳光的照射下，恰似油画般秀美艳丽。一阵风吹来，叶子飘落下来，如天女散花般美丽，似要把大地也浸染成红色，铺就松软红毯。映在水中的杉叶色彩，斑驳的光影若隐若现。

　　近处，凭水而立的落羽杉，高大笔直的树干枝叶被一层层渲染上了颜色，静谧的姿态与热烈的色彩有一种对立而统一的美。那些还没来得及变红的树，绿绿黄黄，蓝天白云，碧水红杉，格外惊艳。在阳光的照射下，犹如一幅浓墨重彩的油画，红火的色彩，让冬日的洪泽湖公园更显暖意。

　　一场小雪，将整个杉林装扮得分外妖娆，逆光中，闪烁着刺眼的白光，衬得落羽杉熠熠生辉，别有一番韵味。漫天飞舞的红叶，在林间升腾着暖色调的光影，连我也浑身上下泛着暖暖的古铜色。

　　穿梭林中，脚底厚厚的一层古铜色叶子，或埋于白雪下，或敷着淡霜，或滚着清水珠；它们躺着、立着、斜着；拥着、抱着、牵着、拉着，千姿百态，容颜千媚。羽毛状叶片，玲珑精巧，堆积着、铺开去，冰冻的地面，延伸着油画般的暖色调。走在上面，软软的，枯草香气里发出细微的沙沙声，像夏天的毛毛虫在梧桐叶上爬行的声响，微妙而生动，充满了大自然的乐趣。

　　我走到一枝低矮的泛着金光的池杉枝下，想近距离看看，"簌簌"又"簌簌"，趁我不注意，好几枚树叶飘下，落在我的发间、脖子上、羽绒服帽子里，像好朋友一般，是那种见面不分彼此、见对方身上服饰好看就要立马穿上试试的朋友，十分亲密无间。

　　抬眼向上，眼里的美景与意识里叠加的电影镜头里的画面，都一帧一帧移动起来。树冠上的锈红针叶互相交叉，此时的林已泛出红光。冷色的碧水与暖色的杉红，荡漾起我们今天闪光的路。就如一幅水墨丹青，大气而雅致，好一幅"杉水相依"图。

　　人行其间，仿佛是在画中游，既点缀了画面，又饱览了"杉水"妙境，人水合一，人树合一，仿佛是一处童话世界。向外就是烟波浩渺的湖水，安静，闲适而又惬意。让人感动，让人心悸，更让人痴迷！

　　同行的游客中，不知是谁，似是被这眼前的美景所感染，禁不住地大声呼喊：我来了。

　　喊声惊动了树上的小鸟，哗哗哗，在杉林里响起了有力地扇动翅膀的声音。霎时间，成群结队的鹭鸟在空中翻飞穿梭。

　　水汽与杉林混合，水墨跃动着情趣。沿着浅浅的湾流，穿行在飘洒着羽毛状的叶丛的庞大的水上森林，已在不可想象的空间里，格调出精神抖擞的诗篇。

　　洪泽湖湿地的唯美杉林，那深藏在冬日里的一抹怒放的深红，美得空灵而深邃，波澜不惊、如诗如画。静美洪泽湖湿地等你来，邂逅一份鎏金飘红的景色，潋滟冬日里的一抹醉意！

第四辑

清清骆马湖

SHUIYUN

YIFANG

春临骆马湖

雨水过后，天气开始一天天地转暖，逐渐褪去棉衣的人们，也在一步步地融入大自然，开始享受春的馈赠。

和煦的春风，唤醒了沉睡的大地，一场细细的小雨，滋润了湖边的小草。冬眠的垂柳也是开始由黄转青，渐渐地舒展开来，缀满绿叶的枝芽，看上去是那么的嫩和柔。

清澈见底的骆马湖湖面，没有一丝丝的杂质，湖水平静得如同一面明亮的镜子，照耀着春天的美丽容颜。几只不知名的水鸟在水面悠闲地划动。

一条小路，弯弯曲曲，直通湖边。路的两边，那随风飘动的枝条，就如同姑娘的长发，迎风招展，婀娜多姿。一些早已耐不住寂寞的游客，也迈着轻盈的步伐，跟随着这春天的节奏，开始踏青赏春了。

湖边草地上，朵朵娇艳的花苞正在陆续绽开，草丛中隐约可以听到一些昆虫活动的声音。不甘寂寞的小鸟，也早已在枝头歌唱了。

新修建的湖边长廊，曲折蜿蜒。古色古香的六角凉亭，静静地矗立在长廊的中间，水中的倒影若隐若现，显得神秘而又典雅。这里也是游客最喜欢光顾的地方，休憩、拍照、打尖，俨然成了一道亮丽的风景线，游客们在长廊内一边散步，一边欣赏这独特的湖光美景。

在游船服务区，各式各样的小船上早已经坐满了游客，小船在水中荡漾，游人一边欢呼，一边拍照。波光粼粼的水面，细碎的波纹前呼后拥，在阳光的照射下，泛出点点星光。一群海鸥在空中嬉戏，竞逐飞翔。

岸边的沙滩上，孩子们的注意力全都集中到了沙子上，小桶、铲子成了他们的工具，挖沙、堆沙、浇水，忙得不亦乐乎。在那充满智慧和想象力的驱动下，一个又一个造型各异的作品在不断地被创造出来，又被不断地摧毁，即使满头大汗也不愿意放弃。

在沙滩的另一边，一只只大小不一、形状各异的风筝正在空中迎风起伏，上下翻飞，放风筝的人靠一根细线在牢牢地控制着它们的高度和姿态。

远处的小岛，似一艘巨轮漂泊在湖中，若隐若现，小岛的四周云雾缭绕，蒸腾的水汽，如同仙境一般，充满了神秘感，云里雾里呈现出一种朦胧的美。湖面，偶有一两只快艇飞速滑过，在后面留下了一道很长的水痕，翻卷起雪白的浪花，艇上面那些穿着橙色救生衣的游客显得格外显眼，快艇驶过，那宽阔的湖面很快又恢复了平静。

湖面、树木、长廊、沙滩，这里的一切都显得那么自然和平和，对于那些久居高楼大厦的城里人来说，这里所带给他们的不仅仅是绝美的湖光山色，更是难得的清新和舒畅，以至于让人流连忘返。

湖边的芦苇

"蒹葭苍苍，白露为霜，所谓伊人，在水一方……"我相信这首《诗经》中的美丽诗篇《蒹葭》，绝大多数人都读过，但到底什么是蒹葭？或许还有人并不知道。

其实，蒹葭，就是芦苇，又称芦花。自古以来，芦苇就是文人墨客笔下的常客，刘禹锡写："芦苇晚风起，秋江鳞甲生。"贾岛写："川原秋色静，芦苇晚风鸣。""芦苇声兼雨，芰荷香绕灯。"戴复古写："白鸟一双临水立，见人惊起入芦花。"杜甫写："客愁连蟋蟀，亭古带蒹葭。"

此时此刻，在美丽的骆马湖畔，一片片随风摇曳的芦苇，正头顶着如雪的芦花，在尽情地舞动迷人的腰身，静静地等候着你的到来。

乘一艘小船，穿梭在湖中的芦苇迷宫里，漂荡于芦苇间隙的水面，欣赏芦苇投入水中的倩影，其乐无穷。人与植物的对话，构成了大自然和谐的依存。

顺着水道，划向深处，船身拨开平静的水面，静谧的空间只有行船的声音。两边的芦苇亭亭玉立，比人还高些许。看着眼前茂盛的芦苇，你不得不折服于它的理直气壮，不得不折服于它的自信满满。由绿而黄的芦苇，在秋天里将自己与湖水和天空的夕阳融为一体。偶有白鹭掠过，扑闪着丰满的羽翼，一转眼便消失在茫茫芦苇荡中，不见踪影。

芦苇深处，微风轻吹，苇秆轻摇，朵朵苇花轻柔地舞动着，那曼妙的姿态，是美的化身，那轻盈的舞步，在原地打着旋。一片片绿色叶子宛若一根根流动的飘带，如同一个个飞舞的精灵，飘在幽静的水泊边，飘在诗人的案头笔尖，飘在游子离愁别绪的心间……

偶尔，疾风骤起，密密匝匝成片的芦苇，就像汹涌的波涛连绵起伏，沙沙作响，仿佛在唱一首无悔无怨的英雄赞歌。

岸边，一对披着婚纱的新人，在摄影师的指挥下，以大湖和芦花作为背景，正在不停地转换姿势和角度，那浪漫的身姿，盈盈的笑意，仿佛连空气里都洋溢着幸福的味道……

夏日的罗曼园

在美丽的骆马湖东岸，有一座占地 36.24 公顷以爱情为主题的美丽公园，它有一个非常浪漫的名字——罗曼园。据说它的名字是来源于英文 romantic（罗曼蒂克），寓意浪漫和热情。

这里不仅是年轻人的最爱，也是许多年龄大的人经常光顾的地方。一年四季，随着景观的变化，这里的客情也呈现出淡旺季。据说游客最多的还是夏季，每天都会有成千上万的人光顾。

罗曼园是个开放性公园，免费对游客开放，从南到北有多个出入口，方便游客随时出入。其中的主入口位于最南端，我们去的时候，就是选择从主入口进入的。

从入口处的导游图我们看到，整个园区设计布局精巧，蜿蜒的路径、不规则的草坪、倾斜的河岸、精工修饰的棚架和藤蔓，圆顶隆起的西式凉亭尽显浪漫和甜美。曲折的连廊一直延伸到湖中间，亭台楼阁点缀湖岸，园林景致与湖中倒影相映成趣。沙滩、园林、鲜花、雕塑、小桥流水、叠泉潺潺，景色逶迤回转，相映成趣。

从主入口往里走，有一个广场，虽然不大，但设计和造型却很别致，呈心形状，广场周边，鲜花簇拥。广场有一个非常好听的名字，叫作"倾心广场"，寓意青年男女来到这里，都会一见倾心。

沿着倾心广场往里走，是一个巨大的人工内湖，湖的东岸有一个码头叫"缘生码头"，码头上排列着各式各样的游船。码头的对面是一座湖岸大桥，叫"罗曼桥"，也是整个罗曼园里最大的一座桥，桥长大约200米，桥的造型很别致，远远望去，就像一把竖琴。桥身所设的21根拉索，在力学上，可以起到提拉桥面的作用；在美学上，它犹如竖琴的琴弦，使这座桥富有了新的生命。看见它，仿佛能听见湖面清风吹拂琴弦而吟唱的天籁般乐声。

桥的外面就是一望无际的骆马湖。从这里，游船可以直接进入湖中。遇到风雨天，外面的船还可以到这里来躲避风浪。独特的设计，预示着年轻的恋人可以携手到外面的世界历风雨、见彩虹，如果在外面遇到什么挫折，还可以回到这个温馨的港湾。

从缘生码头到罗曼桥可以有三条路径，一是可以从湖中直接划船过去，二是沿着湖岸"烟雨秀堤"慢慢走过去，还可以沿着湖中曲折迂回的栈道走过去。不同的方式有不同的感受，游人可以自由选择。

"烟雨秀堤"的创意来源于《诗经·小雅·采薇》——"昔我往矣，杨柳依依；今我来思，雨雪霏霏"。当人们沿着长堤散步，水汽氤氲，湖面宽阔，湖水清澈，就恍惚置身于江南的水墨丹青。在这条长堤上漫步，心里总会有一种记忆和牵挂，它会令你想起曾有的邂逅，或久违的重逢，也许还有暗暗的期盼与遐想……

湖中栈道是游人选择最多的一条通道，它有一个特别浪漫的名字，叫"幸福彼岸"。一对对相亲相爱的恋人，携手一同漫步于这曲折迂回的湖畔栈桥，不仅可以领略这俊美的湖光山色，细细品味这灵动的湖水、蔓延的蒲草、清新的花香还有这难得的宁静与平和，一起回味携手走过的浪漫岁月，在回味中领悟和找寻幸福的真谛。

从罗曼桥向北，沿着湖岸就可以来到罗曼园的中心地带，一望无际的清澈湖水，几块露出水面的巨大石头上，几只水鸟正在悠闲地休憩。波光粼粼的湖面上，一波接一波的细浪正轻轻地拍打着岸边的沙滩。细腻的白色沙滩上，一对对幸福的恋人正在摄影师的引导下，摆出各种姿势，专注地拍着他们一生中最浪漫的婚纱照，彼此珍惜着对方这最真诚热烈的情谊，期望将这最美好的时光定格在永恒的记忆之中。

阳光、沙滩、微风、波浪还有那不远处的航标灯塔，这里虽然没有天涯海角那般的辽阔悠远，却依然可以让游客有一种亲临大海的感觉，因此这片纯情的沙滩也被誉为"海角之恋"。

在沙滩的旁边，是一大片玫瑰花海，格外醒目，宛若画龙点睛一般。各种各样的玫瑰花齐聚一堂，争奇斗艳。据说目前我们国家最常见的玫瑰花有 26 种，而这里就有 18 种之多，占了一大半。整个玫瑰园占地 36 亩，从空中鸟瞰就像一朵巨大的玫瑰花，最中间是一座雕塑，一对相亲相爱的情侣相互拥抱亲吻，四周是各种颜色和品种组成的花田，每一块花田的形状就如同一片玫瑰花瓣，花田之间有一条条细小蜿蜒的彩色小路连接，可以供游人近距离观赏拍照。一对对穿着美丽婚纱的情侣，徜徉于花间，寻着扑鼻而来的花香，陶醉在幸福的时刻。绚烂多彩的玫瑰花，以她美丽的姿态和特有的气息彰显了罗曼园的主题。

　　穿过纯情沙滩和玫瑰花海，我们沿着"星河漫道"来到了"三生长廊"，这里是沐浴爱情的人们确定终身和举办婚礼的地方。在这里不仅要彼此欣赏对方，更要许下庄严的承诺，三生三世，相互信任，相互扶持，不离不弃，永远爱着对方。在同心圆雕塑前许下郑重承诺，同心同德，携手相拥。高大的喷泉，见证着他们共同面对人生路上的风风雨雨。

　　然后，沿着"永恒之路"继续向前，踏过"阳光草坪"，前面就是供游人流连驻足的水生植物园区，在这里有成片的青青芦苇，有绽放的黄色菖蒲，有仪态万千的荷花仙子。微风吹来，幽香袭人，绿意四处蔓延。水葫芦、金鱼藻、浮萍、水花生、睡莲、菱角等竞相生长。翠绿、墨绿、苍绿、嫩绿熙熙攘攘，形成了奇幻的人间天堂。田田的荷叶上，不时有蜻蜓飞来停驻，撩动着夏日醉人的诗意。

　　从植物园出来，我们一路向西，跨过小桥流水，穿过随风轻拂的柳林，最终到达位于湖中的小岛。岛上绿树掩映，芳草萋萋。在岛的中间，一座古典精致的六角凉亭静静矗立在湖边，凉亭周围绿树环绕，凉亭的上方，"望湖夕照亭"几个大字在夕阳的映衬下格外醒目。这里是专供游人休憩的地方，也是欣赏湖中夕阳美景的最佳场所。此时，几对年龄大的游客正闲坐其中，品茗聊天，尽情享受着湖风拂面的惬意。

　　在凉亭的外面，有一对老年夫妻，男的坐在轮椅上，女的在后面推着，沿着湖畔慢慢前行。满头银发被夕阳染上了一层金色，格外柔美。路过他们身边的时候，我和大爷打招呼，才发觉他压根不能说话，脖子上垫了条毛巾。嘴巴微微张着，眼神木讷，毫无反应。大妈微笑着道："他什么都不知道，谁也不认识，也不会说话了。"

我问："大爷这样的情况什么时候开始的啊？"大妈一声叹息："差不多十年了，真是人生无常，多么要强的一个人呐。"

大妈告诉我，他们结婚已经 53 年了，关系一直很好，自从大爷上次生病，她就这样天天陪着他。大爷年轻的时候就喜欢散步，现在不能自己走了，她就推着他。自从这个公园建起来以后，由于离得近，大妈几乎每个星期都要带他来这里走一走，和他说说话，他有时候还会冲大妈笑，好像懂，又好像什么都不知道，看到他笑，大妈就很满足！

看得出，大妈虽然很无奈，但却丝毫没有抱怨的意思。50 多年的风风雨雨，50 多年的相濡以沫，爱得如此厚重，如此浓烈，又是如此无私。我想，这就是爱情的力量。我突然明白为什么这个公园会有那么多的人光顾，他们的到来绝不仅仅是为了观光，更多的应该是对爱情的向往，是对爱情的回味，是对爱情的敬畏。

告别的时候，我有一种想流泪的感觉，少年夫妻老来伴，这份温情的陪伴是子女不能给予的，也是任何感情都无法替代的。

夕阳余晖柔柔地洒在他们身上，是如此的温暖！轮椅缓缓前行，背影是那般唯美，又是那般动人！

湖岸秋柳

初秋时节，凉爽的轻风取代了夏日的喧嚣与燥热。泛舟在青青的骆马湖中，天空是湛蓝的，远处渔舟点点，岸边绿树成荫。一棵棵胀裂了深褐色皮肤的垂柳，正拖着长长的秀发在风中摇摆，飘逸的柳丝悠悠荡荡，划过水面，恋恋不舍地跳着夏日谢幕的舞蹈。

湖水拍打着岸边发出有节奏的声响，迁徙中的候鸟在空中不停地盘旋，洒下一串串清脆的鸣叫，又径直地朝远处飞去。

我站在湖边，静静地享受着水天一色的美景，那水、那天、那云、那鸟，一切都是那么和谐，那么自然。偌大的一湖秋水倒映着蓝天白云显得有几分宁静。它所带给人的不仅是诗情画意，还有无限的遐思和对往事的深情追忆。

我常常漫步在骆马湖畔的垂柳下，那依依的杨柳，和着不尽的依恋，一直在我心底晃动。以至这些年来，觉得周围的世界，都是柔柔依依的。

而这依在哪里？我似乎也说不清楚，倒使我想起了徐志摩那首脍炙人口的《再别康桥》："那河畔的金柳，是夕阳中的新娘；

波光里的艳影，在我的心头荡漾。"独特的借柳抒怀的写法，再现了作者对往昔生活的怀念和对眼前离愁的无可奈何，抒发了诗人依依惜别的深情。

我没有诗人的经历，也没有诗人的情怀，更没有撑一支长篙去寻梦，那样的梦，是属于诗人的。我的梦趋于简单，远离尘世喧嚣，在这静美的湖畔，折一枝垂柳，送给我自己，留住这份心境，年年看柳的衰残和美丽。在这样的意境中，品味诗人咏柳的情怀，也算是一种心的相依吧！

我记不清有多少次站在这秋风轻拂柳影的水边，聆听那从天际传来的悠悠铃声，感受自然与生命和谐的交融，也感悟着人生一次次离别的酸楚和一次次重逢的甘甜。随着岁月的变迁，每次到湖边看柳都有不一样的心情。抬头望一眼摇曳在湖边的秋柳，那由秋风梳就的秀发，轻盈而稳重，从容而飘逸。在平静的湖面，捣碎天光云影，给人带来了一种少有的宁静。

不远处，有几位垂钓爱好者，坐在湖边，手握钓竿，那聚精会神的样子，我真的找不到能形容的词汇。只见他们双目注视水中的浮漂，见到钓具有动静，就迅速提竿起鱼。我不忍心打搅他们，只在远处静静地欣赏，静静的湖水，飘动的垂柳，专注的垂钓者，一幅活脱脱的秋日垂钓图。在这明媚的时光里，拣一清凉之地，柳下垂钓，两耳不闻身外事，静心、静神，岂不是人间最美的清秋？

镜湖鸟岛

位于骆马湖畔三台山景区中央的镜湖，是整个三台山八个人工湖中面积最大，景色最美，游人最多的湖。

这里一年四季景色各异，桥、岛、堤、亭、树、花、苇点缀其间，人、鸟、鱼和谐相处。春天满目翠绿，水波涟漪，此刻伫立湖畔，春风得意，鸟语花香，柳浪阵阵，草木葱葱；夏天鸥鹭翩飞，荷花飘香，此刻荡舟湖上，蓝天白云，随波逐流，妙趣天成，悠哉悠哉；秋天芦苇金黄，湖水微澜，此刻漫步长堤，平湖秋月，美不胜收，吟诗赋词，快意人生；冬天冰封湖面，一片空灵，此刻登高望远，踏雪寻梅，银装素裹，浩然一色。

在镜湖的北面，有一小岛，呈椭圆状，四面环水，名曰"湖心岛"，又称"鸟岛"。小岛东西长约百米，南北宽约80米。岛的四周是飘逸的垂柳，柔软细长的枝条一直延伸到水中，像一位风姿绰约的女子在轻柔的湖水里梳理着飘逸的秀发。岛的中间是各种一米多高的杂草和灌木以及三台山特有的垂柳、枫杨等乡土树种。虽然游客可以乘船抵达小岛，但却很少有人上去过。因为人迹罕至，岛上也没有专门的道路，所以小岛也就成了鸟的天堂。

　　小岛的上空每天都有许多鸟类在盘旋飞翔，它们时而升腾，时而俯冲，时而低唱，时而高鸣……似乎很少有停息的时候。站在湖岸边的游客也被深深地吸引，纷纷驻足观看，有的还拿出手机、相机不停地拍摄。

　　一位常年在湖边从事环卫工作的大爷告诉我，这里的鸟类大致分为两种，一种属于水鸟类，如鹭鸟、海鸥、野鸭等，它们既可以在天空飞翔，又可以在水中游动、捕食；一种属于林鸟类，如斑鸠、喜鹊、杜鹃、云雀、画眉、翠鸟、戴胜、白头翁等，大多在丛林中栖息，在树梢或者灌木丛中搭窝、下蛋、繁衍后代，由于岛上小鸟多，有时一棵树上有六七个鸟巢也不稀奇。

　　"这么多的鸟类，就没有人捕猎吗?"我试探着问道。

　　"没有。"大爷很自信地告诉我，"现在大家的环保意识都很强，保护鸟类已经成为一种自觉行动，哪里还有人去捕猎。另外，政府每年都要在湖里投放很多鱼苗，为鸟儿们提供充足的食物。前几年由于镜湖周围安装了许多的霓虹灯，影响到了鸟儿晚上的栖息，后来景区的工作人员便申请把霓虹灯拆了，好让鸟儿们每天都能睡个好觉……"

　　至此，我终于明白，为什么这么多的鸟儿能够选择在镜湖的鸟岛栖身了。在这里，它们可以拥有属于自己的自由的、快乐的天空，这里就是它们的独立王国。

　　我真羡慕它们能够拥有这片属于自己的领地。

湖上的芭蕾

　　每逢节假日，我总爱到宿迁市三台山森林公园去走一走。这不仅因为三台山森林公园是我市新开发的重点旅游项目，有山、有水、有鲜花、有森林，更重要的是那里还有文化、有历史。因此，我每次去，除了观光，还希望能去搜集一些写作素材，寻找瞬间的创作灵感。

　　随着近年三台山旅游开发的不断深入，三台山的景观越来越美，游人也越来越多。整个三台山森林公园景区，一年四季，景象各异。春有梨花和二月兰，夏有荷花和向日葵，秋有粉黛和薰衣草，冬有雪花映紫石，赤橙黄绿紫，五彩炫缤纷。

　　每次到园内游览，我都是步行，从不坐小火车或者电瓶车，这倒不是为了省钱，主要是感觉坐小火车或者电瓶车总有点走马观花的感觉。另外，个人感觉步行的路线自主选择余地较大，时间也比较自由，可以走不同的路线，欣赏不同的美景。

　　路线可以自由选择，可有一个地方我是一定要路过的，不管是去的路上，还是回来的路上，那就是天鹅湖。

　　天鹅湖是宿迁三台山景区 8 个人工湖泊中的一个，整个水域面积只有 55 亩,既不算最大,也不算最美。它既没有镜湖的宽广,也没有晴翠湖的妖娆,更没有相思湖的浪漫,但它却是最吸引人的,因为那里有天鹅,一群会跳芭蕾的天鹅。

在东西方文化意识形态中,对天鹅的认知具有高度的统一,这种认知的统一甚至可以浓缩到高贵、纯洁、忠诚这样几个简单的词汇上,这在意识形态差异明显的东西方文化中是不多见的。自从 1882 年俄罗斯著名的作曲家柴可夫斯基创作的《天鹅湖》搬上芭蕾舞的舞台并成功演出后,一百多年以来,《天鹅湖》风靡了全世界,经久不衰,以至于成了芭蕾舞的代名词。它将一个悲怆的爱情故事演绎成一个完美的结局,至今在观众心中仍留下无可取代的地位。不同肤色、不同民族、不同信仰、不同文化、不同层次的人们都被它深深地吸引。同时也为无数的书画爱好者、文学爱好者、摄影爱好者、音乐爱好者、舞蹈爱好者带来了澎湃的创作激情和灵感。因此,长久以来,人们一直有个愿望,能够与天鹅来一次近距离的接触,亲眼目睹那些喜欢跳芭蕾的天鹅。这也可能是我对天鹅湖情有独钟的一个理由吧。

每当曙光穿透三台山的黎明,仙境般的天鹅湖,氤氲着雾气的湖面上一群来自南半球和北半球的天鹅,不期而遇,黑色的、白色的,在清澈的湖水中游来游去,划破光亮如镜的湖面,有的结伴嬉戏,俏皮活泼;有的交颈摩挲,温情脉脉;有的以嘴理羽,悠然闲适;有的脚踩水面,翩翩起舞。天鹅身到之处,造就了碧绿波纹与银色水花变奏的灵动之美。浪漫而优雅的天鹅们,以碧波微漾的湖面为舞台,以葱翠环绕的三台山为大幕,在光和影之间,外开、伸展、绷直、旋转,上演了只有歌剧院里才能目睹到的轻盈、优雅、诗意和极具浪漫主义色彩的纯粹舞蹈——芭蕾舞。

　　这些爱跳芭蕾的精灵，在尽情嬉戏的同时，还时不时地跟岸上的游客打个招呼，秀一下恩爱。每当游客举起相机准备疯狂地拍照时，天鹅们总是以很文雅的姿态，配合着不断按动着快门的游客们。翩翩起舞的天鹅们，时而将羽翼微微上翘，做出一副高贵的姿态；时而将整个身子侧向左侧，摆上几个像样的 poss 配合着游客们拍照，偶尔还用高昂的叫声张扬着它们的风姿。然后一直围绕着你做出各种悠闲的姿态，很有灵性和你来场互动。

　　不得不说，天鹅确实有如天上的精灵，眼神中充满了灵性，仪态里总带着高贵。阳光下，舞姿曼妙，芳华绝代。每一幅画面都是一首史诗，每一声长鸣都是一曲绝唱。定格的镜头下，天鹅的身姿展示出一个个符号。如果说符号是一种传递交流的载体，那么天鹅的姿态则成了静态之间、静态与人的动态之间充满感情符号的载体，这些符号恰恰契合了人们对于美与高贵的情感诉求，这也可能就是我们的心灵能够被这些画面撞击陶醉的缘因吧。

骆马湖散章

湖水

清清的骆马湖，一望无穷。碧绿的湖水像一块无瑕的翡翠，镶嵌在无垠的苏北大地。天然自在的环境与湖水和谐相融，绿如碧玉，静如处子，浩瀚而深幽，妩媚而雅致，纤尘不染，空灵幻妙。泛舟游弋，只感到心清气爽，悠然自得，若鱼跃莺飞，飘逸遁世……

宽阔的骆马湖，碧水连天，站在湖岸上，从西望不到东。这里一年四季，景致各异。春和景明，湖水平静，清晰的湖面上，倒映着蓝天白云，如同织于一幅画卷之上；夏木茵茵，湖水灵动，层层鳞浪随风而起，伴着跳跃的阳光，在追逐，在嬉戏；秋风送爽，湖水温婉，清澈的湖水中，游动的鱼儿和摇摆的水草相得益彰，如同进入海底世界一般；冬日严寒，湖水刚强，为了阻止冰封湖面，波涛在北风的催促下，一次次地冲击，虽以失败告终，却无形中层层叠加，在岸边形成了一个个鬼斧神工般的美丽冰雕，给游人带来了意外的惊喜。

就是在一天之中，这里的景色也不相同。特别是早晨和黄昏，湖面上更是变幻莫测，轻云淡雾，袅袅婷婷，如梦如幻，虚实莫辨。

清晨，远处繁星点点，湖面上朦朦胧胧，宛若仙女下凡之境。一叶小舟，随风飘荡，氤氲的雾气，从身边缓缓流过，如诗如画。

傍晚，夕阳西下，绚丽的晚霞，映在湖面。流苏般的水草，摆尾的鱼儿，鼓动着水里的波浪。疾驰而过的小船溅起身后的浪花，在夕阳的照射下，泛出点点金光，将湖水打扮得绚丽缤纷。

沙滩

远离大海，却有着海的意境，沙滩似乎成了最有力的佐证。在美丽的骆马湖东岸，一共有三个人造沙滩，分别是罗曼园的海角之恋、素有"苏北小三亚"之称的碧湖银滩以及以沙雕为主题的沙滩公园。

位于最南面的罗曼园湖边有一大片银白色的沙滩，那一颗颗微小细腻的沙粒，软软的，在湖水和波浪的冲击下，前呼后拥。巨大的石头静静地矗立在湖中，一群群水鸟在石头上嬉戏，尽情地享受阳光的温暖和微风的抚慰。岸边那一座座象征大海和爱情的抽象雕塑成为恋人们拍照的绝佳背景。远处高大的航标灯和船头模型让你有了身临大海的感觉。

顺着罗曼园向北，大约一公里的地方是碧湖银滩，这里似乎成了孩子们的天下，一年四季都是人山人海。春天，沙滩成了风筝的王国，一根根长长的细绳，一头连着孩子们一双双稚嫩的小手，一头牵着在空中翻飞的风筝，高低不一，争奇斗艳。夏天，这里又成了孩子们发挥想象力比拼技能的地方，一手拿着铁锹，一手拿着小桶，在沙滩上挖沙、堆沙，不满意就推倒重来，直到创作出他们引以为傲的杰作，拍照留念后才心满意足地离开。到了冬天，沙滩被大雪覆盖，湖里也结上了一层厚厚的冰，他们又会踏着积雪，在冰面上尽情地滑行，即使小脸冻得通红也毫不在乎。

再往北约两公里处就是骆马湖最著名的沙滩公园。虽然这个公园的建设时间不长，但这里绝对是游人必到的打卡之地。从2019年开始，这里每年都要举办一届国际沙雕节，邀请国内外最著名的沙雕艺术大师，经过几个月的精心打造，当整整一百座栩栩如生主题各异的雕塑展现在游人面前时，带给大家的绝不仅仅是惊叹，还有不绝于耳的赞叹。

小鸟

鸟是人类的朋友，更是骆马湖的通天精灵。当你乘着小船，悠然地在湖面飘荡，你会发现，在碧波万顷的骆马湖，有无数的小鸟如影随形地在你的头顶上飞翔、盘旋。一群海鸥，绕船前后左右飞，毫不惧怕游客。它们穿过苇叶，滑翔荷尖，单飞的、双飞的、三五结队的，还有的突然头向水中，瞬间嘴里叼起了尾白条子鱼……

鸟儿们将整个芦苇荡当成布兵排阵的演兵场，当作精彩表演的大舞台。飞翔在蓝天中的鸟，跳跃在苇子上的鸟，悠然水上漂的鸟……看似杂乱无章，其实章法有度，各不相扰。近百种鸟类在这栖息，在这生儿育女，这里，似乎成了鸟儿们的天堂。

偶尔有一条尖头的小快艇，从你身边快速驶过，留下一条燕尾状的长长波浪，荡起浪头，鼓动波涛，泛出水花，托起湖面一起一落，惊得水鸟啾啾。

远处的小岛上，绿树成荫，更有鸟儿在空中翱翔盘旋，一片吱喳之声。

枝杈间，大大小小的鸟巢，就像一个个黑窝窝，点缀其间，远远近近，高低错落，彼此相竞相望。一股浓郁的幽情野趣扑面而来，让人感受到物我相知、天人合一的完美契合，真正体会生命本身的原始和豁达，忘却俗世的烦恼，只想全身心地融入自然。

骆马湖十年禁渔随感

　　每年的 7 月 1 日，都是骆马湖最热闹的日子。历经四个月的春季休渔期结束，这一天终于开湖了。一时间，几百条渔船，上千个渔民都会在这一天从四面八方涌向湖中，开始了一年一度的捕鱼盛会。此时此刻，放眼湖内，渔船穿梭，渔歌嘹亮，大堤上车水马龙，码头上人头攒动。打鱼的、卖鱼的、买鱼的、看热闹的，将整个码头围得水泄不通。这里有渔家收获时的欣喜，有如愿购得鱼鲜者的欢乐，更有远道而来的游客既饱眼福又饱口福的满满收获。

　　在观看完庆祝中国共产党成立 100 周年的实况转播后，下午我独自乘车前往骆马湖。期望再一次一睹骆马湖的开湖盛况，这似乎也成了我近几年的保留节目。今年更是充满期待，希望能采购一些新鲜的湖鱼，晚上回来一家人美美地吃上一顿，也算是对自己的奖赏吧。

　　然而，当我来到骆马湖大堤上，感觉车辆比平时明显要少，湖面也风平浪静，整个码头内外，空空荡荡，往日熙熙攘攘的人群早已不知去向，宽阔的骆马湖，竟然连一艘渔船都看不到。

　　经过打听才得知，原来今年的骆马湖，从 2 月 1 日春季休渔期开始，就已经做好了紧跟洪泽湖一起被纳入长江流域十年禁渔的准备，6 月 30 日休渔期一结束，就直接进入漫长的十年禁渔期。

　　看着眼前的情景，心中不免有些失落。往日那片常见的湖边风景，随着禁渔的开始，一下子都消失了，说来还真有点不习惯。站在曾经车水马龙的洋河滩码头，放眼湖上湖岸，我有种不知所措的迷茫。以往那挤挨在码头周围的渔船不知都去了哪里，那些常年在骆马湖上生活、劳作的渔民也不知去了哪里，还有那忙碌的织网、理丝笼的场景，恍惚一夜之间都消失了。未来至少有十年，在骆马湖畔都不会再看到那繁忙的情景了。

　　此时此刻，曾经热闹的骆马湖安静了许多，曾经水波潋滟的湖水安静了许多，就连那些在水里穿梭的鱼类也安静了许多。

　　在洋河滩码头附近，我遇到了一位曾经在船上开渔家乐的老板。他告诉我，以前店里的生意十分红火，每天的桌位都需要提前预订，饭店里的鱼都是他们一早到湖边码头渔船上买的，买来以后放在湖里的网箱中现吃现抓，绝对新鲜。

　　有了好的食材，再加上厨师娴熟的技艺，自然就能烹出一桌的美味，湖水煮湖鱼绝对是最纯最真的湖鱼鲜味儿。红烧瓦块鱼、清蒸鲢鱼头、水煮鱼片、清水鱼丸，等等，一条大鱼可以做出多种"舌尖上的美味"。就连宿迁城里的人都喜欢开车到这里来吃鱼，鲜活的青虾、横行的螃蟹、晶莹的银鱼都是餐桌上的常客。

　　可现在由于禁渔，饭店已经关门了，船也被拖上岸拆解了。目前，他正准备在城里另找个地方重开饭店，但是失去了新鲜湖鱼这个招牌，生意估计也很难有以前那么红火了。看着他一脸无奈的样子，我也不知道说什么。

骆马湖十年禁渔，这是开天辟地的第一次。当听到这个消息时，许多人都不知道该如何应对，有疑惑的，有迷茫的，有赞成的。

也许很多人都知道，国家为了进一步保护长江流域水生态环境，早在2019年1月份，农业农村部、财政部、人力资源和社会保障部等三部门就联合发布了《长江流域重点水域禁捕和建立补偿制度实施方案》，《方案》明确提出，2019年长江水生生物保护区实行十年全面禁捕，2020年起长江干流和重要支流将实施十年禁捕。

可是骆马湖并不属于长江水系为何也要禁渔十年？其实回答这个问题也并不难，常年在骆马湖里捕鱼的渔民最有发言权。最近几年甚至十几年以来，无论是长江流域还是其他水域，除了人工喂养的鱼塘，大部分都已到了无鱼的境地。由于社会的发展，生产工具的进步，加之渔政管理力度有限，部分水域被过度捕捞，更有甚者，还有用电网捕鱼的。这种近乎杀戮水下全部生物的行为，对它的处罚也仅仅只是罚款而已。

为了缓解这种状况，从2009年开始，骆马湖就实行了每年3个月的春季休渔，后来又延长至4个月。但是后来人们发现，每当休渔结束，无节制的捕捞还是会出现，"迷魂阵""绝户网"捞起了刚刚生长几个月的幼鱼。这些小鱼再每斤5毛钱左右的价格出售，成为养殖饲料。

这就导致了骆马湖鱼类年年放养，渔业资源却逐年减少，再不好好保护，其后果将不堪设想，骆马湖的渔业资源将很难得到有效恢复。这次正好借着国家对长江流域十年禁渔的东风，为了让骆马湖的资源环境也能够得到充分的休养生息，禁渔似乎是最好的解决办法。推行十年禁渔，从短期来看，或许有一种破釜沉舟、壮士断腕的悲壮意味，也可以说是一种无奈之举。但从长远来看，十年禁渔不仅仅是保护鱼类的重要举措，更是为了更好地修复骆马湖逐渐恶化的生态环境。不仅仅是贯彻落实可持续发展的重要抓手，更是造福子孙后代的大事。

也许有人问，骆马湖禁渔十年，需要那么长的时间吗？关于这个问题，提出长江流域"十年禁渔"政策的科学家、中国科学院院士曹文宣曾专门做过研究，他指出，淡水水域最常见的"四大家鱼"青、草、鲢、鳙等鱼类通常需要生长4年才能繁殖，连续禁渔10年，它们将有2至3个世代的繁衍，种群数量才能显著增加。

因为是第一次，所以许多人都还没准备好，甚至迷茫，渔民们有顾虑也是正常的事情。对于原来那些祖祖辈辈靠打鱼为生的人来说，弃船登岸，是一种艰难的抉择。尤其是对于那些年纪大的老人，除了捕鱼，并没有其他的就业技能，退捕后，自己和家人又能干点啥？不能打鱼就没有生活来源，就业、子女上学、养老等就是摆在他们眼前实实在在需要解决的问题。"国家号召又不能不执行，可我们这些逮了一辈子鱼的人也没有别的能干的，自己的生活费，家里儿孙上学都需要钱。"湖滨新区皂河镇船闸居委会居民张盾忧心忡忡地说道。

十年禁渔，有许多现实问题就摆在眼前。渔民损失怎么弥补？他们今后的生路如何解决？针对渔民们的顾虑，相关领导坚定地表示，认真落实国家和省的退捕补助政策，强化社会保障兜底，确保应补尽补、应保尽保，妥善解决退捕渔民的生计保障问题。庄严的承诺，给不少渔民们吃了定心丸。为了弥补渔民因禁捕而造成的直接损失，比如渔船的拆解、渔具的收缴以及禁捕期收入的减少等，骆马湖沿线的相关政府及单位，采取积极措施，在全部收回并注销原先发放的捕捞证的同时，通过排查摸底，对于沿岸1599艘退捕渔船（宿迁1059艘，新沂540艘）进行价值评估，签订补偿协议，通过财政补助的方式对相关渔船、渔具进行回收和销毁。

与此同时，为了解决弃船登岸渔民的居住问题，相关政府部门想方设法，通过引入社会资本，在湖岸边划定专门区域，兴建安置小区，切实解决渔民居住的后顾之忧。窑湾镇65岁的渔民杨贵枝在上岸后不到一年的时间就搬进了漂亮的新居，喜悦之情溢于言表："我在摇晃的渔船上过了大半辈子，现在住进'小洋楼'有些不习惯，以前一家人风里来雨里去，一年下来也落不下几个钱，现在我每个月就有715元的养老金，镇里还给安排了看管渔网渔具的工作，月工资2000元，从此以后再也不用看天吃饭了。"

光解决眼前的问题，是远远不够的。为了进一步解决渔民的出路问题，相关市县的党委、政府又相继出台了一些政策，比如，除了组织多场针对渔民的就业招聘活动，安排更多的渔民进入就近的企业上班外，在接下来的几年内，通过政府购买服务的方式，逐步组建一支巡防队伍，在禁渔期配合政府加强对骆马湖沿岸水体和生态环境的巡查，一方面严禁偷捕，一方面加强沿岸环境保护，确保禁渔工作顺利实施。

俗话说"靠山吃山，靠水吃水"。在骆马湖，不能捕鱼，但还有很多事情可以干，比如可以利用骆马湖特有的公园、湿地、芦苇、小岛、沙滩，大力发展旅游产业，在解决渔民的就业问题的同时，又可以让他们的收入不至于因为禁捕而减少。"全国现在都实行旅游开发，我们也可以利用骆马湖的天然优势，发展旅游产业。比如我们这些岁数大的，其他的事情不能干，但在旅游景点卖点水，卖点我们当地的菱角等，还是可以的，还是有出路的。"湖滨新区皂河镇船闸居委会居民王克华说道。

渔民的问题解决了，对于那些经常光顾骆马湖的周边地区的客人来说，他们的问题同样可以解决。十年禁渔，那骆马湖地区的人还有鱼吃吗？答案是肯定的：有。

骆马湖禁渔期间，我曾到城里的一些菜市场转过。在市区南菜市场，卖的鱼依然很多，种类也很丰富。这主要得益于周边独特的地理环境，对于素有"苏北水乡"之称的宿迁来说，境内除了洪泽湖、骆马湖外，还有大运河、废黄河、六塘河、砂礓河、新沂河、民便河等许多河流以及遍布乡村不计其数的池塘，人工养殖的鱼类非常多！虽然没有湖鱼那么鲜美，但经过厨艺大师的精心烹饪，照样可以满足人们对于美食的需求。

十年，对于历史来说只不过是一瞬间；十年，对于现实生活中的人们来说，却是一段不短的日子；十年，对于骆马湖的鱼类来说，可以得到充分的繁衍生息。可以预见，十年后的骆马湖必将是鱼族繁盛、鱼欢鱼跃的美好景象；十年后的骆马湖必将是渔产丰富、市场繁华的美好景象；十年后的骆马湖必将是生态平衡、物种聚集的美好景象。

届时，那片曾经消失的风景又会重现。当然，彼时的风景也许早已经不是原来的风景了，那时的渔民或许已不是以前那种无序捕捞的渔民了，那时的渔获也不是大小通吃的渔获。或许早已是另外一种形式、另外一种美感。至于到底什么样，只能等到十年后才能揭晓答案。

我们期待着！从封湖禁渔的那一刻开始！

沙雕：时尚的艺术

2019 年 9 月 12 日，在宿迁骆马湖畔沙滩公园中举办了中国宿迁首届国际沙雕节。整整 100 座沙雕作品，占地 1.2 万平方米，使用白沙 3 万吨。在集旅游观光、休闲度假、运动健身、文化娱乐为一体的全国内湖最大的白沙滩公园内，举办如此规模的沙雕展，真是让宿迁人大饱眼福，在此之前，许多人甚至都没有亲眼看过沙雕。

沙雕作为一种新兴的艺术形式，起源于美国。一开始是人们当作一种"堆沙子"的游戏来玩。二十世纪初在美国的佛罗里达和加利福尼亚海岸举行了各种沙雕竞赛和活动，此时人们开始对不同种类的沙子及沙雕的技巧有了认识，也积累了经验。人们发现沙雕是一种集艺术性、观赏性、趣味性及参与性于一体的艺术活动。这样，人们不仅从艺术的角度来提高沙雕质量，而且还把它发展成为巨型雕塑。

经过几十年的发展，现在沙雕已成为一项融雕塑、体育、娱乐、绘画、建筑于一体的边缘艺术，其真正的魅力在于以纯粹自然的沙和水为材料，通过艺术家的创作呈现迷人的视觉奇观。沙雕艺术所体现的是一种集自然景观与人文景观、自然美与艺术美的和谐统一。

我国从 1992 年开始才有了与世界接轨的沙雕作品。目前比较成规模的沙雕节举办地，主要有浙江舟山、宁夏沙湖和云南陆良这几处。因此很多人对如何观赏沙雕作品还缺乏了解，往往只是走马观花，走一圈，拍拍照就完事了，以致难以体会沙雕作品的精妙所在。那么，作为游客如何才能更好地欣赏沙雕作品呢？

欣赏沙雕，首先要看它的创意。沙雕因为能展现更多的内涵而受人青睐。欣赏沙雕作品的艺术价值，包括是否具有视觉冲击力、是否有新意、是否具有创造性，就必须要了解作者的创作意图以及作品是否与主题吻合。此次沙雕节围绕着"运河千里图"的主题，以百座沙雕的宏大气势打造出京杭大运河沿线 6 省 20 城的深厚文化积淀和大美风光。创作出《项王迎宾》《扬州八怪》《乾隆下江南》《鉴真东渡》《彭雪峰》等一系列人文气息浓郁的作品，演绎了一部气势磅礴的华夏文明变迁史。除此之外，观看每一幅作品，还要具备一定的历史知识和审美，以及与此相关的政治、经济、文化、社会等诸多人文内涵要素。比如观看《扬州八怪》，就要了解其中的人物、时代、成就和历史地位等；观看运河沿线的一些著名建筑《天后宫》《燃灯塔》《南新仓》《山陕会馆》《清江闸》《拱宸桥》等，就要了解其建筑年代、建筑形式构造以及在大运河发展中所处的地位贡献和影响等。

欣赏沙雕，其次要看它的造型和流线。作为三维立体艺术造型的沙雕，为了要达到使它在各个角度看上去都很美的效果，沙雕师在制作过程中，除了要具备富有想象力的艺术构思外，对整个作品的比例是否协调、外部的处理是否具有张力、形状的表现力如何以及作品是否具有动感等都要再三斟酌。

每座雕塑都经过艺术家的精心制作，每根线条都是那么流畅，形神毕备。据说创作时沙雕师是无法对雕刻错误的地方进行修补的，因为整座沙雕要先堆砌成沙堆，每天淋水，历时十来天时间，使其夯实，然后才进行雕画，这时如果已经刻下来的沙子要想再贴上去粘回去都是不可能的事。因此，沙雕师必须要准确地刻画形象，这与纸上绘画是完全不同的，纸上有时还能修改，要重画也不麻烦，但沙雕却是容不得你来回修改的。这也正是在沙雕现场几乎每座沙雕作品前都立一个"文明观赏禁止攀爬"牌子的原因。沙雕师由上往下雕，上面有一部分完成了马上就用一种胶水喷上去使其定型，这样就不会有走形的危险了。

欣赏沙雕，第三要注重它的品位和效果。沙雕真正的魅力在于以纯粹自然的沙和水为材料，通过艺术家的创作，体现人与自然的亲密，彰显特有的艺术品位与魅力。在本次沙雕作品中，大型组合沙雕《西湖十景》，以其巨大的造型，围绕西湖这个"人类与自然共同的作品"的主题，将杭州西湖最著名的景点以沙雕的形式组合展示，"苏堤春晓""曲院风荷""平湖秋月""断桥残雪"，一年四季集中展现，名自景始，景以名传，以艺术之美点化自然山水，使沙雕作品具有较强的故事性和艺术性，进一步增强了作品的文化内涵。

为了进一步增强沙雕的立体感和视觉效果，沙雕展区还设立了两层台阶，当游客拾级而上，来到高达 12 米的《城堡》跟前，极目远眺，整个沙雕展区尽收眼底，浩大的沙雕群，气势宏伟。鸿篇巨制的运河千里图，摹画了湖滨文化旅游的雄才伟略，演绎了宿迁文化代言的巅峰之作。

欣赏沙雕，在观赏时间上也很有讲究。一般而言，观赏沙雕有三个最佳时间，如果你在这些时间点，身临其境地去体会一下，你将会有意想不到的收获。早晨，太阳从东方升起，站在湖边的沙滩上，透过《东方之门》的门洞，就可以看到一轮红日冉冉升起，沐浴在霞光中的沙雕作品，色泽丰润，变幻莫测，美轮美奂；黄昏，在落日的余晖中，远处的骆马湖，波光潋滟，几艘帆船正在水中飘荡，那些彩色的帆，在蓝天碧水的映衬下，显得格外醒目。洁白的浪花似缓似急地从地平线落日处卷来，带着夕阳的余温和颜色，从沙粒表面轻快地滑过，永不疲倦地袭上沙滩又迅速退回。夜晚的沙雕配上灯光的映照和变化，更有一番神秘和浪漫色彩。每晚6时到10时，沙滩公园内的灯光全部开放，无论游客从哪个角度欣赏沙雕，都能获得完美的观赏效果，而且灯光的距离、温度都进行了认真的考量，不会影响沙雕表面的喷胶效果。

徜徉于宏伟的沙雕城堡，惊叹于时尚的艺术魅力，它们将大地的美展示得淋漓尽致，它们将古老的建筑艺术搬迁到了现代灵动的大湖边上，给骆马湖一个灿烂的笑脸，使平面的骆马湖有了立体的美。匠心独运的艺术构思，展露时尚的锋芒，缔造湖滨新区的传世佳作。

在沙雕中探寻丝路的芳华

当沙雕遇上古丝路文明，艺术便能散发出异样的光彩。

为期6个月的2020中国宿迁第二届骆马湖国际沙雕节于4月30日在美丽的骆马湖畔隆重开幕。和首届沙雕节相比，本次沙雕节规模并没有太大的变化，仍然是100座沙雕作品，但主题和内容却有了很大的不同。去年的主题是"运河千里图"，以千里大运河作为主线，而今年的主题则变成了以"一带一路"为框架，在古丝绸之路上嫁接西游故事的"丝路芳华"。

整个沙雕群涵盖了中外经典历史神话人物，巧妙地将骆马湖小龙马的传说与西游记相连接，以唐僧师徒西天取经与古丝绸之路相融合，进一步增加了故事性和可读性。沿途欧美、非洲和东南亚风情展示，更是暗合了今天我们国家推动"一带一路"建设的重要性和可行性。

在骆马湖沙雕公园，沙雕艺术与人文、神话、动漫、文学等艺术的巧妙结合，颠覆了时间与空间的概念，独具匠心的艺术家，用他们那双灵动的双手塑造出精美而神秘的沙雕世界。通过这种别样的形式，将丝路上沉淀的所有古老本土文化和异域文化元素的地方，包括其著名的建筑都悉数呈现在人们面前。观众在一个又一个场景中感受丝绸之路文明，感受自然、人文、地理，感受古今历史的沧桑和变迁。应该说它不仅仅是一种简单的旅游开发，还应该看成是一项重要的历史文化传承。

一条从远古走来的丝绸之路，见证了千年帝国的盛衰荣辱，领略了茫茫大漠的日出日落，更是留下了无数充满记忆的脚印。成就了汉王朝拓疆扩土的帝国霸业的张骞，循着漠上这不知寂寞的驼铃声，无意间成为了陆上丝绸之路的开创者，成为一代历史功臣。在远离大海的骆马湖畔，目睹这百座形态各异的沙雕群体艺术，我的心情还是激动的。

在此次沙雕节上，那一组组经过艺术加工的沙雕作品与大家平时在图片资料上看到的不完全一样。人物、建筑、动物，栩栩如生。许多沙雕作品都模仿世界著名的建筑，西安的大雁塔、敦煌的莫高窟、法国的凯旋门等，宏伟而庄重；维吾尔族姑娘那舞动的裙摆，流沙河那湍急的河水，郑和宝船的乘风破浪等，更是动感十足。尤其是夜晚，在灯光的映衬下，沙雕被赋予了新的活力和魅力，层次分明，鲜亮耀眼。每个棱角，每个细节，都展现得细致入微。

每一座沙雕都有一个故事，每一个故事都展现一段历史。在园区讲解员的引导下，我和很多游人一起，深一脚浅一脚地行走在细沙铺就的"丝绸之路"上。一座座精美的沙雕，一个个逼真的历史建筑，让人仿佛亲临大漠雄关，不禁为其雄伟的造型而惊叹。集壁画艺术之大成的莫高窟，在诗歌里存活了两千年的玉门阳关，还有那丝毫不让龙门、莫高和云冈的石窟艺术——麦积山，遥远而神秘，波斯建筑的元素，天竺国的房舍和佛塔，以及那被时间和风沙侵蚀得只剩下一堆土却仍高高挺立着、始终不失威风的烽燧。迁徙的骆驼队，漫漫古道，飞扬的黄沙让远方的人仿佛听到了悠悠的驼铃声，牵肠挂肚。

大漠孤烟，长河落日。一路走来，歪歪斜斜的足迹，印满岁月里不寻常的邂逅。千年的履痕，留下厚重的历史，连贯东西的商旅带来沿途经济的繁荣，成就着一座又一座令人神往的古城，东西方文明在这里碰撞出耀眼的火花。

站在一座座恢宏的沙雕前，我恍若置身于汉唐，历史的典籍之中，无数的孤旅者正艰难地前行，犹如在浩瀚的星空中寻找迷失的方向。那些行色匆匆的商贾，顶着一路的沙尘，从遥远的丝绸之路走来，足下踏沙粒，腰间挂水壶，风尘仆仆，抖落了一身的疲惫，卸下了东来的丝绸、茶叶，卸下了西来的香料、毛皮、玉石等货物，在沙海驿站中作短暂的休憩。纵然风餐露宿，沙子硌得牙碜，信念也依然不改。为了攫取他们需要的"真金"，早已将生死置之度外。

触摸丝路的沧桑，一种信念已嵌入中华文化传统，永远在历史深处回荡。丝路的精神和情怀，伴随着物种的迁移、文化的交融、思想的激荡，涵养出绚烂的华夏文明。在进入二十一世纪的今天，在丝路上的文心花雨间，依稀可见历史与现实的相遇。中国与世界的对话，经济与文化的交流，一幕幕生动精彩的"丝路故事"正在接连上演……

丝路芳华，历久弥新。今天的"一带一路"，早已不是简单的经济延续。今天的"一带一路"，或许再也听不到驼铃声，但它却更快捷、更融合、更便利，也必将会更加辉煌。

水韵
一方

SHUIYUN
YIFANG

第五辑

家乡的小河

夏日的镜湖

炎炎夏日，我穿过丛林绿树，跨过山涧小溪，来到心仪已久的镜湖，期望与湖水来一次亲密接触。

漫步湖边，任夏日的微风亲吻我的脸庞。那绿树茵茵的长堤，犹如一条碧玉丝带，飘逸在湖中。那嫩绿的垂柳，长长的柳线垂下来，随风飘荡。

树丫间振翅欲飞的鸟儿，临湖粉白相映的夹竹桃，一动一静，相映成趣。在远离城市喧嚣的地方，静下心来，听听鸟鸣，看看花开，心情自然惬意得很。

有野鸭子从湖里探出身来，远远地窥探着我，当我靠近它时，它便迅疾地埋入水中，然后潜水好长一段距离，又怯怯地在离我很远的地方再次冒出水面。待我蹑手蹑脚地慢慢靠近，它又故态复萌，如此反复。搞得我几次想走，又不舍离去。

我弯下腰，触碰那平静清澈的湖水，看到湖底的鱼儿和大小不一的石块，竟有一份莫名的喜悦。在这静谧无声的世界，这样生动灵气的鲜活生命着实带给了我在城市喧嚣中难以寻求的满足与平静。

伸手，触碰，微微的"叮"一声，格外清脆悦耳，随着手指的触动，湖面泛起一圈圈的波纹，由内而外，扩散，浮动，慢慢变淡，渐渐退出我的视野……

兴起之时，我两手胡乱拨动，来回摆弄，上下拍打，湖面好像突然受到打扰，不安分地躁动起来，它疯狂跳动的舞姿，那么柔美动人……

我突然想起小时候在水中玩的一个游戏。几个人张开手臂，站在水中围成一圈，同时用手臂用力拍打水面，水浪同时撞向圆圈的中心，激起巨大的水花，甚是好玩。

当我收起手来，静静地站在湖边，刚才还微波漾漾的湖面再次平静下来……

在镜湖的西岸，有一处古色古香的长廊，长廊的尽头是一个游船码头，码头的下面停着一排排各式各样的游船。我顺着长廊走过去，从管理员那里租来一条小船。在这样的时光里，我独自泛舟湖上，在微风和阳光中享受着这份难得的舒爽。

抬头仰望着镜湖上蔚蓝的天空和飘浮的白云，我幻想着爱美的仙女将这些白云扯去做成美丽的衣裳，幻想着仙女们穿起这衣裳在镜湖上翩翩起舞，将镜湖点缀得绚烂多姿。

小船飘荡在湖水中，我在小船上享受着这一方美景，带着几分醉意和几分清醒，融化在这浪漫的湖水之中。

夏日的镜湖，如诗、如画……

渔乐时光

　　玩耍是孩子们的天性，也是孩子们的乐趣。在我的记忆中，二十世纪七十年代的农村，孩子的娱乐项目极少，那时农村甚至连电都没有，更不要说像现在的电视、电脑、手机了。因此，在砂礓河边长大的我们，除了戏水，捉鱼似乎是大家最喜爱的事了。之所以叫捉鱼，是因为这里面其实包含了玩耍的成分，它和大人们作为谋生手段的捕鱼还是有一定的区别的。

　　大人们的捕鱼方式和捕鱼工具比较丰富，常用的有钩、卡、罩、鱼叉、鱼竿，还有笼子、丝网和旋网等。其中旋网是最普通也是最常用的工具，直到现在仍有许多地方的人在使用。这种网大多是人工编织的，既可在陆地上使用，又可在渔船上使用。

　　使用旋网捕鱼，最有趣也是最有效的就是斗鱼。四五条渔船在河面上围着一片较大的水域，先是在四周用木棍敲打着船面，约五分钟后，由驶船人驾船从四面八方迅速向中心地带急驰，撒网的人将网拿在手中做好准备，用一根网绳连在手腕上，待船靠近中心地带时，几个人一同将网同时撒出，顿时在空中形成了一个个巨大的圆盘，犹如倒着的降落伞，瞬间落入水中，在水面溅起一片片浪花，覆盖整个水域，所谓"天网恢恢，疏而不漏"大概就来源于此吧。片刻以后，待网完全沉到水底，驾船的人，又迅速将船向后倒，撒网的人牵着网绳，待网口完全收拢后，将网提出水面，白花花的鱼儿在网里活蹦乱跳。每网少则几斤，多则十几斤，最多的还有几十斤的，多与少，完全靠运气。

那时，我也想学着大人的样子，用旋网捕鱼，可试了几次，不是网打不开，就是撒成了长条状，大概还是技术不过关加上力气不够的缘故吧。有一次在船上，我请求父亲让我试一下，由于没把握好力度，结果连人带网一同掉进河里了，引得其他船上的人哄堂大笑。

与大人们的捕鱼方式和捕鱼工具相比，孩子们的就简单多了，但也不是绝对没有亮点。

孩子们捉鱼大多是出于好玩，小时候我曾使用过大口的玻璃瓶子捉鱼。拿绳子拴住瓶口，瓶子里放上一两块吃剩的馒头，直接丢到水里，看到有鱼进入瓶子后，再猛地把瓶子提上来，进到瓶子里贪吃的小鱼来不及跑出去。刚提上来的鱼受到惊吓，在瓶子里冲来冲去，也许是瓶子玻璃的折射原理，从外边看瓶子里的鱼很大很大，白花花的鱼鳞闪着光。初看到瓶里的鱼时兴奋不已，等把鱼拿出来又泄气了，原来这么一小点！

长大一点后，开始学着使用鱼竿钓鱼。说是鱼竿，其实就是一根竹竿，系上一根结实的尼龙绳子，绳子的另一头穿过一根缝线的铁针的针眼，将铁针用火烧红，趁热用钳子弯成钩，找几根鹅毛的茎做成鱼漂，再挖一条蚯蚓做鱼饵。那时，我也学着做了一根鱼竿，扛着它吆喝着就奔向河边，直接将鱼竿往水里一甩，过一会再往上一拽。由于工具简陋，再加上技术不过关，缺乏耐心，往往空手而归。有一次，我也学着大人的样子，扛着鱼竿围着河边转，远远地看到河边有一片黑黑的，像是冒着气泡，就赶紧走过去。听大人们说，这往往是大黑鱼下小黑鱼的时候，小黑鱼一直浮于水面，一公一母两条大黑鱼就在水下面跟着小黑鱼。在最初的一个星期内，大黑鱼的眼睛是看不见的，小黑鱼围着大黑鱼，有很多都被大黑鱼误食了，此时大黑鱼特别好钓。到了跟前一看，果然是有一群小鱼在水面游动，赶紧挂上鱼饵，扔入到小鱼群中，不大的工夫，一条又黑又大的黑鱼就上钩了。第一次钓到大鱼，既紧张又兴奋，几经周折，手忙脚乱地提到岸上，足有三斤重。赶紧扔下鱼竿，一路小跑将鱼送到家中。

砂礓河河汊较多，秋天，河水下降得厉害，许多沟汊都处于半干涸的状态，这正是我们小孩子大展身手的时候。那时候，学习不像现在这么紧张，没有课外作业，也没有升学压力，我从小学到初中都是在村里上的，每天放学以后书包一扔，约上几个小伙伴，扛上铁锹，拿上面盆，直奔河汊。

河汊里水浅，能看到一条条小鱼在水里游来游去。在河汊里捉鱼，这时的工具改成了筛子，我端着细筛子从一头慢慢往前挤，其他人在另一个方向蹚水把鱼往筛子这边赶。道理很简单，可捉起来并不容易，那些小鱼利用犄角旮旯的地形和树根水草等障碍与我们打起游击来。几个回合下来，鱼没抓到多少，可我们的身上和脸上却沾满了污泥，鱼儿在水里也游得更欢了。看来这招不行，大家决定改用其他方法试一试，选择了一个鱼儿较多的水坑，前后用土堆上坝挡住来水，用脸盆将水往外面舀。终于，水干了，没地方跑的小鱼粘在泥里，小伙伴们赶紧一条一条地往盆里拣啊拣，满满一盆子。

有一次，遇到了一个较大的水塘，一开始仍然采取上面的方法，可舀了半天也没把水舀完，眼看天就要黑了，这时有个叫柱子的点子多，他说这多费劲，用我这招。于是几条小腿在河塘里来回不停地趟，很快，清水变成了浑水，浑水又变成了泥水。再看水面上，露出一段段绿莹莹的脊背，嘴张得大大的鱼儿在水里呛得待不住，不得不钻到水面透气。摸啊摸，又是一盆子，心里那个高兴呀。一个小伙伴用书本上刚学到的词总结说，这前一招叫"竭泽而渔"，后一招叫"浑水摸鱼"。

回到家里，赶紧找出一个木桶，将鱼倒进去并盛满水，可惜有一半多都肚皮朝上了，心里那个可惜呀。

童年戏水

如果有人说，人类源于水中，我完全相信。我的童年是在砂礓河边长大的，五六岁的时候就学会了游泳，十一二岁的时候就学会了驶船。

童年的夏天，我和我的小伙伴们几乎就是砂礓河里的一条条鱼，大部分时间都是在水中度过的。水上漂，水下潜，鱼一样的快乐，再毒辣的太阳也拿我们没办法。渴了就鱼一样张口就喝，童年的砂礓河水都是甜的，由于河床布满砂礓，河水清澈见底，小鱼在水里你能看见它的内脏。它就围在我们身边，把我们当成一条大鱼，我们友好它们友好，我们不友好它们就逃跑，有时把我们的皮肤吮吸得痒痒的，我们用手一划就散开，不一会儿又游过来。现在的有钱人到温泉区去做鱼疗都是收费的，可我们那时则全免费的，鱼儿又大，既卫生，又舒服。

那时戏水最大的乐趣是自由，一丝不挂，在柔软得不能再柔软的水里，随水荡漾，人与水和谐交融到了极致。特别是识了水性，见到水就有一种冲动。

当然，有时候戏水也是有危险的，尤其是在没有大人带领的情况下，偶尔会有淹死人的情况发生。每到这个时候，父母就会讲一些有关水鬼的故事给我们听，说是河里有水鬼，而且那水鬼要托生，就要拉一个下去替他死，你一下水那水鬼就拖你的腿，有时听了小腿还真有点发麻。后来等我们长大了才知道，其实所谓的水鬼是根本不存在的，淹死的人大多是因为腿抽筋或者腿被水草缠住，救援不及时造成的。但那时由于年纪小，似乎觉得死对于我们那个年龄很遥远，况且觉得人多就不怕了，鬼是怕人的。所以，水还是要玩的，过不了几天，就又都跳到水里游玩了，当然挨父母一顿揍是不可避免的了，父母对于我们玩水从来就没有承诺放弃武力。

时光荏苒，当年的水已不知流向何方，留下的只有这美好的回忆。

瓜园记事

　　我的童年正赶上"文化大革命"后期，在那个计划经济的年代，农村仍然实行以大队、生产队为主的集体经济，老百姓一家一户是不允许私自搞粮食、蔬菜种植以及鸡鸭牛羊等养殖的，更不允许私自拿到集市上去交换出售，否则就是投机倒把，被抓到后轻则挂牌游街，重则判刑。因此，老百姓的温饱就成了很大问题，生活普遍比较艰难，平时根本填不饱肚子，甚至在春天的时候有的地方还会出现整个村庄集体外出要饭的情况。

　　那时作为十一二岁的我们，由于爱玩，活动量大，经常吃完饭一会儿就感觉饿了。家里没有吃的，没办法只有自己出去找吃的。有一次，我们路过生产队的一片桃园，远远地就看见在一棵大桃树上，并排两个鲜艳的大桃子，兴奋之余，我赶紧脱下鞋子，费力地爬到树上，刚要摘桃子，就听一阵嗡嗡声，一群马蜂在眼前飞舞，跑都来不及，追着蛰，那叫一个惨不忍睹。事后想想，那么显眼的桃子没人摘，不就是因为旁边有个盘子似的蜂窝嘛，可我当时的注意力全都集中在桃子上，根本就没有注意到旁边还有一个大蜂窝，结果害得我一个星期眼睛肿得像桃子。

有了上一次被马蜂蜇的经验教训，我们又将注意力转移到了瓜园。瓜园离桃园不太远，大概有 500 米的距离，靠近砂礓河，瓜园的旁边有一条 2 米多深的水沟，直通砂礓河。瓜园的面积不算太大，估计有几十亩地，瓜地的中央建了一个双层的看瓜棚，村里安排了四个人轮流看守，另外还有民兵巡查。

为了稳妥起见，我们几个小伙伴商量，学着电影《渡江侦察记》的样子，决定先实地侦察一下，摸摸情况。于是我们分成两组，一组直接到瓜园的瓜棚里，和看瓜的老人聊天。由于本村都认识，所以看瓜的老人也不拦着，其中有一位老人姓潘，曾经参加过淮海战役和抗美援朝，我们就假装缠着他给我们讲他打仗的事，潘大爷也很乐意讲他的光辉战绩。有时候还能将瓜园里摘下的一些有点坏的或者形状不规则的"残次品"给我们吃。另一组则到瓜园的外围，以割草为名，观察地形。

经过几番侦查，我们决定在中午趁着大人休息时动手，几个小伙伴如此这般地计划一番，利用玉米地的掩护，悄悄地摸到了瓜园的东面，趴在地上，一步一步地爬进了瓜园。计划开始实施得很顺利。爬进瓜园的虎子和我将摘下的瓜一个一个扔到东边的庄稼地里，藏在庄稼地里的柱子和胜利再一个个拣到筐子里。

但我们的行动终究没有逃过看园人的眼睛，很快我们这帮人连同园里的虎子地里的柱子、胜利以及半筐头瓜就成了人家的战利品。抓我们的是村民兵连的老孙，老孙拿着瓜气得直骂："你们这帮小兔崽子，这瓜能吃吗？"我们这才注意到刚才摘的瓜大部分都是生的，离熟还远着呢。老孙虎着脸说："也不罚你们，把这些瓜一个不剩全吃了就回家。"那天我们都是捧着肚子回家的，那些没成熟的甜瓜吃到嘴里就像吃到了鱼胆一样苦，只想往外吐。

吃一堑，长一智。又过了大约两个星期，估计瓜园里的瓜也快成熟了，我们又出击了。为了减少累赘，省却麻烦，大家商定这次行动不背筐，时间选择在傍晚。大家下午提前顺着通往砂礓河的那条沟悄悄地溜到园子北面，趴在水沟里静静地等待着天黑。时间过得好慢呀，平时很难闲得住的我们竟然趴在那里一动不动，颇有点当侦察兵的潜质。

天终于黑下来了，可看瓜的人仍站在瓜棚顶上巡视，不能动。天完全黑下来了，巡逻的民兵又来回地遛，还是不能动。不知过了多长时间，夜彻底地静下来了，我手一挥，大家就扑向了瓜园。

偷瓜行动成功了，再集合时，大家都乐得合不拢嘴。有的用褂子包了一兜，有的直接在怀里抱着，七嘴八舌讲述着自己如何如何，那情形就像打了胜仗的将军，一路欢笑着往回走。

刚到村边，就听到一声声不知道拉长了多少倍的"胜利""虎子"地呼叫，其中也有我父亲的声音。坏了，是家里的大人在找我们，由于当时出来得早，也没有和大人打招呼，几个孩子突然没了踪影，把几位家长急得连夜出来找。

听到喊声，我们几个心里不由一沉，刚才的喜悦顿时一扫而光，脚下加紧，走到学校后边，就看到了胜利的父亲堵在路上。见到胜利，一脚就把他踹到了路边，兜着的瓜滚了一地。其他人见状，心怦怦跳着，也赶紧猫着腰，小心翼翼地从胜利父亲的身边溜过，然后一溜烟往家跑。

跑进家门，父亲还未回来，母亲顾不上嗔怪，赶紧把在锅里温着的剩饭端出来。三下五除二，扒拉个一干二净，母亲就催着赶紧到床上装睡："到哪儿去了，你爸都急眼了，到处找不到，一会儿回来还不知道怎么收拾你呢。"刚躺下，门外就传来父亲的责骂声和急匆匆的脚步声，随后就听到母亲的劝说："孩子都已经回来了，我叫他睡了，要打明天再说吧！"

心里的一块石头终于落了地。这么一折腾，就剩下了藏在兜里的一个瓜，半夜的时候拿出来在衣服上蹭蹭。一口咬下去，真甜呐！

荒芜的渡口

再次回到久别的故乡，我站在那布满岁月痕迹的砂礓河边，一股浓浓的乡愁在心头萦绕，抹不掉，抓不着。

昔日繁忙的码头如今变得静悄悄的，河水微澜，河岸坍塌。那棵将近百年的老柳树早已不见了踪迹，长满杂草的河床上，一只小船正静静地躺在那里，如果你不是仔细看，根本发现不了，船里灌满泥沙，船边已经破裂。这或许就是那条曾经渡人无数的渡船吧，我不敢确定。

通往码头的那条土路如今也被杂草覆盖，变得似有似无。记得鲁迅在《故乡》中写道"地上本没有路，走的人多了，也便成了路"。此时我在想，这原本的路，如果没人走，那还叫路吗？

回忆起二十世纪六七十年代，这里曾是全村最热闹的地方，那时村里还没通电，也没有其他娱乐项目，最能吸引大家的就是全村男女老少聚到一起聊天。那时的农村村庄上人口较多，渡口每天南来北往赶集、串亲戚的人络绎不绝，码头也就成了人们聚集的地方，而聊天的话题也很广泛，从吃什么、穿什么，到哪家婆媳吵架、哪家儿女婚嫁无所不谈。从早到晚，你来了，我走了，那棵大柳树就成了他们最好的陪伴。

说到渡船，其实是用渔船改造而成的，上面放几块木板，便于过河的人站立或坐着，不至于被船舱里的水湿到鞋。

摆渡的是一位五十来岁的中年男人，由于每天风吹日晒，古铜色的脸上，布满了岁月的沧桑。那时，我们只知道他姓董，是河对岸董庄的，故大家都叫他董大爷。提起他，方圆十几里没有不认识的，算起来也可以称得上是一位传奇人物。董大爷曾经是一位军人，参加过著名的淮海战役，后来又随军南下，参加过解放南京和广州的战斗，新中国成立以后，又随志愿军赴朝鲜作战，在战斗中负伤，回国治疗，待其伤好后，朝鲜战争已经结束，他就没有再回去找老部队，而是选择回到家乡务农。

回到家乡以后，他没有向政府提出任何要求，而是像其他普通农民一样，过起了日出而作、日落而息的普通生活。因为家靠砂礓河，在农闲时节还能到砂礓河里捕一点鱼虾，改善生活，日子过得倒也安逸。

原本的砂礓河，河水不深也不宽，冬春时节，河水不多的时候，人们蹚着水就能过河。但自从二十世纪五六十年代，泗阳县为了引水灌溉，就在丁嘴和穿城两个公社交界处的砂礓河上筑起了一条大坝，将砂礓河拦腰截断，造成砂礓河水猛涨，河面变宽，河水变深。人们来往过河都需要坐船才能到对岸去，可那时的砂礓河上面没有一座桥，也没有专门的渡口和渡船。在砂礓河捕鱼的董大爷，看在眼里，急在心里，为了方便群众过河，他和队里面的领导商量，想在砂礓河上建一个简易的渡口。

董大爷的想法得到了队里领导的支持，为了帮助董大爷，队里将集体的一条渔船交给董大爷，由他自己找人将渔船改成渡船。董大爷亲自到集市上去购买材料，用石灰和尚毛、桐油搅拌在一起，塞进船板的缝隙里，以防止船漏水，然后又用桐油将船整个油了一遍。

自从有了渡船，过河的人就方便多了，河两岸大约有五六个村子的人到对岸都要从这里渡河。董大爷几乎整天都待在船上，为了不影响大家过河，他在河的北岸搭了一间简易的人字形草棚子，在地上铺上草，草上放上席子和被子，一年四季，草棚子就成了他的家。白天待在船上，晚上就住在草棚子里，吃饭由家里人做好送给他，如果家里人因为农忙或者其他事情不能及时给他送饭，他就自己在棚子里生火做饭。夜里如遇到有人喊过河，不管多晚，他都能立刻起来把人渡到对岸去。

那时候，因为是大集体，社员上工都是挣工分的，而董大爷服务的对象有二十几个生产队的群众，无法确定由哪个生产队给他记工分，而当时群众过河又都是免费的。为了解决董大爷的生活问题，最后大家商量，由河两岸经常要过河的生产队集体，每年在粮食收下来后，由生产队从社员分配的口粮中预先留下一部分，交给董大爷作为报酬。后来农村土地承包，生产队没有了集体粮食，就改为由各家各户出，出多出少，全凭自愿。再后来，大家又嫌麻烦，就又改成了由过河的人直接给现金，每次过河，单人收五分钱，连人带车收一毛钱，再后来，单人收一毛，连人带车收两毛。虽然是这样，因为都是熟人，有时遇到没带零钱的，董大爷也不计较，也有下次再来一起补上的。

因为常年生活在船上，辛苦、单调、枯燥，董大爷变得少言寡语。夏天，骄阳操着热毒，烧得人灼痛，董大爷把毛巾往水中一浸，抓起，在脸上擦一把汗，稍微拧干再搭在肩上，然后再继续挥动着双臂前弓后仰用力地划动双桨。冬天，北风呼啸，滴水成冰，因缺乏保护，董大爷的脸上、手上被风吹成一道道血口子。一边划桨，手上的血口子一边朝外流血，有时是这条血口子还未长好，那条新的血口子又裂开了。因为彼此熟悉，又都生长在砂礓河边上，所以，有时大家也会心疼他，主动替他划船。虽然辛苦，可董大爷却从没想过放弃，不服输是他在部队养成的习惯。

为人和善、热心助人是董大爷的另一面。那时候我们还是小孩，不上学的时候，都喜欢到船上和他聊天，缠着他给我们讲他那些关于打仗的事，董大爷也很乐意，有时候高兴起来还能给我们唱一些那时候比较流行的革命歌曲，比如《东方红》《大海航行靠舵手》，京剧"样板戏"等。水边长大的孩子，都喜欢玩水，夏天我们一起到渡口那里戏水，没人渡河的时候，董大爷也会和我们一起玩，并教我们游泳，这样家长也放心。

有一回，河南岸一位姓孙的大爷，年近五十，晚上被生产队安排到河北岸去为生产队看护集体的牛，第二天清晨因为家里有事急着赶回家，那时正值隆冬时节，天气比较寒冷，河面已经完全冻了起来。天刚蒙蒙亮，孙大爷为了不打扰董大爷休息，就决定自己从冰面上走过去，谁知由于冰冻得不厚，刚走不远，孙大爷就掉到了冰窟窿里，急得他拼命地喊救命。听到呼喊声，董大爷连忙起来，披上衣服就赶到了出事地点，一个人跳入冰冷的河中，将孙大爷往岸边拉，董大爷因为年龄大了，加之天气寒冷，体力渐渐不支，幸亏附近村子里的人们，听见呼喊声也都先后地赶到了河边，合力将孙大爷和董大爷救上岸，否则后果不可想象。

虽然董大爷因为以前当过兵，加上常年干着划船的体力活，身体还算结实硬朗，水性也很好，无奈年近七旬，自那以后，元气大伤，命虽然保住了，可再也不能驶船了。后来渡船也就交由他的儿子来继续驶。一年以后，董大爷带着无限留恋离开了人世。下葬那天，砂礓河两岸村子里的数百人含泪送别。

说来也怪，那渡口好像天生就是为董大爷开的，自董大爷去世以后，河两岸的人好像突然不来往似的，渡河的人越来越少。其实这只是一种巧合，改革开放以后，村里的年轻人越来越多地选择到大城市去打工，再加上一些青少年到外地去上学、参军，所以村里的常住人口在逐步减少。另外，加上商品流通体制改革，超市开到村里，一些日常的生活用品都能在村里买得到，一些年龄大的人也不愿出村，所以，渡河的人少也就不足为奇了。

二十世纪九十年代，政府在距离渡口下游大约两公里的地方建起了砂礓河历史上第一座钢筋水泥大桥，渡口也就彻底退出了历史舞台。

砂礓河的渡口因时代而生，也因时代而消失，这或许就是历史。

即将消失的村庄

前段时间，因为有事，我回了一趟农村老家，发现村庄的墙上都用红色的涂料标上了号码。经打听，原来是整个村庄都要被搬迁到离镇政府不远的一个地方。

随着农村居住人口的减少和老龄化，村庄的整合搬迁是必然的，原以为要到 10 年甚至 20 年后，但没想这一天来得这么快。

我的老家，位于宿迁市宿豫区境内的砂礓河畔，距离大兴、丁嘴、关庙三个乡镇的距离大约都在七八里路，地理位置相对偏僻。

整个村庄三面环水，村子的后面，是一条流淌了几百年的砂礓河。河面的宽度随着季节的变化而不同，夏天雨季，河水暴涨，河面可达两百米，冬季枯水期，河面也能达一百米。河里鱼虾丰富，两岸土壤肥沃，绿树成荫。村里大部分的人家都有渔船，农闲时间都到河里捕鱼捞虾。村庄的东面和南面是一条贯穿的河塘，斜插进砂礓河，使整个村庄处于一个三角地带，河塘与河塘之间被一条条土堆的堤坝隔断，为整个村庄提供了天然的屏障。池塘里种满了莲藕，每到夏季，绿荷拂风，藕花展颜，脉脉清香伴随着声声蛙鸣，奏响了夏夜里最美的序曲，那是我对儿时老家最温情的记忆。

得天独厚的特殊地理环境，也给这里的老百姓带来了福音。据老辈人讲，这个地方在历史上从未受到战争的波及，连匪患也很少发生。这也可能就是我们祖先选择在这里定居的理由吧。

我沿着村庄走着，希望能再次见到那些儿时的玩伴，一起叙叙家常，可找了半天，竟然一个也没找到。经打听，他们有的外出打工，有的跟随儿女搬到城里去居住，有的在乡镇街道上买房搬到那里去了，有的甚至已经不在人世，只留下这些空空的老屋。

在村东头，我见到了家里的一个远房侄子，还住在这个村子里，现在已经有六十多岁了，年龄比我还大。平时以种地为生，农闲时节在砂礓河里捞点鱼虾，养点鸭子、鹅等。儿子、女儿都在常州打工和做生意，平时也很少回来。

在和他闲谈时，我问他对村庄整体搬迁的看法和今后的打算，他告诉我，搬迁是迟早的事，虽然早有思想准备，但真到了要搬迁的时候，心里还是有一种说不出的滋味，毕竟故土难离。在这里生活了大半辈子，这里的每一个人，每一条路，每一棵树，一砖一瓦都是那么熟悉，咋拉拉（方言，很突然，很不习惯之意）搬到一个完全陌生的地方，多少还是有点不适应，尽管搬迁得不是很远，尽管新迁入地方的条件要比这里好。

在谈到今后的打算时，他告诉我，准备响应政府号召，搬迁到新的地方居住，我问他为何不搬到常州和儿女一起居住，他告诉我，年龄大了，不想到城里给儿女增加麻烦，搬到城里一个邻居也不认识，就连厕所和菜场都找不到，整天闷在大楼里，闻不到老家泥土的气味，看不到砂礓河的渔船和波浪，听不到鸡鸭鹅的欢叫，很不习惯，有一种坐吃等死的感觉。

在和村里的一些老人谈到村庄的历史时，有的说有两百多年的历史，有的说有三百多年的历史，甚至还有的说有五百多年的历史，因为没有确切的文献资料可查，这个村庄究竟是什么时候形成的，谁也说不清。况且由于地处偏僻，历史上也没出过啥名人，也没啥历史古迹，长久以来，一直就是那种默默无闻的状态。

唯一能够提供佐证的就是那套留存至今的据说是明国初期编撰的丁氏族谱，上面隐约地记载着村里丁氏一族最早从山东搬迁至此定居的。从丁氏第 25 代开始，至今已经超过 40 代了，保守估计也已经有三百年了。

另外，在"文革"时期农村破四旧，村里曾组织村民将村庄前后大量的坟墓平掉，在坟墓中扒出了许多棺木，里面有许多随葬的陶器以及明清时期的铜钱等，似乎也能证明这一点。

就是这么一个小村庄，在二十世纪七八十年代，借着我们国家改革开放的春风，农村实行土地包产到户改革，农民的生产积极性得到了极大的提高，粮食产量上去了，农民的生活质量也提高了。渐渐地城市的发展也加快了进度，一些不满足于现状的农村男性青壮年劳动力，都纷纷背井离乡，加入了进城务工的劳动大军中。刚开始的时候，他们还能在逢年过节或者农村大忙的时候回到农村和留守的妇女、儿童和老人一家团聚。可后来，随着越来越多的农民进城务工，逢年过节回家的车票就异常紧张，渐渐地他们就放弃了回家的念头，有的直接将那些留守妇女也带到了城里，加入到打工的大军中，将土地租赁给别人耕种或者直接抛荒，农村就只剩下了老人和孩子。再后来，那些进城打工的农民，手里有了资金，有了技术和经验，有一部分人就尝试着自己做生意、开工厂，自己当起了老板，他们有的干脆就将孩子也带到了城里上学。再后来，由于农村孩子的出生率降低，适龄上学的孩子少了，村里的学校也就逐渐萎缩，最后将村里的小学全部撤并到乡镇，将乡镇的高中全部撤并到县城，学生实行住校制，农村的常住的也就只剩下老人了。原来几百口人的村庄，现在只剩下了三四十口人，平均年龄都在 70 岁左右。农村的房屋空置率越来越高，有的由于常年无人居住和维修，屋顶已经坍塌，有的围墙倒塌变成了断壁残垣，院子里也长满杂草，一片衰败景象，置身其中，仿佛走进了一座几百年前遗弃的古旧村落。

从村里出来，在村口，我又看到了那棵百年以上的老榆树，依然倔强地站立在那里，经过岁月洗礼的枝条依然那么遒劲，枝头上几片稀疏的树叶在寒风中随风飘荡，像是在向我点头打招呼。与以往不同的是，大树下面那种人来人往的热闹场面如今已经变得空空荡荡。我抚摸着老榆树粗糙的树干，就像抚摸着一位瘦骨嶙峋的老人的躯体。据说在二十世纪五六十年代，在那个我们国家三年困难时期，就是这棵饱经沧桑的老榆树，用它那仅有的树叶和树皮，无私地为村里的老百姓提供充饥的食材，全村的老百姓都对它充满了深深的感激之情。那时候全村的男女老少，都会经常聚集在老榆树下聊天嬉戏，哪家有什么高兴的事，向大家说说；哪家有什么烦心的事，向大家讲讲；邻里之间有什么矛盾，也到这里让大家评评，不管大家说好的、说坏的，那株老榆树都能静静地倾听。有时候，一些顽皮的孩子，爬到大树上，甚至骑到大树的脖子上，摇晃着树枝玩，它也不发脾气。如今，村庄要拆迁了，这棵老榆树的命运和归宿如何，是砍掉还是移栽到别处，谁也拿不定主意，甚至还引起了争论。

当我们准备离开村庄时，正好看到一辆由镇里开往村里的镇村公交车停在村部门口，车上除了驾驶员，空无一人。我们问司机，这样跑不是连油钱都不够吗？驾驶员告诉我们，开通镇村公交车，这是政府的一项惠民工程，车辆的亏损由政府来补助。一开始坐车的人还不少，后来就逐年减少，现在一般都是送出去的多，接回来的少，等将来整村搬迁后，估计这辆公交车也就完成了它的历史使命。

乡情依依，乡愁悠悠。随着现代化和城市化的发展，农村也将会发生翻天覆地的变化。在不远的将来，还会有越来越多的村庄将会走向消逝。

故乡的小河

在我的老家，有一条河流，从村庄的北面缓缓流过。因其河床上布满砂礓，故而人们都叫它砂礓河。

它不像大运河和淮河那么宽广、那么有名。但是对于我个人而言，这条并不起眼的小河，却承载着我童年最美好的记忆。

在我的印象中，砂礓河沿岸风光特别优美，一年四季随着季节的变化，呈现出不同的景致。

春天，砂礓河两岸的柳树悄悄地伸出嫩绿的细叶，沐浴着春风。树枝脆生生亮莹莹的，柳条随风摇曳，柔软妩媚，轻拂水面，柔情万种。嫩芽在春的怀抱里，像撒娇顽皮的孩童一样咕嘟着嘴，荡着秋千。清凉的河水缓缓地流淌，有积水的地方，水藻、青苔在水里招摇。偶尔还会有一堆一堆的青蛙或癞蛤蟆产的仔，在水里荡悠悠的，晶莹剔透，不几天的工夫，就会有一群一群的可爱的小蝌蚪游来游去，有时会隐在水草下惬意地休息。我和那些淘气的小伙伴们，有时还会拿着大口的瓶子，把它们捉回去养起来，可大人们总是要我们把它们放回去。

夏天，烈日当空，河面上暑气蒸腾、晃动，像要出现海市蜃楼一样。河水哗啦啦地流着，两岸绿树成荫，各种鸟儿发出清脆悦耳的声音，时而和鸣，时而独奏，蝉鸣鼓噪着整个夏天。

河边的芦苇荡里，很多小蚂蚱，翅短、善跳，像和我们捉迷藏似的，趴在芦苇上，从正面转到背面，探头看看，再转回来，很是调皮，蹦来蹦去的。一些胆大的孩子，深入其中，有时还能掏到一些鸟蛋之类的战利品，偶尔还会遇到一些水蛇，又惊又怕，心扑通扑通地跳，快速退出，回到岸上。

深秋的河水，失去了夏日的浮躁，静静地没有一丝波儿。晨雾中的砂礓河，像是蒙上了一层薄纱，神秘而飘逸，犹如仙境一般。河的两岸是一片成熟的色彩，金黄的稻谷和玉米，火红的高粱，向人们传递着丰收的喜悦，在夕阳的映照下显得厚实且富有诗意。

成群结队的鸭子在清清流淌的河面上嬉戏，偶有大白鹅穿行其间。鸭子和鹅总是能和睦相处，从无干戈，高兴时还能嘎嘎地唱上几句。晚上这些吃饱喝足的鹅和鸭子，又会本能地各回各家，从不需要人去驱赶管理。

初冬时分，小河通透了，两岸视野更加开阔，广袤的天空衬托着树林中裸露的枝丫，构成了一幅抽象的风景画。寒风吹来，飘飘扬扬的雪花，冰封了河面，装点了芦苇，一片粉妆玉砌的世界。

成群结队的候鸟从远方飞来，飘落在河面或者滩涂上，沉寂的砂礓河又热闹了起来。这些可爱的人间精灵，或振翅展飞，在天空盘旋翱翔，或成群结队，在滩涂享受美味，或优哉游哉，在冰面画着地图。我们不忍心去打扰，只远远地看着。

故乡的砂礓河，它看着我长大，我看着它变化。虽然我现在因为工作离开了它，但是我每年至少都要回老家一趟，都要到河边走一走。这里不仅有我的童年、我的回忆，更有我对故乡深深的眷恋。

第六辑

远方的山水

SHUIYUN

YIFANG

千垛菜花黄

清明前夕，在翻看微信时，看到一位微友转发了一条链接，是关于全国十大菜花观赏景区的排行榜，第一名是陕西汉中，第二名是兴化垛田，第三名是湖北荆门，云南罗平排在了第四，青海门源排在了第六，印象中的观景胜地江西婺源竟然排在了第九，这多少有点出乎我的意料。

十大景区中，排名第二的兴化垛田离我们最近，就位于江苏省泰州兴化的缸顾乡东旺村。通过网上搜索发现有关兴化千垛菜花的图片和介绍很多。据说作为一个 AAAA 级的乡村旅游景点，2014 年 4 月曾经创下单月游客 88 万人的纪录。于是就萌生了一种去看一看的冲动。

说走就走，礼拜六早上 8 点，我们准时出发。大约两个小时的时间，我们到达了京沪高速兴化出口，下了高速以后，又走了大约 30 多公里的路程，才到达目的地。

可能是周末的原因，景区的人还真不少，大大小小的车辆差不多已停满了两个停车场，仅大客车就有十几辆，除了本省以外，上海、安徽、浙江、山东等外地车辆也不少。保守估计，此时景区内外大约已有上万人了。下车后，伴随着一曲旋律优美的《梦水乡》"万亩荷塘绿，千垛菜花黄，荟萃江南秀色，我的甜美故乡……"我们来到了景区大门。

进入景区大门，站在拱桥的观景台上，举目四顾，在四月明媚的阳光下，金色的油菜花海一望无际，没有尽头，据说整个景区的菜花超过万亩。

在景区中有两个最佳观景点，一是位于景区北面的观景楼，一是位于景区南面的观景塔。游人参观也可以有两种选择，一是随游船沿河汉观看，一是沿铺设的花间小道步行前往。我们决定首先乘船观看，沿水路先到北面的观景楼，然后再步行顺着花间小道边走边看，最后登上南面的观景塔。

下了观景台，往里走大约有一百米远的地方，远远就望见在金黄色的菜花当中，有一片红色格外显眼，走近一看，才知道是船娘头上统一围着的橘红色头巾。一排乌篷船在河边依次排开，原来这就是我们所要游览乘船的码头。

赶紧检票上船，每条船上面坐五六个人，船上配有救生衣，可很少有人穿。

在船娘的熟练操作下，小船划过垛田，在小岛间穿梭。我们坐在船上，闻着油菜花和泥土的芳香，还不时拿出手机或相机边看边拍照。

朋友的小孩今年刚上小学四年级，第一次乘坐这种乌篷船在花海中畅游，很是兴奋，不停地问这问那。她也许还不懂欣赏，甚至大了以后对这次行程也会淡忘。但我们的相机将为她记录下这次美好的旅行。清代大文豪孔尚任的一首诗"缓荡轻舟水气温，菜花凝望净无痕。春余湖上双堤路，黄遍江头万里春"是她此时眼中景色最好的注脚。

河面不是很宽，最窄处仅五米多，最宽处有五十多米。河道纵横相连，整个菜花地被河道分隔成一个个独立的长条形岛屿，大小不等，宽度一般在十米至五十米左右，长度大约有百米。遇有河流与人行道路交叉的地方，为了便于通行，景区还会在河道上面架起弧形的拱桥，桥墩用水泥浇筑，桥面用木头铺设，桥下行船，桥面走人。

在和船娘的交谈中，我们得知河道和垛田并不是人工新近开挖的，她们这里原本就地处里下河地区，水网密布，河汊纵横，成片的土地很少，她们的先人们为了得到较多的可耕种土地，就从水中取土，一方一方堆积成垛，现在的大部分河汊和垛田都是在原来自然形成的基础上经过简单的修整，变得更美观，更通畅。河水的深度平均大约三米，一些面积较大的水域深度也可达七八米。

垛田上不便精耕细作，也不适合机械化操作，故而长期以来一直以种植蔬菜为主，特别适合栽植传统农作物油菜、芋头等，一直延续至今。这里的菜花茎秆较粗，秆高约一米，花朵很大，这可能与垛田土壤本身十分肥沃有关吧。菜花种在垛田之上，犹如湖中千岛，既适合观赏，又能养蜂，油菜籽还能榨油，丰富人们的物质生活。近年来，在当地政府的引导下开发旅游事业，实现了传统农业向现代农业的转变，千垛的菜花出了名，她们也沾了光，得到了实惠。

船娘还告诉我们，这个景区最早是在2009年开发的，距今已有八个年头了，随着游客的逐年增多，她们的收入也在逐年增长，现在每个船娘每天的固定工资是50元，另外，每接待一名游客提成一元，每条船每天可以接送四五批，大约二十几个游客，高峰时，可达到五六十人。说实在的，在现在这个经济条件下，收入并不算高。可她们还是很满足，毕竟在自己的家门口，每年的旅游季节大约一个月，又不耽误农活。每年接待游客只是她们生活中的一部分，是她们的副业。她们的主业还是搞好种植和养殖。收割完油菜籽后，她们还要在这片土地上种植、收割芋头，用于自食和出售。

近万亩的菜花景区，水面面积和地面几乎是一半对一半。春天的时候，可以在河里放鱼苗，经过一个夏天的生长，到秋天水少的时候，浅的河道就会干枯，水和鱼都集中到了较深的水域，便于冬季集中捕捞。保守估计，按每亩水面 1000 斤计算，鱼类可达 500 万斤，收获相当可观。

由于船行得较慢，我们边看边聊，经过了一个小时，终于到了观景楼。

观景楼一共三层。第一层的中间有一个临时邮局，里面摆满了各式各样的邮品，不仅有菜花纪念封，还有各式菜花明信片、旅游纪念品等。更为吸引年轻人的是在大厅的显眼处有一台机器，游客可以用手机扫描其上面的二维码，下载一个 App 软件，将自己拍摄的照片在该软件中制作成自己满意的明信片，再发送到机器中，现场打印，然后交给临时邮局盖上特制的邮戳寄回家。当然这是要收费的，10 元一张，也不算贵。

二楼是供游客休息的地方，在这里你可以坐在椅子上休息一下，也可以吃一点东西，或者和朋友交流一下感受。

三楼是一个观景台，在这里除了几根柱子外，四面都是空旷的，视野开阔，便于游人观赏和拍照。许多摄影爱好者，在这里架起"长枪短炮",从不同的角度,不停地按下快门。我们同行的人员,也赶紧拿出相机,一阵狂拍,生怕漏掉什么。

拍完下楼,也顾不得休息,赶紧踏上步行游览之旅,沿着花间小道,缓缓前行。这时候我们才真正体会到畅游于花海的感觉。

当微风吹过,花朵轻摇,高低起伏,像是在翩翩起舞,又像是在向游人挥手致意。成群的蜜蜂来回在花海中飞舞,欢快地采着花蜜,播送着醉人的清香。走进田间,俯身一探,更有别样精彩,纤巧、婀娜,让人赏心悦目,如痴如醉。仔细观察,油菜花由四朵圆圆而又酷似微型乒乓球拍的花瓣组合而成,中间翘起六只小脚,四长两短竞相伸向天空,靓亮惬意,引人逗春。金黄色的油菜花,色纯而雅正,朵朵成簇,簇簇成枝,枝枝花开,片片闪着金光。

在我们前往南面观景塔的途中,路过一座拱桥,看见桥上面几位中年人穿着摄影背心,身背摄影包,手里拿着有长长镜头的相机,还有照相用的三脚架,正在那里边拍摄边交流。一看就知道是专业的摄影爱好者。

在与他们的交谈中,我们得知,他们都是摄影家协会的会员,有几位还是外省的。每年油菜花开,他们都会相约来这里采风。

和我们纯粹游玩不同,他们每次都是奔着能够拍出一幅好的作品而来的,所以,有时为了挑选出一张满意的摄影作品,不惜拍摄几千次,从不同角度,不同高度来拍摄。我真为他们这种敬业精神而感动,也衷心地祝愿他们能够收获满意的作品。

沿着花间小道,我们一行来到了观景塔,此塔位于主河道的交叉口，有四层高。由于其主要是用来观景，故而里面的空间并不大，楼梯也很窄，上下只能同时通过两个人，塔上的人也不能很多，只能等上面的人下来了，下面的人才能上去。

等了大约十几分钟，我们终于可以上去了。顺着楼梯，我们径直来到了顶层，站在高高的塔顶，我们的视觉顿时被眼前那巧夺天工的烂漫与壮观所震撼。远远望去，万湾碧水，阡陌纵横，船在水中游，人在画中走，人、花、水浑然天成。那连片的垛田像一朵朵飘舞于水面的祥云，又似一片片散落在人间的流霞，直达天际。景色真是太美了，此时眼中的千垛菜花，俨然就是一幅幅巨型油画，那颜色、那气势，足以让我们震撼和满足，眼睛得到丰富和充实，镜头得到愉悦和滋养，我们陶醉其中，无比惬意。这不由使我想起了清代诗人刘宗濡的《看菜花》"乍逢红雨点回塘，又见平畦千顷黄"。到此时我们才发现，原来网上许多关于千垛菜花的图片都是在这里拍摄的。

从景区出来，几乎每个人的身上都沾满了花粉，脚上粘着垛田春天的泥土，脸上带着满足的笑容。

大美金鞭溪

在湖南张家界，有一条举世闻名的峡谷，叫金鞭溪。这里是张家界"奇峰三千秀水八百"的典型代表。这条滋生在山谷深处一开始就与山峰血脉相连的溪水，近些年已成为外地游客来张家界的必到之地。

我们到达的时候，正赶上天下着蒙蒙细雨，一片浓浓的白雾给金鞭溪蒙上了一层神秘的色彩。两岸云雾缭绕的峰峦上各种植物郁郁葱葱，若隐若现。溪中流水潺潺，水汽氤氲，整个金鞭溪如同仙境一般。

走进金鞭溪，扑面而来的是漫山遍野和沟壑深谷那或浓或淡的绿意。一条7.5公里长的金鞭溪，如一条长长的飘带缠绕在两岸峭壁之中。这条汇聚了岩峰山林的洪水、泉水、雨水，挟带着落叶、花瓣、草籽荡荡而下的溪水，在大大小小的鹅卵石上鲜活地跳跃而去。平缓处，金鞭溪仿佛处子静思；跌宕处，则水石相漱而潺潺有声。欢快的溪水，时而在峰峦幽谷中盘转，时而在峰岩交错处滚玉泻珠跌入深潭，时而又在开阔的河谷铺出芳州，几番山穷水尽忽而又峰回路转在岩隙间开出新径。

　　都说"桂林山水甲天下"，但这里的秀美并不比桂林逊色。如果说桂林凭漓江倒影增添了山的妩媚，那么在张家界，这条在山谷间蜿蜒的溪流，更是充满了水的灵动。周边独特的地理环境和富有想象力的故事传说，吸引了国内外所有猎奇者探索的眼球，使其成为网络上长久不衰的热门景点。

　　河道旁，一条人工开凿的石板步道为游客提供了极大的便利。峡谷中的小径，因小溪与山体间的位置而变换，时而依左侧而行，时而又跨过溪水沿右侧的山道而行。

　　穿过重欢树所在的密林，就来到了金鞭溪著名的"跳鱼潭"。四周林木掩映，群山环抱，一泓溪水跌落于潭中，碧水荡漾，溪石红润。沿溪水冲刷而成的石槽与倾泻入潭的水流，形成落差。每到游鱼产子期，成群结队的鱼儿会溯水而上，至此活蹦乱跳，故而得名跳鱼潭。据说这里还是娃娃鱼的出生地，我努力地寻找，终不得见。

　　继续往前走，来到了紫草潭，这是一个水深 3 米的大水潭。因为古时候潭边生长有一种紫色草可以造纸，所以又叫它纸草潭。潭内水面平静，清澈见底，鱼虾悠游其中。

　　如果把金鞭溪比作一位少女，那这两处盈盈幽静的潭水，就是山姑诱人的媚眼，深邃而明亮，倒映出两岸的奇峰、绿树和翠草，送你一个恬静的梦、紫色的梦。在这种透明状的宁静里，隐约觉出了一种"仙气"，似乎对陶渊明的"世外桃源"有了深一层的感悟。

　　人行溪流旁，心里落满了清凉的雨滴。手中搭过的树都是奇异的树，杏果树、银鹊树、鸽子树……瘦削的岸崖上垂下青青的藤蔓，分枝散叶，仿佛是高高悬挂的青色瀑布。扎根于岩崖缝隙间的小树，长不高也长不粗，胡乱伸出瘦瘦的枝条儿，清风徐来，像是热情地招手。

在金鞭溪的上游有一个叫作楠木坪的地方，生长着成片的楠木，树干通直，伟岸挺拔，直上直下，很少有旁枝，成熟时可高达 30 米。因其木质坚硬，价格昂贵，已被列入国家重点保护野生植物名录。

我曾伫立于"三楠抱石"之前，想象着石上的这三棵楠树是怎样在没有泥土温暖的梦里，枕着冰冷的石头，弹跳出自己嫩芽。又是怎样在潮湿相濡的日子里，窃窃私语，悄悄地长高一分。在那焦渴的灾害季节，它们又是怎样同舟共济而渡过难关的呢？

溪畔的高大的树底下长满了各种野草，密密麻麻、绿茵茵的，散发着一种原始的芬芳。一些零星小花点缀其中，在绿色的背景中显得格外醒目。最有名的是一种叫"龙虾花"的，那花朵就像一只只龙虾，活灵活现，这是金鞭溪特有的植物。花的颜色丰富多彩，有鲜红的如珊瑚，有金黄的如琥珀，有紫色的如葡萄，还有混合颜色的，星星点点，美丽极了。

林间的草是知命的，安伏巨木之下，连缀成片，以露珠为桂冠。林木挡住了风雨，也遮蔽了阳光。清风是从溪上轻拂而来，轻吻着草尖上那晶莹的露珠。偶尔有一缕阳光从大树的间隙射入，感恩的小草会拼命地吮吸，生怕有一丝一毫地溜走。

当雨渐止，淡淡的光亮穿过云层，那雾稀薄了，散开了，上浮了。透过它，可以看到太阳在天边的轮廓。恍惚间，雾成了白烟，缥缈地裹着绿纱的翡翠。

大自然真的很奇妙，鬼斧神工般地把一座座山峰造就得如此多样。千里相会，劈山救母，神鹰护鞭，老人岩，醉罗汉……无数动人的故事和美丽的传说，都融化在这如烟似梦的图画里，那些壁立千仞的石峰一座连着一座，座座都是那么秀，那么美，那么怪，那么奇，每一座峰都让你的目光不忍游离。

在金鞭溪的入口处，有一座高达百米的石峰迎面矗立，恰如一位老人，头戴方巾，身着长衫，背着满满一篓草药，炯炯凝视对山，若有所思，他左手高高扬起，似在招呼远方游客，这就是老人岩。

作为 86 版《西游记》拍摄地，电视剧里经典的情节"三打白骨精"和"猪八戒背媳妇"都是在金鞭溪拍摄的。独特的地理环境，给人以无穷想象，唐僧师徒一行人马，不顾旅途劳累，从遥远的西天来到这湘西金鞭溪。沙和尚挑着担子，面带愁容，凝视着凡心不改、身背媳妇的猪八戒；远处石崖一峰似孙悟空，其下一群小石峰似猴。师傅唐僧，还是那么佛心不二的模样，悟空却早已心猿意马，带领着他那些后代猢狲，跃藤纵树，与慕名而来的游客攀亲问故。

金鞭溪右前方有两尊贴身并立的岩峰，左侧一峰峻高而雄，右侧一峰纤低而柔，酷似一对久别重逢的夫妻，这就是"千里相会"景点。丈夫身材魁伟，戴盔披甲，腰佩长剑，似从远地归来，腰略躬，头微俯，正在慰藉妻子；妻子身段匀称，体态丰盈，蓄长发，富风韵，左手挽丈夫腰，面微仰。两人含情脉脉，万语千言，都在深情凝望中，好一幅相爱拥抱的绝妙画面。

"太白醉酒"千年不醒的形象，更是撼动人心。长髯飘拂，似睡非睡，侧卧的面容清瘦如仙骨，清醒的渴望在无声的岁月里碎裂。侧卧的仙骨已成岩石，石上凄鸟高飞，石纹里隐约传来深幽的梦语，那些渴慕成仙的人们知道吗？太白醉酒的梦中，最深情而凄婉的歌唱，还是属于他那颗禁锢已久而无法解脱的心！

更为奇特的是在金鞭溪有一座最高最陡最壮观的石峰，四棱四方，下粗上细，顶端尖啸，独举冲天，加上其岩石结构为红色石英砂岩和石灰岩，在阳光照射下，金光闪闪，这就是最著名的"金鞭岩"，金鞭溪由此而得名。

据说这是当年秦始皇为了修筑长城，征集大量的民工开山采石，日夜劳作，民工苦不堪言。观音菩萨从空中路过，大发慈心，为了解救民工于水火，扯下一绺头发分送民工，民工将头发粘在石头上，石头就可以随人意而动。秦始皇闻讯下令将头发收集起来编成一条鞭子，用鞭子赶山，鞭子一挥，山崩地裂，滚石都跑到了海里。东海龙王极为恐惧，派遣龙女巧施美人计，用假鞭换走了真鞭。秦始皇一觉醒来，发觉神鞭被换，大怒，急派人追赶。追到此地，眼见就要被追上，龙女情急之下将鞭扔掉，只听一声巨响，就变成了眼前的这座金鞭岩。

在紧挨着金鞭岩的地方，还有一座巨峰，似鹰头高昂凌空展翅，一只翅膀有力半抱金鞭。据说这是当年龙王为了防止鞭子被人拿走，特派神鹰保护，这就是"神鹰护鞭"。

溪的左岸，再有一斜峰，高200余米。上下粗细一般，峰体浑圆，色赤，呈70度角向金鞭岩倾斜，似醉酒的罗汉。据说这是当初觊觎金鞭而欲取之，又惧神鹰，故而似倒不倒，只是为伺机而动。真不知道这样一个执着的窥视者还能坚持多长时间。

醉罗汉峰东面，原本是一座山峰，像是被人硬生生地用利刃从中间劈开，当地人称之为《宝莲灯》中沉香劈山救母的遗迹。我有些疑惑，沉香劈山救母不是应该在华山吗，难道劈错了地方？

　　我真佩服人类的想象力，为了达到心目中理想的效果，他们不惜用一种圆满而又残缺的逻辑编纂出一个个神话故事，用各种各样的名称，使得平静的山峰鲜活了起来。童话般的意境，让宁然不动的山峰有了灵性，形成了各自鲜明的个性。

　　当我迷醉在金鞭溪的美景中时，雨雾又起。朦朦胧胧，穿过树叶间，惊到我的皮肤上，窸窸窣窣，犹如高手试琴，接着是噼里啪啦，似被宠坏的孩子般放纵。整个金鞭溪新雨湿气的气息，轻柔地弥漫开去，让人真切地感受到溪的幽美，谷的幽静。

　　我静静地行走在山水之间，不知是看水还是观山，心被深深地牵涉进去，就像经过一次洗礼，一种心灵深处从没有过的宁静与超脱。这空灵的金鞭溪，似乎有涤荡你灵魂深处一切污垢的魔力。看山，你明白了什么是至深与高远；看水，你理解了什么是透明与磊落。做人不就是要有高远的眼光和坦荡的胸怀吗？

　　充满灵性的金鞭溪，将这古朴而清静的历史画图，清新而平和的现实情境，动静相宜的山水情怀，完美地融为一体。涓涓的山泉，清明地映现峰峦的挺拔；如风似雾的瀑流，轻灵地丈量着行程的长短；凝翠聚玉的深潭，沉静地观看着天上云卷云舒，让这十五里的奇丽景致充满了雄壮激昂的动感，充满了生命的缤纷色彩！

　　金鞭溪已不是一条单纯的小溪，她是一条永远跳动的脉搏。因为有她的存在，张家界的山水便活了，整个山水画的便有了灵魂。

金鞭溪遇猴

金鞭溪位于湖南的张家界，被誉为"世界上最美丽的峡谷"和"最富有诗意的峡谷"。它发源于土地垭，全长 7.5 公里。两岸翠绿簇拥，溪水绕峰穿峡，森林茂密，浓荫匝地，花草争奇斗艳，鸟语蝉鸣。水随山转，山因水活，一步一景，如画如诗。

金鞭岩东侧幽谷中，大小石峰林体错落。远远看上去，自然的生态环境，让金鞭溪也成了猴子们的乐园。沿着溪边步道，一路向前，两边的树上，不时有野生的猕猴出没。便道旁，小树上，猴子们成群结队，有的躲在路边的树丛中，有的倒挂在树杈上，有的蹲坐在树丫间。动作千姿百态，或伸头缩颈，或抓耳挠腮，或上蹿下跳，或挤眉弄眼，吱吱唧唧地叫个不停。这是一种活泼机灵的小动物，全身长着棕褐色的短毛，小巧的脸上，长着两只圆溜溜的小眼睛，两个黑玻璃球般的眼珠在眼眶里滴溜溜地打转。

这里的猴子根本就不怕人，一个个都把化缘当成了生存的本领。它们会毫不畏惧地在树枝上跳高蹿低，吱吱地叫着，好不热闹。有人看见一些在溪滩上玩耍的猴子，就将食品丢过去。只见猴子灵巧地一跃，轻而易举地就抓到了食品，毫无顾忌地啃了起来。那嘴巴一嚼一动的，就仿佛一个掉了牙齿的老头，但动作绝对麻利。有时遇到一些坚果，比如核桃，用牙咬不开，猴子就会到溪里捡拾一块石头，用力地砸向核桃，一次砸不开，就砸第二次、第三次，直到砸碎，然后悠然自得地捡拾里面的核桃仁吃。

慢慢地，游客的投食吸引了更多的猴子，它们毫不畏惧地向游人走来，索讨食品。有一只小猴子，见一个小姑娘手里拿着一瓶饮料，就悄悄地跑过去拉那小姑娘的裙子，吓得小姑娘大声惊叫，引得旁边的游客哈哈大笑。

有个人拿着一根拐杖对着一只猴子一指，那只猴子龇牙咧嘴，口中发出嘶嘶的声音，对着这个人就扑了过来，吓得他逃之夭夭。看到这个人逃走了，猴子也没去追赶。看到这样的有趣场面，人们的笑声此起彼伏，气氛浓烈。

有好事的游客为了捉弄猴子，故意拿出一包烟，从里面抽出两支，一支自己含在嘴里，一支递给猴子，猴子迅速拿过去，也学着游客的样子使劲地吸起来。当然因为森林防火的需要，烟是无法点燃的，否则，那种吞云吐雾的样子一定会让游客忍俊不禁。更有游客将一罐打开的啤酒放到猴子面前，猴子也不客气，拿过去仰着脖子一口气喝干，不久就有了醉意，东倒西歪跌跌撞撞的样子更是让人捧腹大笑。

金鞭溪的猴子和峨眉山的相比，要温顺得多，没有那么暴力，显得更君子一些，能和游客友好相处，很少出现群体抢夺东西的情况。偶尔出现游客将手机、相机或者贵重物品放在塑料袋中提着悠游漫步被猴子抢去的情况，那是因为小猕猴看见塑料袋就喜欢来抢，或许它们以为你送食物来了吧。

　　一路上，你会看到有许多的猴子就坐在溪边，特别是那些带着小猴子的母猴，眼睛可怜巴巴地看着游客，一些游客尤其是孩子就会主动地投以香蕉，还有面包。猴子也不客气，得意地伸长爪子接下了，三下两下地拨开，吞食而去。有时候看见游客手中拿着食物或者饮料，一些壮年的猴子就会突然从树上窜下来，一把抢过去，弄得游客措手不及。有一位女游客，把钱包放在塑料袋中，结果不小心被猴子抢了去，急得都要哭了。最后还是景区的工作人员帮忙，才让它还给了游客。像这种情况，一般景区都会有文字提示，只是有些游客顾着看风景没有注意到罢了。

塞上明珠 美丽沙湖

　　金秋时节，素有"塞上江南"之称的黄河平原，天高云淡，瓜果飘香，稻鱼满舱，是宁夏最美的季节。

　　大漠深处，贺兰山下，距离银川56公里的沙湖，以其独具特色的自然景观成为了中国绝无仅有的旅游胜地，湖水、沙山、芦苇、飞鸟、游鱼的有机融合吸引着络绎不绝的中外游客。

　　45平方公里的辽阔水面，就像一个犹抱琵琶半遮面的美人，欲语还休，让你心旌摇动，欲罢不能。巨大的诱惑力，让你不惜长途跋涉，不顾一切地想投入它的怀抱，和它来一场惊天动地拥吻。

　　入口处，一块巨大的贺兰石上，红色的"沙湖"二字格外醒目。景区的大门上，一只凌空飞跃的白色大天鹅展翅欲飞。这只用不锈钢焊接而成的大天鹅，那鹅黄的嘴巴搭在一根方柱顶端，两只展开的翅膀被两个铁架支撑着，就像一个抽象的"沙"字。天鹅振翅而飞，栩栩如生。天鹅后面的蓝天上飘浮着几片白云，恰似天鹅飞翔在蓝天白云下，构成了一幅完美的画面。

　　站在景区广场，西眺贺兰，群峰高耸，重峦叠嶂，忽明忽暗，蜿蜒而去。那神秘的太阳神岩画，一双巨目似乎正看着这里。那条崎岖的山间小路，也不知是否还留有当年岳飞"驾长车，踏破贺兰山缺"的痕迹。

南望沙湖，一碧万顷，清澈的湖水，如一面巨大的镜子，水色嫩绿，晶莹剔透，水光潋滟，明亮照人，微风掠过，碧波荡漾，绿意盎然。摇曳的芦苇，一簇一簇，一丛一丛，从从容容，散布在湖面上，形成一座座青纱帐。远处高大的沙丘，就像一座座小山，连绵起伏，有别样的内涵与韵致。

到了沙湖，乘船游览是唯一也是最好的选择。沙湖泛舟，空气里氤氲着湖水的气息，像尘封的佳酿，只消轻嗅便已心醉。烟水迷蒙，芦苇荡漾，白鹭嬉戏，水波过处，是无尽的遐想。此时我才能停下脚步，让心灵飞翔，滋生妙不可言的闲情。

船行之处，碧波荡漾，涟漪层层，太阳光洒落，湖面银光闪闪。船舷两侧则是一闪而过的风骨遒劲的芦苇，簇簇丛丛，挺立湖中。远近高低，错落有致，随风摇曳，千姿百态，和着秋韵的色彩与云朵一起倒映在湖面，勾勒出一幅美轮美奂天地相融的静旋墨彩图片。

沙湖资源蕴藏丰富，在洁净温凉的湖水里常年生长着鲤、鲢、草、鲫等几十种鱼，尤以野生大花鲢最为有名，最大的可达到10斤以上。花鲢被称为"大头鱼"，由于头大身子小，因而得名。当地特色美食沙湖鱼头远近闻名，更是摆上了国宴，许多外地来的游客在用餐时都要点这道菜。

这里的芦苇也与别处不一样，别处的芦苇都是一片一片的，这里的芦苇都是一簇簇、一丛丛的，宛如散落在碧波中的绿玛瑙。我们曾怀疑这是经过特殊修剪，或者是在水底下放置一个个花盆之类的东西，将芦苇栽在花盆里长大的。导游告诉我们，根本不是，主要是因为湖底都是流沙，会随着水流动，芦苇只有在水浅的地方才能生长。至于像这种一捆一捆地扎在水里，则是由于湖里生长着大量的草鱼。这些草鱼都没有人工喂养，所以它们只能自己在湖中寻找饵料，因为芦苇的嫩芽和芦根具有甜味，草鱼特别喜欢吃。所以每到芦苇发芽的时候，这些草鱼就会围着芦根四周咬食，大家现在看到的这些芦苇，其实都是草鱼的杰作。

在湖心有个叫作"百鸟乐园"的小岛，这里是候鸟繁衍、栖息的中转之地，每年都有上百万只鸟类在这里流连，成为沙湖景中的又一绝色。说是小岛，其实就是芦苇丛中一个人工搭建的观鸟平台。

弃船登岛，在木桥上行走，凉风吹拂，周边的风景尽收眼底。岛上的鸟类众多，据说这里栖息着中华秋沙鸭、白鹤、黑鹤、天鹅、苍鹭、草鹭、夜鹭、白鹭等十数种珍鸟奇禽，它们体态优美，风姿迷人。可以在观鸟塔上遥望群鸟嬉戏。每到鸟类繁殖季节，芦丛中更有五颜六色的鸟蛋遍布，称得上是一处奇观。每当此时，会有数以百万计的鸟类成群从空中飞过。即使稍微的声响，也能惊起上万只飞鸟，遮天蔽日，在空中鸣叫不已。

古色的廊桥尽头，忙着一张露天的网，网上面有一个直径大约五米的缺口。导游告诉我们，这不是要网住小鸟，而是一个科普基地和鸟类的救助点。那些受伤的鸟类或者幼鸟，要放到这个网中喂养，免受其他伤害。如果它们能够从上面的缺口处飞出，说明它们已经痊愈了。倘若你有闲情，也可买袋鱼食撒在湖水上，欣赏满池的红鲤。

船至南岸，游人们带着新奇和向往迫不及待地冲向沙丘，呈现在眼前的浩瀚无垠的茫茫沙海，雄浑明丽，给人以前所未有的粗犷豪放。好一派"沙翻大漠黄，秋风起边雁"的塞外风光。

转身俯瞰，沙湖像一块巨大的绿宝石镶嵌在沙漠的深处，沙拥着湖，那么豪迈、粗犷而有力，湖偎依着沙，温情脉脉而又矢志不渝。穷极无限，烟波浩渺，碧水连天，芦丛如画，百鸟翱翔，使人眼醉神迷，回味无穷。

一边是水乡的缠绵温润，一边是沙漠的苍茫雄浑。在这里，沙与湖紧紧结合在一起，沙匍匐在水的裙边，水依偎在沙的肩头。水因沙而空阔，沙因水而沉静。此情此景，你既可以领略湖水的妩媚，也能欣赏沙漠的阳刚大气，不是江南，却胜似江南。

一沙一世界，一水一天堂。沙湖的美，在于强烈的对比，一面是绿水，一面是黄沙，湖水、沙漠、芦苇、荷花、候鸟、湖鱼把塞外与江南巧妙地融合在一起，共同构成了一幅和谐、优美的自然画卷，"塞上江南"成为宁夏的一颗耀眼的明珠。

沙湖之美

第一次来到宁夏沙湖，我就被这里的美景深深地吸引。45平方公里的水面，放在其他地方也许并不算大，但是放在贺兰山脚下的沙漠里，确实让人有点意外。碧蓝的湖水，青青的芦苇，翱翔的飞鸟还有那岸边金光闪闪的黄沙，这一切，就如同梦幻一般，让人觉得不可思议。

站在岸边的沙丘上，俯瞰沙湖，水天一色，晶莹剔透，水光潋滟，明亮照人。微风掠过，碧波荡漾，绿意盎然，就如同一颗巨大的明珠镶嵌在这无垠的黄河平原上。

听当地人讲，沙湖有三绝：黄沙、湖水和芦苇。这倒使我想起了以前课本上讲的东北有三宝：人参、貂皮、乌拉草。如今，东北的三宝已不是那么稀奇，倒是这大漠的沙湖却越来越引人关注。

其实，黄沙、湖水和芦苇这三样东西，单独放在任何一个地方都不会那么引人注意，但是，将他们一同放进这大漠沙湖，却产生了意想不到的效果。

沙湖是将各种美糅合在一起的灿烂华章，沙湖的沙山温柔地牵住了一湖水，沙水相融，水苇相映，浑然天成。金黄的沙山与碧绿的湖水和谐地依偎着、缠绵着，那么自然，雄浑粗犷与秀美细腻构成了沙湖优美的诗行。

沙湖之美美在沙。有人说沙湖边上的沙是在西北风的作用下从遥远的贺兰山西面的腾格里沙漠千里奔袭而来的。我丝毫不怀疑，大自然的神秘法力构成了别具风情的沙湖特质。

许多第一次来此地的游客都被这里的景致深深震撼，滑沙、扬沙、滚沙，与沙相嬉相乐，玩得不亦乐乎，尖叫声、呐喊声不绝于耳。

带着新奇和向往，我也迫不及待地冲向沙丘，一深一浅，亦行亦滑，与沙漠展开最亲密接触。温暖细腻的柔沙顺着攀爬的步履像丝绸般地滑过人们的脚踝，那份惬意酥心无以言表。

突兀的沙丘在太阳的照耀下是灼热的，但丝毫不影响大家玩沙的兴致。一些年轻人为了防止黄沙灌入鞋里，索性脱了鞋子，赤脚蹒跚攀登，或是把腿埋进绵软、温烫的沙子里，尽情地享受大自然带来的日光沙浴。

在沙湖展览馆的旁边，是国际沙雕公园。沙雕艺术与人文、神话、动漫、文学等艺术的巧妙结合，塑造出一座座高大雄伟而又精美绝伦的沙雕作品。尼罗河风情、丝路花雨还有那充满神话色彩的美人鱼，惟妙惟肖，令人惊叹不已。

登上沙丘，放眼四望，浩瀚无垠的茫茫沙海，雄浑明丽，给人一种返璞归真的感觉。骑上骆驼，在沙丘间绕行，那悠悠的驼铃声让人仿佛置身于古代的丝绸之路。还未来得及回味，那训练有素的沙漠之舟——骆驼已载着游人进入了大漠的深处。

沙湖之美美在水。"沙湖"是因其南沙北湖相伴相生而得其名。它原是银川平原西大滩的一处蝶形洼地，1958年秋季，贺兰山山洪暴发，导致排水沟决口，沟水大量排入洼地，多年积水成量，就形成了现在的沙湖。景区总面积 80.10 平方公里，其中水域面积 45 平方公里，沙漠面积 22.52 平方公里。其独特的自然景观，成为中国绝无仅有的旅游胜地。

沙湖，因为有水的存在，就有了生命的全部，绿油油的芦苇来了，水灵灵的鱼儿来了，风扑扑的鸟儿也来了……从此，死气沉沉的沙丘也因为有了水的滋润，变得有了生机，有了灵性。

沙湖拥有万亩水域、两千亩芦苇、千亩荷池，水质极好，绝少污染。这里栖居着白鹤、中华秋沙鸭、天鹅等十数种珍鸟奇禽，游人可在观鸟塔上遥看群鸟嬉戏的场景。除了品种繁多的鸟类外，沙湖还盛产各种鱼类，鲤、鲢、草、鲫等几十种，尤以野生大花鲢最为有名。当地特色美食沙湖鱼头就是以此为原料，是外地游客来此用餐时必点的招牌菜。

碧波万顷的湖面，一丛丛的芦苇郁郁葱葱，微风吹来婆娑作响，使人沉醉于如梦的塞上仙境。在太阳的照射下，湖水波光粼粼，像是无数颗小星星在闪光。蓝天、碧波、绿苇、白鸥，以及远处如黛的贺兰山，自然和谐地交织在一起，构成了一幅优美而清新的画面，大有"天然风韵压群芳"之势。

站在湖岸的沙丘上看沙湖，青绿色的湖水像是一块翡翠滑落在了金沙盘里，晶莹剔透。沙湖水辽阔、浩瀚、明朗，有着大家闺秀的性格、情韵。那绿莹莹的湖水清澈、纯净，就那么悠悠扬扬地流淌着，直流进你的心田，它能洗亮你双眼，洗亮你蒙尘的心。

沙湖之美美在苇。如果说水是沙湖的魂，那么芦苇就是水的神，因为沙湖的神韵全靠芦苇来展示。

沙湖的芦苇是独一无二的，它们以人类所意想不到的方式生长在湖面上，不像贺兰山那里的那般连绵，而是一丛丛、一簇簇，蓬蓬勃勃、倩影婆娑的，就像盛开在湖中的绿色花朵，把万顷碧波装扮得分外奇妙与秀丽。苇丛或大或小，断断续续，自成单元。那种飘逸在水面上的神态，就如中国书画，疏密相间，和谐甜美。密的地方浓墨重彩，苍苍茫茫；疏的地方一墩一簇，形成一条条曲曲弯弯的水道，曲径通幽般任大小船只自由穿行其间，让人去体验那"山重水复疑无路，柳暗花明又一村"的意境。

沙湖的芦苇还有着洁身自好的性格，同莲藕一样，她虽然生长在泥沙之中，却非常洁净，一尘不染。秋冬时节，芦花雪白，风吹飘荡，芦叶微黄，秆部挺拔，枝枝都是亭亭玉立，显示出傲骨英风，构成美丽的图画。

沙湖的芦苇含蓄，从不张扬。她把美藏在内心，大公无私地张开自己宽阔的臂膀，成为沙湖天然的屏障，既保护湖水的洁净又防止水土流失，同时也保护水面的鸟类和水中的鱼类。

沙湖的芦苇的茂密、旺盛、粗壮是你想象不到的，她们像一个个岛屿，又像一块块礁石，更像一个个守卫在湖面的卫士。她们是自由的精灵，在一片湖水的淡泊中，与沙湖为伴，筛风弄月，潇洒倜傥，清瘦的筋骨把生命的诗意一缕一缕调亮。

一座沙山，一汪绿水，一丛芦苇，为塞上江南注入了和谐共生的理念。集江南水乡特色与西北沙漠风景于一体，秀丽风景中蕴含豪放的宁夏沙湖，犹如一幅绝妙画卷，让人流连忘返，为之动情。这里不是江南的水乡，而是多情人梦里的天堂。

在"天街"上行走

国庆期间，听朋友说江西婺源秋天的景色很美，特别是篁岭的晒秋，更是全国闻名。站在"天街"上，俯瞰全景，整个山间村落饱经沧桑的徽式民居土砖外墙与晒架上，圆圆晒匾里那五彩缤纷的丰收果实，组合绘就出世界上独一无二的"晒秋"农俗景观，演绎成当下中国最美的乡村符号。

我有点急不可耐了，迫切想知道在一个海拔仅仅只有 600 米，悬挂于山崖上的小村落里，"天街"究竟是个什么样子，它能和长安和泰山的"天街"相比吗？不会又是当地旅游宣传搞的噱头吧。带着疑虑，也带着好奇，马不停蹄，直奔篁岭。

当我真正到达山下准备进村时，却发现并不如想象得那么简单，不仅需要买票而且必须乘坐缆车才能进村，这就更加让我惊奇了。

到达村口，迎接我的首先是一幅用农作物和农耕用具组合装饰成的传统农耕图，用玉米棒镶嵌成的"篁岭"二字格外醒目。放眼望去，全村有 100 多栋古徽式民居，依山而建，从山顶向山腰间蔓延，围着水口呈扇形梯状排布，高低错落。

在山顶下方，真的有一条近 400 米长的街道，像玉带一般横贯村落，它将街道两边的各类商铺、古建筑串接在一起。清一色麻石铺就的街道古朴醇厚，干干净净。受山势的影响，街道曲折迂回，宽窄不一，最窄处仅一米多宽，有的地方还需要拾级而上。整个街道横贯南北，村里所有的居民，都是通过这条天街，沿着自家门前的小巷，走回自己的家。之所以取名为"天街"，大概源自那些大山下的人们，仰望这条高高在上的街道，就如同铺设于天上的街市一样。官宅、商铺、茶坊、酒肆、书场、砚庄，前店后坊，古趣盎然。林立的店铺，如织的游人，袅袅的炊烟，再加上不紧不慢的时光，人景交融，宛若一幅流动着的缩微版"清明上河图"。

在"天街"上行走，一路停停走走，寻寻觅觅，移步换景间总有太多令人惊艳的欢喜，俯仰顾盼皆是景，古建、自然、人文、历史交相辉映。

根据资料记载，婺源原隶属于古徽州，民国时期才从安徽划入到江西。而篁岭村的历史则要追溯到明代中叶，距今已有五百八十多年。村里的一些建筑至今仍保留青砖、白墙、黛瓦的典型徽派建筑风格。

这里的房子一家紧挨着一家，不是那种刻板的齐整，白墙黛瓦间挑起一处处飞檐翘角，房子呈阶梯形分布，层次分明。每家都有一方独门小院，院前或一眼小井，或一方石桌石凳，或几株花草。每户的门楣上、窗棂上皆有着各种雕工精美的石刻、木雕。当阳光穿过精美的窗雕钻进屋子里，投射在古旧隽雅的桌案上或是泛黄的墙壁上，透过那斑驳跳跃的光影，你会发现这精美的雕刻不止是工匠们精湛的技艺，更是镂刻着一种智慧文明，镂刻着深深浅浅的静好时光……

街道两边宽敞的地方，许多明清时期的古建筑至今仍保存完好，其中最著名的要数"五桂堂""树和堂"和"怡心楼"了。其中"五桂堂"占地面积有 200 平方米，建于明万历年间，是篁岭开村始祖曹姓家族的祖屋，也可以说是篁岭古村的根。精巧的天井、古朴的中堂、神秘的楼台以及半圆的水池、高大的芭蕉、傲雪的梅花无不显示出主人的高贵和谦逊。出"五桂堂"，沿台阶往下行进几十米，便是另一座老宅——"怡心楼"，这是全村婚庆嫁娶礼仪的场所。在"怡心楼"里最能代表古徽州建筑特色的，当属门厅前的六扇木雕窗户。古徽州的建筑讲究"三雕"——石雕、木雕、砖雕，其中以木雕最为精致。"怡心楼"的这六扇木雕窗户，各不同样，展现了古代工匠雕刻技艺的精湛。从"怡心楼"出来，穿过一个圆形的拱门，便能来到古村的第三座老宅"树和堂"。这是古村中仅有的一座官厅，是古时当官人家用来奠祀、迎接达官贵人、接待朝廷礼仪等的。从"树和堂"里面的摆设你就能知道，小小的篁岭古村原来还是个藏龙卧虎之地。三座老宅，是篁岭古村历史的留存，读懂它们，你会对篁岭这座有近六百年历史的古村有更深的了解。

从老宅出来，沿着"天街"再往前走。街两边屋顶上都有一根根长长的柱子延伸出来，上面放着大小不一的圆形竹匾。远远望去，一匾匾辣椒或者红枣那深深浅浅的红和一箩箩玉米或者皇菊那金灿灿的黄，加上那些高低错落的黛色屋脊，就构成了一幅幅绝美的篁岭晒秋图。

为了一睹全貌，我干脆一口气登到最高处，一家民宅的三层徽式小楼内，层层可以观景，阳台外摊晒着辣椒、南瓜籽等，房梁上密密地挂着玉米棒，一位农家婆婆正在用长长的推杆在不停地翻晒着，动作娴熟麻利，脸上也始终带着祥和的笑容。站在楼顶俯视篁岭全景，特色的徽式民居密布在山腰上，此景本就极富观赏性，加之一晒筐一晒筐的红辣椒、柿子、花生、南瓜、红薯片、山野菜等，布局在幽雅的农家民舍间，分外夺眼，蔚为壮观。此时，所有游客都在做着同样的一件事，就是疯狂的按动相机快门，不同的只是拍摄的角度。

从楼上下来，折回街道。一条条幽深的小巷，一头连着古街，一头弯弯曲曲地延伸着，错落有致地串联起整个村子。漫步在这被岁月打磨过的石板路上，感受着厚重的历史文化气息，体味出一种古朴与鲜活相映的趣味。

"村姑豆腐"门前三副小石磨造型独特，从高到低，次第摆放，流水潺潺。一块站立着的碾盘上"心急吃不了热豆腐"几个字格外醒目，这富有创意的广告语，表面上看是告诫游客小心烫着，其实它更多的还是在警示店主自身"君子爱财、取之有道"。像这样禅意深深的日常警示名言在这狭长逼仄的街巷中还有很多，让人不由得驻足沉思。

穿过曲折迂回的石板路，我们来到一个高大典雅的灰质木门前，门楣上面的"菩提树"三个古铜色大字已有些斑驳，倒是店内那一把撑开的精致小巧的花色油纸伞吸引了我的视线。一个娴静秀丽的少女坐在一旁，在伞上临摹写意，她低眉的姿态，让我想到易卜生小说《彼尔金特》中那个手捧《圣经》的少女索尔薇格，是共同的娴静之态使她们产生了独立于物质形象之外的美丽。我只是不明白这禅意的"菩提树"与雨巷的油纸伞到底是什么关系。

拐角处，"众屋酒吧"门前那一串串涂鸦成各种色调的空酒瓶，叮叮当当如风铃般垂挂于门柱及廊前，五颜六色的藤蔓和花草绕阶而上，在古色古香的徽派建筑中被巧妙地融入了现代气息和氛围，体现了兼容并蓄的人文理念。

在靠近御赐"天街"牌坊的地方有一家叫作"三槐堂"的麻饼店，店主是个小伙子，凭着一手"独孤九式"的翻饼绝活，边表演，边销售，逐渐成为远近闻名的网红。中央电视台一套的"麻饼保卫战"，二套的"生财有道和消费主张"，十七套的"乡村大舞台"以及浙江卫视、天津卫视、福建卫视、江西卫视、安徽卫视、辽宁卫视、山东卫视等都为他做过专门的报道或者邀请其做现场表演。他那娴熟的花样翻饼动作、流利而风趣的解说给游人留下了深刻的印象，许多游客纷纷驻足观看，拍视频、发抖音，当然临走前还不忘购买一两袋细细品尝。据说在这深山小村，一间不足20平方米的店铺中，旅游高峰期他一个月可以净赚十四五万元，真是让人大开眼界。

古老而又年轻的篁岭就像是一部徐徐展开的厚重之书，行走在这移步换景的章节里，一章一景，一节一步。每一个章节都有一个故事，每一个故事都值得品味和铭记。纵使千万个读者有千万种解读的理由，然而结论只有一个，这就是——美哉篁岭，美哉"天街"。

花溪水街

篁岭的花溪水街位于江西婺源的篁岭村，走进它，你会发现这是一条与众不同的街道。一般的街道都是平坦的路面，可花溪水街却是一条坡面街，地势崎岖。街道不算太长，大约两百米，但落差较大，从上到下差不多有近百米的落差，街中心有一条不太规则的溪流贯穿整条街道，细窄的水流一路冲击着水道中的石头，几乎直线而下，落差之中还形成了几个小规模的瀑布。街道两边的房屋与树木间或排列，错落有致，鲜花流水，交相辉映。从这家店铺到那家店铺，需要上下台阶才能到达。从街的这边到街的那边，也需要穿过小溪上的一座座小桥才能往返。就连这些小桥也与众不同，不仅形状、大小不同，就连材质也不一样。除了简易的平面石桥、木桥，还有部分圆拱桥，桥身精巧考究，桥下流水潺潺，古徽州那传统精致的石雕、木雕、竹雕等建筑技艺在这些不太起眼的小桥上也表现得淋漓尽致。

水街两旁的建筑大多属于传统的徽派建筑风格，灰墙青瓦，流檐翘角，马头墙参差错落；墙绘砖雕工艺精湛，栩栩如生。既有规整的砖石建筑，也有稍显朴素的土墙建筑，建筑风格多样化、差异化明显。"青砖小瓦马头墙,回廊挂落花格窗"便是篁岭水街建筑的真实写照。

水街上的所有建筑都是根据地基大小,以及各业态的经营特点与要求进行结构改造的,合理实用之外,又做到艺术美观与互相协调。就连卫生间,都是利用天然形成的地形高差建造而成。既充分利用了空间,又巧妙地与周围环境相融合。

篁岭的水街就像是自然中带点娇羞的江南水乡女子,清秀而又温柔。水街上的鲜花数量虽不及丽江花街,但山涧附着各类小草的山石上和石缝中,水街两旁点缀着的各类花卉、草木,营造出的是另一番生机勃勃的原生态美,随处可见的鲜花、绿植遍布每个角落,给人浪漫而温馨的感觉。

沿着山坡蜿蜒而下的中央水流,因落差而产生瀑布,层层叠叠,十分灵动。布满溪水的水雾装置不停地吞云吐雾,氤氲的水汽布满整个街道。白天水雾缭绕,夜晚彩灯闪烁,再加上舒缓轻柔的背景音乐,浪漫而又充满诗意。小桥流水,苔藓青青,鲜花、水雾、瀑布、怪石,交错展示,构成一幅绝美的画卷,新奇而又梦幻。

当花溪水街遇上下雨天,就成了名副其实的"仙境",水雾迷蒙,美不胜收。古色古香的徽派建筑搭配着层层的石磨流水,点缀着各色小花,花草树木,就连街边的台阶都像水洗过一样,清新而又亮丽。让人不禁感慨"云在山中飘,人在画中游"。

水街上分布着各式各样的特色店铺,涵盖了吃喝玩乐等方方面面,不管你来自何方,在这里都能找到你满意的答案。篁岭的古村古镇在保持原生态的同时,也大胆地融入了一些现代元素,充分体现了传承、发展、创新的发展理念。

街道转角等处设计了不同风格的景观小品，给游览者创造无处不在的惊喜。古宅、古街、小桥、流水、鲜花、游人组成一幅幅活色生香的徽州小镇风俗画。

进入花溪水街的第一家店铺，是一家"气味博物馆"。馆内展示有四百余种气味，包含生活、自然、城市、星座、心境、趣味等十三个种类。除了气味瓶，还有香氛、香水、精油等产品，可以作为礼品，也可以用来收藏，甚至整蛊人……

在这里，每一种气味都有它独特的故事，能够唤起记忆深处的熟悉感，某个场景、某种心情、某个人。"阳光洒过的被窝"有妈妈的味道，"害羞"是偶遇暗恋对象的脸红心跳，"时光飞逝"是回不去的儿时外婆家……

当然，篁岭花溪水街上的"气味博物馆"还忘不了要融入"婺源特色"，创新推出香樟提炼成的草本精油，具有驱蚊、防虫、养生之功效。皇菊味和辣椒味更是将晒秋的元素纳入其中。

"木石香"是一家古法榨油坊，采用的是古徽州传统的木榨油技艺。收割来的新鲜油菜籽，碾碎、蒸熟、踩平成菜籽饼，然后放进木榨槽。由掌锤师傅挥动悬挂于空中的巨大油锤，对准油槽木楔用力撞去。伴随着"砰砰砰"的巨大声响，油锤一次次地撞击着榨尖。在榨槽的挤压下，金黄透明的喷香的菜油便从菜籽饼中缓缓流出。这房屋里所有的古法榨油设备都是从篁岭的其他地方原汁原味地搬迁过来的，就连墙上都还保留着"文革"标语的痕迹。

篁岭的古徽州文化源远流长，加上一直以来注重文化底蕴的挖掘和传承，除古法榨油外，龙尾砚、婺绣、酿酒等非遗项目，还有按照一户一品的格局，都在篁岭这个民俗文化街生动地保存着。就连当年戴望舒的《雨巷》中那个撑着油纸伞，像丁香一样的姑娘，如今也在花溪水街开了一间属于自己的油纸伞店铺，用她那灵巧的双手和梦幻的画笔，绘就出五颜六色、精美绝伦的油纸伞，那样五彩斑斓想必当年的戴望舒也没有见过。

在花溪水街的出口处，有一网红"打卡"点，可以说那是整条水街的点睛之笔。一架直径有六七米的巨型木制水车，就位于一座石桥的右下方。桥面与水车所在的位置存在近十米的落差，站在桥上可以清晰地观看水车的全貌。桥下的水车靠着溪水落差的动力，在昼夜不停地转动。水车的左面是一棵百年老树，默默地呵护着水车。许多游客都在这水车旁拍照留念，期望"时来运转"。

在水车的旁边，是水街的另一个网红景点"悬浮屋"。据说它的设计灵感来源于一部曾红极一时的3D电影《飞屋环游记》，影片的主人公用许多氢气球把自己的房子扎起来，然后让色彩斑斓的气球带着自己和房子环游世界。

这座悬浮屋从外表看，就是徽州地区最常见的土屋，泥土墙、茅草顶。土屋呈正方形，面积大概在6米见方。但它的造型却很奇特，墙体和窗户都被上下一分为二，就像是被外力折断了一样，断裂处还有不均匀的裂纹。土屋的下半截坐落于地面上，有台阶直通土屋，而上半截却凌空悬浮，且四周看不到任何支撑点，上下裂口间距有一米多，在裂口上同样也见不到任何支撑。

这上半截将近一吨的重量，在没有任何支撑的情况下是怎么浮起来的？让人百思不得其解。在网上向"谷哥"和"度娘"请教，得到的答案也是五花八门，争论激烈。有人认为是土屋的泥墙里埋藏了大型的磁铁，按照同性相斥原理，达到磁悬浮列车一样的效果。也有人猜测中间空隙不连接的地方是 5D 立体画或者是一种特殊的透明玻璃。但凡是到过现场的人都清楚，这些答案都不成立。

这种悬浮究竟是怎么做到的，官方至今之也没有给出一个明确的解释。但是从科学的角度来说，这个悬浮屋肯定有它独特的设计，犹如魔术一样，只是你还没有悟透它的玄机，或许这也正是建造者所要追求的效果吧。

婺源的篁岭属于典型的山居村落，民居围绕水口呈扇形梯状错落排布于山腰之上，层次感极强。如果说天街是从上往下看，那么花溪水街则可以从下往上看。站在水林口的千年古红豆杉林里向上眺望，整个村落就像一座雄伟的江南版布达拉宫，它所带给游人的不仅仅是视觉上的震撼，更是不虚此行的满足。

篁岭的秋天是晒出来的

秋天的婺源，已不再是《致青春》里面那大片的油菜花田。明媚的阳光，蔚蓝的天空，迷人的红枫，古典的白墙黑瓦，还有那山间缥缈着的朦胧轻雾。到处是一派繁荣的景象，步步是景，村村皆画，就如同一幅灵动的水墨丹青图。

在这幅徐徐展开的画卷中，有一处景象显得尤为亮丽，那就是篁岭的晒秋。每年的秋冬时节，这里都有数百万的中外游客慕名前来，一睹这独一无二的景观。这里俨然已成为中国晒秋文化的发源地，更是画家和摄影家聚集的天堂。晒秋虽不是篁岭专属，但这里绝对是"最美中国符号"。

"晒"，其实是一个有温度的字。它与阳光密切相关，它与农作物密切相关。它是童年的回忆，它是幸福的源泉。对于久居深山的篁岭村民来说，他们最喜欢这秋天的阳光，将红的辣椒，黄的皇菊，橙黄的孔雀草，一一晾晒在这秋日里，晾晒在这幸福的生活里。红红火火，亮亮堂堂。

篁岭人家晒作物没什么讲究，山里种的、地里长的，什么赶上就晒什么，各种作物你方晒罢我登场，展示着归仓前最耀眼的风采。春晒茶叶、蕨菜、水笋，夏晒茄子、南瓜、豆角，秋晒皇菊、辣椒、玉米，只不过秋天为丰收季节，展现"晒秋"更为丰富一些。

每年的收获时节，房间、屋顶都会成为晒簟的世界，村民们用眺窗为画板，支架为画笔，晒匾为调色盘，五颜六色的农作物与黑色屋顶之间重重叠叠，充满着农家诗情画意，点线面构成的美景，让人犹如进入了五彩缤纷的世界。

600多年前，篁岭先人在这处不为人知的山崖上扎根，用一根根就地取材的竹子编织成簸箕，把晒秋当作生活的必需。600多年后的今天，篁岭人仍然保持这种不紧不慢的生活节奏，日出而起，日落而息，跟随着自然的节奏呼吸，一派岁月静好。

然而，让他们没有想到的是，先民们这种受自然条件的局限而激发出来的想象和创造力，无意间竟然造就了一处绝无仅有的"晒秋人家"民俗景观。以至于纷至沓来的游客在一饱眼福之后，不禁惊叹：华夏最美的秋色，原来一直在此处兀自灿烂着。

对篁岭人来说，好日子是过出来的，更是晒出来的。如果不是当初的一些画家、摄影师，发现了篁岭这一独一无二的晒秋景象，如果没有他们随后的宣传，篁岭的晒秋也许还只是一种养在大山深闺中的景致，一种不被外界人熟知的现象。

那些趋之若鹜的游客，来到篁岭不仅看晒秋、拍晒秋，更是可以住下来体验晒秋，体验"朝晒暮收"、晒台"话桑麻"的田园生活。能够和村民们一起享受摆放农作物，晒收竹匾的乐趣。

莎士比亚曾经说过，"一千个读者眼中有一千个哈姆雷特"，在篁岭一个游客的镜头中就有一千种不同角度、不同颜色的晒秋。每年数以百万计的游客用他们手中的画笔、相机，将数以千万计的作品晒到网上，那是一个多么壮观的数字啊。篁岭的人们或许不知道，山外流传的一幅幅照片和画作对于那些没有到过篁岭的人来说，将是一个怎样的诱惑。山外的游客也许不知道，那些在篁岭人看来极其普通的生活，通过他们在微博、微信朋友圈、抖音、快手、今日头条上的"暴晒"，那每一幅图片、每一段视频又能给篁岭带来多大的宣传效应。

时至今日，全国不少地方的传统晒秋习俗已慢慢淡化消亡，而婺源篁岭的晒秋却是名气越来越大，已经成了农家喜庆丰收的"盛典"，中国乡村旅游提升的"图腾"和名片。以至于近年来全国各地的乡村旅游都将晒秋列入了景点建设项目之一，那种过去以单纯一家一户晾晒农作物为目的的晒秋，如今已演变成一种以品种更加丰富、图案更加多样、颜色更加鲜艳的专为吸引游客观光的商业运作形式。

也许有人会为景区过度的人为修饰失去晒秋的原始性而惋惜，但作为旅游景点，全国的哪一个地方、哪一个景点没有人为修饰的痕迹？那些没有经过修饰的原始村落又有几个人会前去观看呢？如果没有了当地政府的旅游开发，没有了千千万万游客前赴后继地晒，一个沉睡了600年的小山村能有今天的辉煌吗？

因此，可以骄傲地说：篁岭的秋天是晒出来的。

走进白洋淀

我最早接触到"白洋淀"这三个字，还是在儿时看过的小人书《小兵张嘎》《雁翎队的故事》上，对于机智勇敢的嘎子和神勇无双的"雁翎队"羡慕不已。上中学的时候，又接触到了孙犁先生的《荷花淀》，也知道了现代文学的"荷花淀派"，对白洋淀更是向往……

然而，由于各种原因，我一直没有去过。直到去年夏天，我到北京出差，才决定要到白洋淀去看一看。

从网上搜索得知，位于冀中平原的白洋淀，是华北地区最大的淡水湖，由白洋淀、烧车淀、羊角淀、池鱼淀、后塘淀等组成，总称白洋淀，面积366平方千米，为国家5A级旅游景区。关于白洋淀的文字记载，最早见于晋代辞赋家左思的《魏都赋》，书中写道"……掘鲤之淀，盖节之渊……"这里的"掘鲤淀"就是今天的白洋淀，北宋年间始称"白羊淀"，后因"汪洋浩渺，势连天际"，遂称"白洋淀"。

八月，正是白洋淀一年之中最美的时节。整个淀区，年平均蓄水量13.2亿立方米。到了白洋淀，就进了水的世界。在北方，有这么一大片水域简直是不可思议。光是一大片水倒也罢了，还有 3700 多条盈水的沟壕河汊，把一个白洋淀分割着又联系着，环绕着又滋润着，氤氲着又爱抚着，是那么毫无私密地坦荡着，又是那么风情万种的娇媚着。

水是白洋淀的魂，水是白洋淀的精华，水是白洋淀人的希望，水更是白洋淀人赖以生存的根，白洋淀人的一切活动都基于水展开。白洋淀不仅是鱼的乐园，也是鸟的天堂。这里不仅有一望无际的芦苇，更有美若天仙的荷花。靠山吃山，靠水吃水。凭借着这淀中的水，白洋淀人不仅从事农渔业，现在还搞起了旅游。

从北京出发，大约经过两个半小时的路程，我们就到达了白洋淀景区。此时，码头上已经人山人海。在导游的安排下，我们登上了一艘游船，开启了一天的旅程。

游船驶过一片水塘，把我们送到了白洋淀的第一个景点——元妃荷园。元妃荷园位于旅游码头南侧，是白洋淀生态游乐景区中最美的景观之一。初登白洋淀，一下子就被这里的景观深深地吸引了，那成片的荷园，硕大的荷叶，层层叠叠，把水面遮得严严实实，从脚下一直向着天边蔓延。用"接天莲叶无穷碧"来形容一点都不为过。

荡舟于清澈、辽阔的元妃荷园，淡淡的荷香在鼻翼间弥漫。明媚的阳光下，叶心的积水清澈透明，在微风的吹拂下随着荷叶的波动像水银一样在叶心来回滚动。刚露尖尖角的荷花，含蓄矜持却又蠢蠢欲动，像少女藏不住心事，在迫不及待地等着幸福的绽放。在荷叶丛中，竖着一根根挺拔的花茎。花茎的顶端有新长出的花骨朵，有含苞待放的花蕾，有盛开的花儿，还有花瓣凋落后的莲蓬。绽开的花儿花瓣肥厚，颜色鲜艳，有粉色的、有纯白色的、有淡黄色的、也有紫红色的。那纯白色像冬天里的雪莲，那淡黄色像初生鸭苗身上绒绒的羽毛；那紫红色宛如牡丹园里盛开的紫色牡丹，雍容华贵。微风掠过，荷香飘溢，让人如痴如醉。

环元路是环绕元妃荷园的一条路，在距离路口近二百米的地方，我们发现路下有一座栈桥直通对岸的一个亭子，就下了台阶，来到栈桥上。栈桥两侧满是荷花，葱绿的荷叶丛中，星罗棋布的荷花像漫天星星，在微风中摇曳。越过栈桥，我们来到了元妃亭。亭子中央矗立着的是元妃全身雕像，背南面北，模样俊俏，身姿娟秀，手持荷花，极目北眺……

元妃遗址前游客盈门，此时，在元妃亭里小憩片刻也是一件非常惬意之事。在荷花簇拥下的环元路上漫步，呼吸着馥郁的沁人馨香，任何人都会陶醉其中、流连忘返的。

导游告诉我们，这里还不是真正的荷花淀，前面的荷花大观园里的荷花比这里还要美。带着憧憬，我们继续前行。一路上，热情的导游用她那纯正的普通话和甜美的嗓音给我们介绍了荷花大观园的概况。园子占地面积1800平方米，虽没有元妃荷园那么大，但这里的荷花绝对比元妃荷园的要精致得多，2003年全国第十七届荷展在此举办。整个园区，荟萃中外名荷366种，可观赏到能托起儿童的南美王莲、小巧玲珑的碗莲、层层叠叠的千瓣莲、随风起舞的舞妃莲、日本的大贺莲、中美合育的友谊牡丹莲，更有太空育种的太空莲、神奇的五色睡莲……

大约过了40分钟，船就到了十里荷花大观园。远远望去，匍匐在水面上的荷叶，近的如盆景精致，远的如玉带延伸，既有诗的辽阔深远，又有文的洒脱别致。荷叶风卷动夏声，芙蕖照水笑盈盈。清新脱俗的味道，风姿绰约的荷叶，花摇风过，红花白花黄花，尖尖小荷，含苞待放，莲瓣迎天，黄丝绿蓬……

水池里的睡莲，也是精彩纷呈，绚丽而不妖娆，精致地绽放着一世的风韵，如梦似幻。凝碧的圆叶，簇簇相生，拱卫相守；深湛的翠绿，团团相拥，温润似玉。水中的荷，亭亭静逸，如绝世女子，黛眉秀目，红颐粉颈，顾盼盈盈。微雨轻扬，叶心花上，细碎着密密的晶莹。此时此刻，我才真正地领悟到当初孙犁老先生为什么要将白洋淀称为"荷花淀"了。

在荷花大观园的东面，我们登上了观景山，山虽不是很高，但足以将整个大观园尽收眼底。远处碧水蓝天相映，荷苇丛被壕沟分割开来，整个淀区宛如一个偌大的棋盘，绿苇红荷相间，禽鸟翱翔淀上，鱼儿漫游水中，景色清明，空气清新。荷花淀六区、十二园、三十六景、七十二连桥把园中景物全部涵盖并连通一起。移步换景，景色各异，百顷荷园，碧叶连天，映日荷花，十里飘香；静观鱼湖，群鱼戏水，锦鳞翻飞；赏禽鸟园，水禽游戏，百鸟鸣啭；驻足蟹园，看蟹上楼；入沙滩浴园，人水相亲，趣味无穷。

来到大观园，除了欣赏荷花美景，还有一个地方是不能不去的，那就是孙犁纪念馆，尤其是对于我这样的一个文学爱好者来说。我对孙犁老先生是仰慕已久。作为现代文学荷花淀派的创始人，孙老先生用他那妙趣横生的文笔影响和培养了一大批优秀文学青年，当代的阿宁、贾平凹、铁凝等文学大家的创作也深受他的影响。

孙犁感谢白洋淀，是白洋淀给了他创作的素材；白洋淀更应该感谢孙犁，是孙犁揭开了白洋淀的神秘面纱。孙犁老先生的《荷花淀》不仅在文学方面影响了一大批文学后人，就是对于今天的白洋淀旅游也是做出了巨大贡献的。我站在孙犁像前，向他深深地鞠了三个躬，表达了一个文学后人对他的敬仰，也是对白洋淀的礼拜。

离开荷花大观园，我们继续登船前行。游船在宽阔的水道上行进，水道两侧是茂密的芦苇丛。芦苇丛是白洋淀的又一个特色景观，其面积辽阔，一望无际，有近十二万亩。每当风生水起、波浪涌动时，芦苇也就随风荡漾起来。

时光在每一株芦苇上都刻下标记，根一节一节，向着远方延伸，不仅仅是目标，不仅仅是方向。在时间的每一次更替中，根都在探索。根到哪里，茎就到哪里，叶就到哪里，绿色就到哪里。只要有水，哪怕是几滴雨水，芦苇都可以继续在这天地之间开拓，绵绵不绝，从远古到未来，从天荒到地老。人物在更换，情节在变换，但舞台依旧。以芦苇为幕，以芦苇为台，一次又一次演绎着经久不衰的曲目，成就了这在水一方的永远之景。

白洋淀的芦苇也是名不虚传，白洋淀是绿色的故乡，也是芦苇的故乡。在《荷花淀》里，孙犁说："要问白洋淀有多少苇地？不知道。每年出多少苇子？不知道。只晓得，每年芦花飘飞苇叶黄的时候，全淀的芦苇收割，垛起垛来，在白洋淀周围的广场上，就成了一条苇子的长城。"到了这儿，你才知道，这话一点儿也不夸张。

这些跳跃在芦苇荡里的绿色，现在只是以景的形式存在着，以绿的姿态存在着。但在抗日战争的年代里它可是"保护伞"，是救命的苇荡。密密麻麻处一定掩藏着一段历史，演绎着一个神话。这芦苇丛像阅兵场上受阅部队的方阵，3700条通道将整片的芦苇丛分割得像迷宫一样，一旦进去，不知道从哪儿出来。难怪雁翎队能凭借着芦苇荡将日本鬼子打得晕头转向，首尾难顾，屁滚尿流。

我们的船驶向下一个景点——异国风情园，并现场观看了大型户外情景剧《嘎子印象》，这是张艺谋的印象系列继《印象丽江》《印象刘三姐》等之后的又一力作。该剧主要以白洋淀雁翎队在水上伏击日本鬼子为背景，以除汉奸、端岗楼、打伏击为主要内容，塑造了雁翎队员、小兵张嘎、嘎子奶奶、罗金宝等人物形象，以搞笑、幽默、滑稽的舞台剧表现方式为主，打造了一部集现代武打、实景烟火、夸张搞笑于一体的实景剧。

在白洋淀，像"小兵张嘎展览馆""雁翎队纪念馆""孙犁纪念馆"这样的文化痕迹到处都是。一张张黑白照片、彩色图画，一座座特色建筑、雕塑，一件件老旧实物，一处处遗址遗迹，哪一项都有英雄的故事，哪一个都是英勇和智慧的定格。这里不仅是旅游景区，更是爱国主义教育基地。

最后游船把我们带到了"渔家乐"体验区。在溢满绿的湖边，农家小院这里一处，那里一间，就像那些芦苇荡一样，被随意安置在湖边。河淀相通，田园交错，像山水画里的写意一样，色彩的浓淡、空间的错落、物与物的搭配、动与静的组合，没有哪位画家比它更在行。选一家走入，院子不大，井然整洁，敞开的院子像热情的怀抱，一踏进院子，就有回家般的感觉。这里有露天的厨房，地道的农家饭菜就地取材：湖里当天捕获的鱼，荡里新捡的鸭蛋，田里刚割的韭菜……一盘田螺、一盘白馒头、一碗小米稀饭，还未品尝，满桌的鲜味就已经抵达味蕾了。如果你想一展厨艺，还可以亲自烹饪，当然如果你为了省事，可以坐享其成，只管掏钱就是了。

今年的芦苇还青青地站立在水中，去年冬天收割下来的芦苇还有许多堆放在岛上，一些年龄大的渔民正在那里利用芦苇编织着各种生产生活用具和工艺品。娴熟的动作让我想起了孙犁老先生在他的小说《荷花淀》中的精彩描写："女人坐在小院当中，手指上缠着柔滑修长的苇眉子，苇眉子又薄又细，在她怀里跳跃着……"如果你有兴趣，也可以上前亲自体验一下，他们免费提供芦苇，所编制的作品你还可以免费带走。看似简单，但很多人都半途而废。

一番体验之后，我们从另一条路线开启了回程之旅。虽然依旧是一望无际的芦苇，却也有不一样的地方。导游告诉我们，白洋淀虽然没有专门的鸟岛，但是这里的野生鸟类依然很多，达200余种。大的有绵羊一般体态的鹈鹕，小的有鸡蛋个头的翠鸟。还有人称"气象鸟"的灵秀苇莺，鸣叫声音的变化就是在直播"天气预报"，有雨有风还是大太阳，准得很。因为时间关系，导游说的是不是准确，我们也无法一一验证，姑且信之。

根据导游的指点，回程的途中我们将经过一片鸟类相对集中的聚集区，我们满心期待。

不远处的苇丛边，三两只鸥鹭停在水面上，时而追逐觅食，时而自由嬉戏，时而浓爱相依，时而啁啾鸟鸣，尽情地享受着这片辽阔水域带给它们天堂般的栖息家园。成群的野鸭拨动红掌，漂浮在湖面之上，呼朋引伴，一声声嘎嘎的鸣叫，回响在万亩苇丛之上。

那些刚孵出不久的小鸟在成年鸟的带领下自由自在地游弋、玩耍于水面，一旦发现有人靠近，便倏地一个猛子潜入水下不见了踪影。

那跳跃在荷花上的鸟、飞翔在苇子上的鸟、漂浮在水面上的鸟，一只只，一群群，就如同白洋淀的通天精灵，毫无顾忌地将这浩瀚的芦苇荡当成了它们排兵布阵的演练场和才艺表演的大舞台。

有人说，水鸟、芦苇、荷花是白洋淀的宝；也有人说，鱼儿、芡实、菱角是白洋淀的宝。都没有错，而我却认为，水，才是白洋淀当之无愧的瑰宝，没有了水，这里的一切都将不复存在。

上承九水之泽，下通海河之津，藏风聚气，浪远天澄的白洋淀，不但养育了勤劳质朴的淀边儿女，也滋养催生了悠远璀璨的淀边文化。就像是一颗璀璨的明珠，镶嵌在人杰地灵的华北大地上，令人神往，更令人流连忘返。

白洋淀的鸬鹚

素有"华北之肾"美称的白洋淀，野生鸟类品种繁多，达200余种，最常见的当属野鸭、鸹丁和小水鸡。

在这众多的鸟类中，有一种人工喂养和驯化、专门从事捕猎水中鱼类的鸟——学名叫鸬鹚，它的外形像鸭，黑色羽毛中又微带一些紫、蓝、绿色的光泽。嘴粗长而且最前端有钩，就像老鹰的嘴。所以当地人都叫它鱼鹰。

鸬鹚身体的每一个器官仿佛专为捕鱼而生，任何鱼类，只要被其带钩状的鹰嘴叼住，任你怎样蹦跶也休想逃脱；外凸圆鼓的双眼，凝视巡睃水面时可以进行360度的快速旋转，不会放过水中鱼儿活动的任何蛛丝马迹；一双蹼质的鸭脚，则成全了其善游善潜的特殊本领；为储存捕捉到的鱼虾，鸬鹚的长脖子中间还挂着一个像布袋一样的黄色喉囊，格外醒目；就连一身黑色的羽毛也常常闪着绿光，寒意逼人……

在淀中位于安新境内的鸳鸯岛上，一个码头附近，我们看见一只又窄又长的小渔船上面坐着一位大约六十来岁戴着斗笠的老人，黑色、灰黑色、白色的鸬鹚骄傲地站在船头和船尾的八个四行的倒"人"字形的木质高架子上，木架子上鸬鹚落脚的地方被渔夫用蓝色的布条缠得整整齐齐，可能是渔民害怕鸬鹚站在上面打滑，不忍心让它们的爪子抓到坚硬的木棍。

就在我们驻足观看的时候，老人突然从船上站了起来，只见他将手中的竹竿轻轻一抖，鸬鹚便纷纷钻进水里。那些在水里的鸬鹚，在老人的吆喝声下，勇猛地追逐、快速钻入水中，很快，有鸬鹚捕到鱼，岸边的游客惊呼着。

老人手中挥舞着长长的竹篙，嘴里还在不停地吆喝，"吆罗嗬——吆罗嗬——"竹篙在老人的手里就像是乐队的指挥棒，忽左忽右，忽远忽近，忽急忽缓。鸬鹚们随着老人洒脱的动作，竟然那么顺从地配合着，时而前行潜水，时而小憩观战。那竹篙也有点特别，顶端装有倒钩。

当鸬鹚捉到鱼时，老人将长篙伸到它身下，勾起爪子上的绳子，鸬鹚自会跳上竹篙。老人抓住鸬鹚的脖子，用力地往下抖。鸬鹚嘴里的鱼掉落在船舱。老人又很快从一个盆子里拿出一条很小的鱼，塞进鸬鹚的嘴里，奖赏似的拍拍翅膀。那鸬鹚毫无怨言，十分得意又像十分满足地叫几声，嗖地再次跃进水里。

正当大家看得入神的时候，一只黑色的鸬鹚从水中钻出，嘴里叼着一条大约三四斤重的红尾大鲤鱼，那条被鸬鹚夹在嘴里的鱼拼命地挣扎，然而，鸬鹚的嘴就像铁钳一般，任凭鱼儿上下摆动，都是徒劳。

老人急忙把船划过来，准备把鱼拿过来。那只叼着鱼的鸬鹚，好像不情愿把鱼给主人，在水中远远地看着老人，边退边弯下脖子，就像弹弓似的突然将鱼儿抛向空中。鱼儿在空中翻了几圈，正往下掉，鸬鹚瞅准鱼儿的头部，在水面上一跃腾空而起，一口将鱼儿的头部咬在嘴里，然后拍打着双翅飞回水面。鸬鹚的这一精彩表演，把在场的所有人都看傻了。我也不由得惊呼："哇!!!"这时，老人的船就要划到鸬鹚面前，鸬鹚也不跑，但却拼命地将鱼儿往肚里咽。鱼儿塞在鸬鹚的喉咙里面，鼓鼓的就像一个大秤砣，怎么咽都咽不下去。无奈，只好伸长了脖子，不断的两边摇摆。老人过来迅速地将鸬鹚抓住，取出鸬鹚口中的鱼……

离开了码头，我们几人合伙租了一条小渔船，准备向芦苇荡进发。大约过了半个小时，在芦苇荡的边缘，我们又看到了几条载着鸬鹚的小船，在那边的水中围猎捕鱼。随着领头的渔民一阵"喔哟哟——喔哟哟"的大喊，所有参与围猎的鸬鹚船也是一阵阵"喔哟哟——喔哟哟"的响应，紧接着便是一阵又一阵"梆梆梆……梆梆梆……梆梆梆"——竹篙敲击船舷发出的响声，一阵紧过一阵，敲喊得湖中的鱼儿晕头转向。鸬鹚们则斗志昂扬，如同天兵天将下凡，将如丧家之犬的各类鱼儿追剿的无处躲藏。渔民们粗犷的吆喝声，用力敲击船帮的击打声，以及亢奋的鸬鹚们冲水破浪的搏击声响成一片……

船工告诉我们，以前在白洋淀家家户户都养鸬鹚，在很长一段时间内，鸬鹚都是渔民捕鱼的主要工具。像今天这样的场景，原来经常看到，不过现在少多了，能看到鸬鹚围猎算是我们的幸运。

在与船工的交谈中，我们得知，早在六七十年代，白洋淀的水位要高出现在至少两米，那时候根本不用下淀，随便在岸上一走，就能看见一船一船的鸬鹚。船家挥着竹竿，就像指挥家一样，满船鸬鹚扑啦啦地飞舞，刷刷刷地扎水，几十秒钟就叼出满嘴的鱼虾，不出几个小时，船舱就装得满满的。

到了二十世纪七十年代，由于上游一些地方在唐河、漕河等筑坝拦水，加之这个流域工农业迅速发展，用水量增加，干淀化趋势明显。到了1982年，整个湖区大部分都干涸了，那些世世代代以渔业为生的渔民被迫在干涸的湖底耕田种地。那些鸬鹚因为没了水，失去了用武之地，加之喂养它们还需要成本，也就被逐渐处理掉了。剩下的还有十几户人家，近百只鸬鹚，大多是处在深水区附近的渔民，勉强还可以维持。直到1988年一场大雨才使白洋淀的水得以重新恢复。其后，当地政府逐步加强水源管理，每年都要从上游的水库与河流里调拨大量的水作为淀水的补充。

白洋淀经历了几年的劫难，虽然恢复了生机，但淀内的鱼虾资源明显比以前减少，所以鸬鹚捕鱼也就越来越艰难。好在现在党和国家大力开发建设雄安新区，旅游业的兴起又为这片湖水注入了新的活力。现在的鸬鹚捕鱼已经不是渔民生活的主要来源，仅有的十几户养鸬鹚的渔民也做起了旅游生意。

船工告诉我们，刚才在码头上看到的鸬鹚捕鱼就是专门表演给游客看的，表演一次渔民可以得到湖区的旅游部门给的100元补助，捕上来的鱼也归渔民自己所有。那些表演的鸬鹚也都是经过专门训练的，游客多的时候，一天可以表演四五场。

说话间，一条大船从我们身边经过，船上的人伸手向我们打着招呼。船工告诉我们，那是湖里的班船，就像城里的公交车一样。白洋淀虽然现在已是5A级景区，但这里与别处的5A级景区不同，别的景区为了管理方便，将大部分原住居民都迁到了景区外面，但这里由于淀内岛屿众多，许多渔民世代都居住在岛上，有的地方，一个岛就是一个村或者一个组，当然也有的岛上就住着一两户人家，岛上现在还有 39 个村落。以前渔民进出湖区都是各家各户乘坐自家的小渔船，既不安全又不方便。后来政府开通淀内班船，岛上的学生到外面去上学，渔民到外面去购买生产生活用品、销售湖内自产的农渔产品都可以乘坐班船，有时一些游客要到岛上游玩，也可以乘坐这些班船。岛上的许多人家都有码头，船可以随时停靠，非常方便快捷。

走进白洋淀，耳闻目睹这里的一切，包括这里的水、这里的荷、这里的苇、这里的鸟，尤其是这里的生态变化，你都会有一种久违的感觉。能够有机会近距离地观赏一场鸬鹚捕鱼表演，更是觉得不虚此行。

SHUIYUN
YIFANG

第七辑

水畔的赞歌

水的行吟

水无处不在，无时不有。但如果有人问我，水究竟是什么样子？我却回答不出来。水没有固定的形体，一只碗可以使水变成碗形，一个坑洼可以让水变为坑洼状，一条窄道和一个峡谷可以令水成为河流，严寒的屋檐又给了水一个个长长的冰柱……

其实，水是有形的。水并非任意随人随物摆布，它有着自己的原则，那就是：一旦外力无视其本性，水就会表现出另一特性，即率性而为和我行我素的"自由"精神。

我喜欢水，就是喜欢它那富于多样性的存在方式，喜欢它给予我绵绵的感悟和遐思，无论春夏秋冬。

春雨，那是水的一种形式。

"好雨知时节，当春乃发生。"此时此刻，如果你走出户外，漫步在田野之上，蒙蒙的细雨，就会像一串串珠链一般形成珠帘。听，沙沙沙，沙沙沙，那美妙的声音，动听悦耳！看，小河沿岸的柳枝上嫩芽初上，悄悄地探出头来张望；白玉兰花盛开，它简单而纯粹，温润而高雅地昂着骄傲的头，向周边的花草树木显示着高贵。

从天空落下的春雨，降落到凡尘，虽牺牲了自己，却滋润了生灵。如此的无私和大度，像母亲一样孕育着各种生灵，滋润着世间万物，欣欣向荣地绽出自己与众不同的色彩。

在点点滴滴的给予之中，尽显"落红本是无情物，化作春泥更护花"的意蕴和柔情。

小溪，那是水的一种形式。

夏天，行走在巍峨的山涧之中，你会听到那淙淙的声音，那是它从高处跌落时踩脚的活泼节奏。身边的野花杂草是它的伴侣，山坡上的鸟儿是它的朋友，纵使山下是细细的沙粒，碎碎的卵石，它也毫不在乎，毅然决然地踏着沙粒，抚着卵石，咿咿呀呀，叮叮咚咚，撒着欢儿，唱着歌儿，快乐地一路奔向远方。

偶遇障碍，它也毫不在乎，聚集的水流，仿佛只为收紧肌肉一样，为的是不顾一切地勇往直前。流动的小溪和它那跳动的韵律，都告诉我要对未来充满信心，因为它知道"沉舟侧畔千帆过，病树前头万木春"。

露珠，那是水的一种形式。

秋日的清晨，当大家都还沉浸在梦乡的时候，它就已悄然降临到每一朵即将绽开的花骨朵上，每一丛绿油油的小草之上，晶莹透亮，一颗，两颗，千颗，万颗……像夜空璀璨的繁星，像碧波上撒满了的宝石，又像千万双闪光的眼睛，将上天对万物的恩泽带给大地上的每一个生灵。

虽然它存在的时间太过短暂，每当太阳出现，它就不得不消散在尘世间。但露珠的消散，却让我感悟到了时间的珍贵，让我明白什么是"我生待明日，万事成蹉跎"，让我懂得把握今天，憧憬明天。

雪花，那是水的一种形式。

冬天的到来，水又演变成漫天飞舞的精灵，那飘逸的雪花，踏着冬的节奏，翩跹轻舞，飘飘洒洒。面对凛冽的寒风，毫不畏惧地在高低起伏的旋律中，闪亮着明净的问候。一片玉蕊，芬芳了清寒的天空，用晶莹，捎来了俊雅的祝福，装扮着世间的朝夕生活。

一夜间，路两旁的花草、树木……都像是做了"美容"，放眼望去，到处都是白皑皑的，似乎是个雪的世界。小草盖上了棉被，大树披上了棉袄。雪花的飘落，使我懂得了无私，学会了包容，对生活中遇到的点点滴滴瑕疵，都要尽力地去弥补、覆盖。

大海，那是水的一种形式。

一年四季，随着季节的变换，水，也在大地的舞台上，按照人们喜欢的方式，尽情地演绎着、变换着。然而，不管如何变换，它的终极目标，都是百川东流归大海，浩浩荡荡勇向前，拼尽全力去寻找它最后的归属。团聚的那一刻，我仿佛看到了惊涛拍岸、浪花飞溅，也看到了辽阔的大海容纳百川的气魄，博大深厚的胸怀。

置身于海边，凝望那汹涌澎湃的波涛，让我感觉到了什么才是真正的力量。在前进的道路上，不管有什么艰难和阻碍，都应该去奋力拼搏。

四季梨园湾

春　赏花

　　风景优美的梨园湾位于宿迁市的宿豫区，距市区大约 5 公里，是宿豫区近年来新开发的旅游景区。从 2010 年开始，这里每年都要举办一届梨花节，至今已举办了七届。

　　每年的四月初，宿迁市区的人们便会呼朋唤友，三五成群来到梨园湾休闲赏花。"中国美丽乡村""江苏省最美乡村""江苏康居示范村""宿迁市旅游特色村""宿豫生态农业观光园"等一个个耀眼的光环，吸引了越来越多的游人前来观光、赏景、休闲、娱乐，甚至有许多外地游客也会在这个时节慕名而来，且有逐年递增之势。

　　今年应同事之邀，前去参加每年一度的梨花节开幕式。

　　车行路上，路边不时有绿叶白花的树儿映入眼帘。同事们惊喜地喊："是梨花、梨花。"开得那么奔放、灿烂，沿路排开、绵延，美得让人心醉。盛开的梨花是温柔、妩媚的，又是热烈、灿烂的。想着，此景只应天上有，人间得见实有幸。想着，这路上的梨花只是梨花节的序幕吧！肯定还有更大的惊喜在后边。

在进入主会场的道路两边，各种小吃摊点、卖玩具的、卖水果的，还有卖花卉盆景的，琳琅满目，叫卖声此起彼伏。主会场更是人山人海，人们都在等待着一场盛大的文艺演出。而此刻最吸引我们的还是那如诗如歌、如图画般美丽的梨花。在参加完简短的开幕仪式之后，我们便径直向梨园深处走去。

我们置身于梨园湾花的海洋中，就仿佛走进了童话般的白雪世界，洁白如雪的梨花，像绣球似的缀满枝头。驻足顾盼，蜂飞蝶舞，步步踏香，浑身都浸着芳菲，是人在画中，还是画在人中，谁也说不清楚。同行的同事们，不时地拿出手机或相机，不停地按下快门，将这如诗的美景尽收其中，生怕落下什么。

在梨树下穿行，梨花花瓣如蝶般飘舞着散入我们的发梢。近处，花如瑶池仙子，冰清玉洁，飞舞于游人左右。那含苞欲放的姿态犹如含羞微吐的仕女，在和煦的春光下，如雪如玉，洁白万顷，流光溢彩，璀璨晶莹。那空气中飘逸的淡淡梨花的香甜气息，使人像喝醉了醇酒似的，轻飘飘，晕乎乎，情不自禁。远处，那些盛开的梨花，一簇簇，一层层，像云锦似的漫天铺去，像雪一样洁白，亦如珍珠般透明，张扬而不跋扈，热情而不轻浮，一味地只是为了怒放。于是，包裹在大家心中孕育了许多愿望的花蕾，在不经意间就倾泻在了梨花嫩白的灿烂里，一片一片展开……

徜徉在梨园湾的繁花间，花事如泣如诉，仿佛音乐之声流淌，又若溪流般清澈。眼见这梨花的盛事，只觉全身都浸透了梨花的圣洁清香，五脏六腑都有说不出的妙境，惬意极了。

据当地的朋友们讲，梨园湾梨花的美也不单纯只在花开时节，它的变化也是极丰富的，像一首生命的交响乐。初，花蕾待放，树干光滑，但已有了春的生机与韧性，这时来到梨园湾看梨花，看的是生命的孕育；花开，有如白云织锦、雪花飞舞，这时来到梨园湾看梨花，看的是生命的释放；花残，在一片洁白中慢慢地透出翠绿却也是"花褪残红青杏小"，这时来到梨园湾看梨花，看的是生命的希望。如果能够在梨园湾看完梨花打花骨朵、绽放、凋谢等全过程，就会感受到，有了花，有了果，生命就完成了它的自然节奏。这一过程，不正是人类生命的真实写照吗？

夏　垂钓

夏日的梨园湾，虽然没有了春天梨花烂漫的美景，但仍然有大批的游客光顾，而这些游客绝大多数都是本地游客。在厌倦了城里的高楼大厦、车来车往的喧闹和空气污浊的生活后，许多的上班族都希望利用节假日这难得的时间，骑上自行车或者乘坐公交车，到农村去走一走、看一看。这时候的梨园湾就成了他们的首选，这里不仅有新鲜的空气，亭亭玉立的荷花，还有飘香的瓜果。如果你喜欢钓鱼，还可以到池塘边上一展身手，充分地享受一下钓鱼的乐趣。

梨园的东北面是东西一字排开的几个池塘，池塘与池塘之间是一个个椭圆形的小岛。岛上建有凉亭，凉亭高约 4 米左右，上面虽没有雕梁画栋，倒也显得古朴俊逸，凉亭下面是一圈木制的长椅，供游人休息和游玩。据说这些池塘都是二十世纪五六十年代为了便于活果树和苗木春天浇水和夏天排涝而集体开挖的，而今却成了供游人旅游休闲的绝好去处，真是无心插柳柳成荫。

每个池塘的水域大约有 20 亩，池塘的南北两面是木制的栈道和水泥台阶，供钓鱼爱好者垂钓。虽然是初夏，但池塘里的小荷已露出了尖角，菱角也才刚刚从水底探出头，一群鸭子和几只呆头呆脑的大白鹅也在水中嬉戏，可能是习惯了的原因，一点也不怕人。微风吹过水面，泛起一阵阵涟漪。池塘两边岸上，一棵棵高大的白杨树，就像站岗的哨兵，笔直地立在那里，足有 20 多米高。树上的小鸟，叽叽喳喳，像是在唱歌，又像是在谈情说爱。整个池塘犹如一幅幅流动的水墨画。

池塘岸边的栈道和水泥台阶上，一个个垂钓爱好者，或撑起遮阳伞，或戴着遮阳帽，手持钓竿，全神贯注，眼睛紧盯着水面的鱼漂。举目望去，在这些垂钓者中，既有年轻的，也有年龄大的，既有男的，也有女的，或是独自一人，或是拖家带口，他们大多是业余爱好者。在这里没有考勤，没有时间限制，没有考核指标，一切自由。钓得到或者钓不到，钓到多少，钓到什么鱼，他们都无所谓，来到这里就是休闲，就是度假，就是要到这里来体验一下城里人难得的慢生活。

其实，我以前并不喜欢钓鱼或者说根本没时间钓鱼，每天总感觉事情太多，从早忙到晚。后来在朋友的劝说下，和朋友一起参加了几次钓鱼活动，慢慢地就喜欢上了。每当我看到有这么多的人在钓鱼，心里也是痒痒的，有一种跃跃欲试的感觉。

今天，当我习惯性地用目光在钓鱼的人群中搜寻时，却意外地发现了一位熟悉的钓友，在热情地打完招呼后，幸运地得到了钓友给予的钓竿和鱼食。于是就迫不及待地整理钓钩，试水，然后挂上鱼食，坐在那里有模有样地钓起鱼来。不知是技术问题，还是鱼食有问题，总之，看到旁边的钓友，不停地上食，提竿，拿鱼，可我的鱼竿就是一动也不动，心里急加上太阳晒，不大一会儿的工夫，头上的汗就下来了。就在我准备放弃的时候，鱼漂忽然有了动静，此时我屏住了呼吸，眼睛死死地盯着水面，过了大约5秒钟的时间，鱼漂突然全部沉入了水底，我赶紧往上提鱼竿，就感觉手里很重，似乎有一条大鱼在水里拉着鱼线乱跑，我急忙招呼钓友拿来抄网，钓友叮嘱我不要急，慢慢遛，称遛鱼才是钓鱼的最大乐趣。我按照钓友的指示，双手紧握鱼竿，任凭鱼儿在水中东窜西跳，拉的渔线吱吱地响。大约经过了3分钟的较量，鱼儿终于浮出了水面，可喝了一口水后，又钻入了水底，转了一圈后，又浮出水面，就这样来来回回，几个回合过后，鱼儿终于筋疲力尽了，慢慢地被拉到岸边，用抄网抄起，果然是一条大鲤鱼，足足有50多厘米长，估计有七八斤重。

　　旁边一位70多岁看热闹的老大爷告诉我，他就是梨园湾土生土长的本地人，当年开挖鱼塘他也参加了。这些鱼塘自从开挖到现在一直都是由村集体经营，从来都没有承包给个人养鱼，这里的鱼喂的都是青草或者果园里淘汰的苹果、梨等水果，很少喂那些买来的合成饲料，所以这里的池塘不仅水质好，而且鱼肉也比较鲜嫩，口味纯正。每到夏天，都能吸引很多人来此垂钓，这里俨然成了梨园湾新的休闲旅游景点，这是当初开挖鱼塘所没有想到的，算是一种意外的收获吧。

秋　美食

　　秋天是收获的季节，也是梨园湾梨子成熟采摘的季节。经过一个夏天蛰伏的梨园这时又热闹了起来。为了调动大家采摘的积极性，梨园湾景区充分利用"互联网+"的模式，加大网络宣传力度，推出网上预约、自助采摘、亲子采摘、众筹采摘等各种模式。而这里尤以亲子采摘人数最多，即使价格略贵一点，他们也不在乎，目的就是让孩子们体验一下采摘的乐趣，让孩子们亲口品尝一下自己的劳动成果。在梨园深处，时常会看到大人带着孩子，一家三口或者四口，一个大人将孩子抱起或者举过头顶，由孩子自己采摘，然后交到大人手中，另一个大人接力再将梨子放到篮子中，分工明确，配合默契。一边采摘，还有人一边负责拍照，发朋友圈，不一会儿的工夫就有人留言、点赞。于是乎，又有更多的人赶到梨园湾，加入了采摘的大军。这时候，果农的情绪也高涨，服务也很到位，不仅免费提供采摘的篮子，采摘的工具，有时还能提供免费的包装等。因为采摘是按斤计价，采摘完后按照所称的重量付款。有时候，一些性急的孩子，从树上摘下来后就放到嘴里吃了起来，这时果农也不计较，甚至还拿出清水帮他们冲洗，当大人们责怪孩子时，果农们总是笑嘻嘻地说，吃吧，没关系的，都是自家地里长的。

采摘完果子，如果觉得饿了，还可以到附近的农家乐去品一品地道的乡村土菜。据朋友介绍，这里的农家乐不错，不仅菜品新鲜、环保，而且价格也比城里的便宜很多。

近年来，随着梨园湾旅游开发的逐步推进，原来的许多农舍逐渐由政府出资，被改造成了农家乐或者民宿，实行统一经营和管理。

当我们来到一排青砖黛瓦的农庄时，这里的景观很是让我惊诧，完全颠覆了记忆中农村那种破破烂烂的感觉。在这里，虽然房子还是那些房子，但经过统一整修改造后却是另外一种景象，统一的古铜色大门，显得古色古香，院墙被涂上了统一的色彩，屋后统一栽上了翠绿的竹子，门前是成片的银杏林，林中放置有桌椅，还有飘荡的秋千，绿色的小木屋以及新修建的黄褐色的茅草棚子。据说这些银杏都栽植于二十世纪五六十年代，如今已是枝繁叶茂。夏天树上缀满了银杏，每棵银杏树的产量都在上百斤，深秋时节，银杏树的叶子逐渐由绿转黄，一夜秋风，整个村庄就像披上了一层金色的外衣。村庄内部的道路都是用水泥或者青石铺就，院子里的葡萄架和石榴树上还有一些尚未采摘的葡萄和石榴。

在这里，远古的农耕文化和梨文化也是随处可见。那些小时候农村的生产生活用具如碌碡、石磨、石碾、石窝、墩轱辘子等石制器具被村民们收集起来进行简单的艺术加工，摆成各类艺术造型。经过匠心独运的设计，这些古老的物件又焕发了蓬勃青春。这些独特的创意不仅能够在不经意间勾起人们那淡淡的乡愁，还能起到美化乡村的作用。那些玉米、麦穗、大蒜头、萝卜、苹果、梨子等农产品也成了农家乐房间里的装饰物。桌子凳子都是由银杏树加工而成，碗、筷子以及喝水用的茶杯都是用梨园里淘汰的梨树的根和树干加工而成。

当然，游客到这里的最主要的目标还是那些让人垂涎欲滴、胃口大开的农家土菜。银鱼炒鸡蛋、骆马湖杂鱼、瓦块鱼、膘鸡、花椒肉、清水龙虾、黄狗猪头肉、红烧老鹅等宿迁名菜应有尽有。当然，如果你想点一些素菜也可以，宿迁绞瓜、丝瓜馓子、粉皮拌黄瓜、油炸花生米、春卷等。为了满足大家不同的爱好和胃口，我们提出每人点一道菜。据说，来这里的人点的最多的就是一盘叫"蜜汁鲜果"的菜，就是将苹果、梨子、菠萝、橙子等水果去皮、洗净，切成小块，然后将春天采集的梨园里的梨花蜜放到锅中熬至浓稠，盛出晾凉，再和水果一起搅拌均匀即可。这道菜不仅孩子们喜欢，大人也爱吃。同行的人还有人提出想点一些斑鸠、野兔之类的野味，老板告诉我们现在这些野生动物国家都不让抓了，一般的饭店都没有，如果有，或者是偷猎的，或者是用假的忽悠顾客，不要上当。老板还告诉我们，他们这里的蔬菜都是纯天然的，这里的酒和醋都是梨园湾专门委托外地的大酒厂和醋厂用梨子加工制作的，并且还注册了"梨园湾"商标，都是可以放心食用的。

如果你是外地游客到宿迁，可以通过导航直接将车开到梨园湾，租住这里的民宿，单门独院。民宿内各种设施齐全，干净卫生，价格比城里的星级宾馆要便宜很多。这里距离宿迁市区的几大旅游景点如项王故里、东关口、三台山、骆马湖等车程都在半小时以内，就是皂河乾隆行宫大约也只需要一个小时的时间，十分方便。

冬　蕴蓄

冬天，是积蓄能量、准备孕育新生命的季节，也是梨园湾一年中游客最少的季节。但这里并不寂寞，如果你此时来到这里，或许还能体验到一种不一样的风景。

霜降过后，梨园里的梨树，在寒风的吹拂下，一片片叶子都依依不舍地离开了，飘落到地里，树上只剩下光秃秃的枝丫。放眼望去，一棵棵有着几十年树龄的梨树张扬着姿态各异的虬枝，或仰卧斜伸，或蜿蜒小憩，或横空搏击。在这苍凉的冬季，在一片萧瑟混沌中，凭借嶙峋铁杆，始终默默地积聚力量，准备用尽全力把生命推向极顶。

梨园内的果农们也开始忙碌了起来，松土、施肥、修剪枝丫、病虫害防治，一派繁忙景象，为的是在来年能取得一个更好的收成。

一场大雪过后，银装素裹的梨园又成了小鸟的天堂，麻雀、斑鸠、八哥、啄木鸟、喜鹊、白头翁、戴胜以及一些不知名的鸟儿，在枝头嬉戏，叽叽喳喳，蹦蹦跳跳，像是在唱歌，又像是在谈情说爱，想必是在用它们特有的交流方式为孕育下一代做着准备吧。

梨园旁边，几棵柿树上，一些还没有来得及采摘的柿子在大雪的映衬下就像是一个个小小的红灯笼，显得格外醒目和喜气。

此时，区领导们也没闲着，他们正在梨园湾内召集区政府办、区旅游局、区住建局、区水务局以及梨园湾、杉荷园的相关领导、专家和群众代表，共同研究部署梨园湾以及杉荷园的发展规划，希望能够抓住总投资40亿元的宿迁市六塘河湿地公园建设的契机，将梨园湾、六塘河风光带、杉荷园连成一个整体，打造成全国知名的"苏北慢城"。利用现有的地理环境、生态环境和人文环境优势，以宿豫区境内的六塘河观光带为主轴，以梨园湾和杉荷园两大景区为依托，逐步将其打造成集观光休闲、娱乐度假、生态农业为一体的农业综合旅游观光景区。在梨园湾景区，重点打造梨韵文化科普区、梨园观光赏景区、水上休闲垂钓区、民俗风情体验区和梨园农耕文化拓展区、花洲生态娱乐区。利用一到五年的时间，规划建设主入口游客服务中心、农耕和梨文化博览园、休闲垂钓园、梨园香雪阁、亲子采摘体验园、梨园农家乐、梨园民宿、梨花洲音乐广场等项目。

　　按照"美丽乡村"和"国际慢城"的建设标准，建成后的整个景区内包括梨园湾、六塘河湿地风光带、杉荷园。届时，这里只有田园风光，没有工业企业；只有农家乐，没有快餐店；只有鸟语蛙声，没有工业噪音。农民经济收入主要来自生态农业和生态旅游。这里一年四季花香袭人，瓜果飘香；这里一年四季百鸟朝凤，鱼翔浅底。当你累了、倦了，可以尝试着换一种生活环境，约上亲朋好友，来到这里，在千亩梨园赏花、品果，放松心情；在百亩池塘戏水、垂钓，舒缓压力；在音乐广场起舞、弄音，享受天籁，体验这不一样的文化、不一样的人生。

灿烂的田野

深秋时节，一望无际的苏北大平原，在秋风、秋雨的渲染下，呈现出一派色彩斑斓的壮丽美景。田野里的树木和庄稼，随着季节的变化也在不断地改变着颜色，逐渐变成深红色、金黄色、浅黄色、淡褐色……犹如一幅美妙绝伦的田园诗画！

稻田里的水稻成熟了，一片片方格形状的水稻田，阡陌纵横。秋风乍起，稻浪推涌，空气中弥漫着稻香，淡淡的，沁入心扉。确切地说，这一层层翻滚而来是稻花的香味儿，随着风浸润在空气里，一个深呼吸就能感受到大自然的特别馈赠。

那一望无际的稻田，在初升太阳的映照下，笑弯了腰的谷穗，犹如披上了金色的盛装。微风轻拂，金波翻滚，深情地绽放出淡雅的清香。沉甸甸的稻穗有节奏地舞动起来，犹如激起千层波浪，风推稻浪，沙沙作响，又好似在弹奏一曲动人的乐章。

沿着狭窄的田坎，向着灿灿的稻田走去，布满杂草的田埂被升腾的雾气笼罩着，草尖上沾着晶莹的露珠。

迎风深吸着从稻田里散发出来的那种亲切熟稔的气息，我感到心中有一种情感在升华，像是喜悦，像是感动，又像是希望。

农人从田野走过，脸上总是情不自禁地露出笑容。望着这层层翻滚的稻浪，想着这即将到来的收获，心里充满了憧憬和幸福。他们坚信，汗珠晶莹，辉映太阳的恩泽，春华秋实，那是大地的恩赐。

在和他们的交谈中得知，现在在农村里，大部分年轻人都到外面打工去了，只有一些年龄较大的老辈人还秉承着土地所有的特质，还老老实实地务农，将田地庄稼打理得井井有条。他们习惯了孤独与寂寞，一年四季不分昼夜地侍弄着土地。面朝黄土背朝天，他们对土地仍旧怀着无限的深情，深知粮食不会从天上掉下来，如果都不耕田，就只好喝西北风了。于是，他们食不重味，衣不重彩，在这片土地上耕耘了一辈子，一箪食，一瓢饮，舍不得挪窝，只是守住田园，种好自己的庄稼。

望着满眼的金黄，行走在芳菲的流年里。聆听秋的心扉，带着一缕馨香，于稻香里泛化执着，去追逐梦想，悠悠的，绵绵的，执于情丝，曼舞心田。

灿烂的田野，到处弥漫着稻草的芬芳和幸福的味道，那一株株饱满的稻穗充满着成熟的喜悦，人醉，花香，秋浓，情醇……

粉色的浪漫

几次秋风刮过，深秋如约而至。

自从上个星期去看了邳州的银杏之后，我就一直还沉浸在那片金黄的景色里。今天，忽然想起三台山的粉黛乱子草，那一抹让整个秋天猝然烂漫了好些时日的异色，已然勾引了多少平日里色盲的眼睛，从各自忙碌和盲目的生活中抽身，奔赴一场不经意间曝光的平常花事。

我也是一个痴于花事的人。一抹异乎寻常的粉色自然也撩动了我的心，之所以迟迟不与别人一样火急火燎地去"劫一回色"，实在不是为了谦让，更不是为了掩饰。是希望用成熟让我变得更有耐心。

我在努力地练习着一份从容。我对自己说，你心心念念的那一抹秋天的粉黛就在那里，雾一样地氤氲着。

然而，当田野上的微风轻轻吹过，当她身着粉红色的长裙，在微风中轻轻起舞，当朋友圈铺天盖地都是她美丽的倩影时，我还是忍不住想投入她的怀抱！我决定不再等待，我要立刻就见到她。

　　当我到达花田小镇，远远地就望见那一片片粉色的云雾，在微风的吹动下，就像一个个披着轻盈面纱的姑娘在翩翩起舞。那成片的粉黛草，竞相绽放，甚是惊艳，连空气都弥漫着粉色。这一抹粉色给深沉的秋天赋予了浪漫，那雾一样的氤氲如梦如幻，如烟如纱，仿佛进入了迷人的仙境。说来也是，有谁见了这大片丝丝缕缕随风飘舞、美得让人亦真亦幻恍如梦境的粉色纤草能不陶醉其中呢？

　　漫步花间小径，到处都弥漫着浪漫的气息，那些从基部长出的粉紫色花穗细如发丝，曼妙轻盈，如梦似幻。淡淡如烟的粉色迎风摇曳，花舞人间的粉黛着实撩人。掬一捧浪漫，携一缕清香，那一抹粉色的微笑，绽放着温暖，染尽了秋天。

　　蓝天下，微风中，阳光里，田野间，粉黛乱子正在悄悄述说那些浪漫的田园故事。她们静静地、诗意地生长着，似花非花，似草非草，似云非云，似雾非雾。柔软的质感，透着一点微红，蒙眬地看着世界，像极了豆蔻少女曼妙的舞姿，出尘的美丽。比头发丝还要纤细数倍的穗丝上结着比芝麻籽还小的有 v 形开口的穗籽，就是这样万万千千细巧的粉红色穗子组成了自然界如纱似雾、如真似幻的美丽景致，如诗如画、如梦如歌。那纤细有致的纹理像极了苏绣中的乱针针法，如锦似绣的画面让人爱到心软。

　　我深深地迷上了粉黛乱子草，那一片片风中轻舞的纤草，像画家泼洒出的一团粉红色彩，在大毛笔拉开的走向中留下了丝丝纤毛经过的痕迹；像少女怀春时低头浅浅一笑间脸颊上映出的那抹羞涩的绯红；像一团轻逸漂浮的迷幻红雾柔柔地悬浮在地表的上空。那流动的浅粉色，粉得烂漫，粉得淡雅，粉得圣洁。那柔软的粉红，轻轻地拂过我的脸颊，在我心中留下一道温婉柔弱的影子，让我不能自已，情不自禁地俯身去抚摸她，用指尖传递着爱的喜悦。望着她娇媚的姿态，我微闭双眸，深吸一口气，淡淡的清香沁人心肺，所有的忧愁早已抛之脑后，身心彻底地放松，没有思考，没有顾虑，在这里，我可以肆无忌惮地释放我所有被压抑的爱……

雪花映紫石

　　紫石广场位于宿迁市区北面的三台山，从三台山森林公园主入口（西入口）进去，看到的第一个景点便是。

　　三台山的紫石广场与其他公园广场最大的不同，除了它都是用紫石修建而成之外，还有一点就是，它基本是修建在一个山坡上的，整个大广场是由一块块小的广场组合而成。广场呈阶梯状分布，它的西面和东面有大约30米的落差，设计者巧妙地将它设计成一个个大小不一的梯田的形状。广场平台小的只有几平方米，大的有几十平方米甚至上百平方米，上下梯田之间用台阶过渡，梯田广场四周的边上全部是紫石所制的花坛，花坛内种植着各种小花。从丹崖花台到晴翠湖边共有56个石阶，象征着全国56个民族像花坛里的鲜花一样鲜艳美丽。

　　紫石本就是三台山特有的，景区在对紫石景观进行设计的时候，充分利用资源，通过碎石集中等生态手法，把中小石块自然堆叠或散置在路旁、林间、水边，与不同景观元素，如树木、花草、水景等结合构造石景。大块岩石则单独成景，其本身就极具观赏价值。我们在入口所见由中国书法家协会主席、宿迁籍书法家孙晓云题写的"三台山国家森林公园"园名题字景石就是大块紫砂岩。

记得我在描写三台山天鹅湖之《湖上的芭蕾》中提到,三台山冬季最美的景观就是"雪花映紫石"。如果有人对此说法不认可,或者认为我是在夸张,我想那一定是因为他们没有在大雪天到过紫石广场,抑或是没有在大雪天的紫石广场停留过。

为了证实我的观点,我决定邀约一些朋友在雪天亲自到三台山的紫石广场去亲身体验一下。

这一天终于来了。2018年1月4日凌晨,一场期待已久的大雪悄悄地降临到宿迁大地上。早上醒来,拉开窗帘,窗外已是一片花白,灰蒙蒙的天空还在不停地飘着雪花,地面、树上则已经积了一层厚厚的雪。

打开手机,整个朋友圈同样被这漫天的大雪所覆盖,惊喜一个连着一个,一首首精美的咏雪诗词,一幅幅惊艳的雪景摄影作品,一个个独具创意的雪人,在不断地"刷屏",难道他们夜里都没有睡觉?

一阵惊喜之后,我忽然想起了我的邀约,于是赶紧在通信录中翻找,终于约到了几个愿意和我一起到三台山观雪的好友。

当我们赶到三台山的主入口时,一群穿着马甲的工作人员正在那里扫雪。一辆景区内的游览车从雪道上碾过,把松软的积雪挤向两端,车辙下的积雪即刻被压成雪饼,留下两条不规则的长长曲线,由近向远延伸……

一踏进大门,紫石便在我们的脚下。整个紫石广场,集宿迁石景之大成,不经意间就穿过了石径、石台、石壁、石坡,带给人以刚毅、雄浑、柔美、婉约的不同感受。

漫步石径间，欣赏紫石与雪花相映成趣的独特景致。这些灵动的紫石宛若身披紫裙的仙子，在白雪的映衬下，显得格外醒目。

大雪中的紫石广场赏雪的人越聚越多，既有白发苍苍的老人，也有活泼顽皮的儿童。我确定他们都不是我约来的。

纷纷扬扬的雪花，让这个原本萧条的三台山冬季顿时变得生动起来，蛰居已久的人们喜出望外，脸上挂满了亢奋和欣喜。一些摄影爱好者，手提肩扛，带着长枪短炮，正在抓住这难得的机会，不停地变换姿势，按下快门，远景、近景，长焦、短距，既拍景，也拍人。积满雪的紫石广场在摄影家眼中宛若天外仙境，蔚为壮观。

积雪给紫石广场铺上了一层白色绒毯。环顾四周，广场的北面是一排五颜六色的巨大风车，在北风的吹拂下正在拼命地旋转，似乎要和这漫天飞舞的大雪来一场没有裁判的比赛。广场的南面，四季葱郁的松树此刻已是琼枝玉干，满头白发。道路两边的樟树虽然被雪压弯了枝头，但透过一层层缝隙，依稀可见那被白雪紧裹的绿色枝体。几只不知名的小鸟不停地在树上跳来跳去，把树枝上的雪花撞得扑簌簌地飘落下来。树林中间，两个身穿红色羽绒服的女孩正倚树而立，摆着不同的姿态，相互拍照留影。两个红色的身影仿佛两朵盛开的红莲，点缀在漫天飞雪中，给这寂静的冰雪世界带来一抹绚丽的色彩。

站在丹崖花台放眼望去，整个三台山白茫茫的一片，远处的起喽峰和六和塔在纷飞的大雪中若隐若现，海市蜃楼一般。近处的晴翠湖就如同一柄巨大的如意，镶嵌在紫石广场的下方。晴翠湖的四周也都是用紫石修建的，大雪、湖水、紫石交相辉映，五彩缤纷。

在紫石广场和晴翠湖之间是亲水平台，那也是整个紫石广场面积最大的一块平台。当时修建紫石广场时，设计人员为了彰显紫石的魅力，在靠近晴翠湖的地方，依据山坡地形修建了一排高低不等、错落有致的景观墙。因墙体本身是紫石的原因，故而不用任何涂料装饰，远远望去就像故宫的城墙，在雪花的映衬下微微地泛出红润，显得庄严而又不失灵动。

沿着台阶往下走，头顶飞扬着漫天的雪花，脚下发出咯吱咯吱的声响，此刻的三台山，被大自然诗化了。

由于紫石的表面不像大理石那样光滑，所以即使是雨雪天气，在台阶上行走，也不会有滑倒的危险。在一处台阶的拐角处，几株不知名的小草，不知是受到风的庇护还是阳光的恩泽，冰天雪地里，仍然顽强地生长着，绿绿的叶子，特别招人喜爱。

在亲水平台上，有一家三口正在玩雪，丈夫带着女儿在打雪仗，女儿兴奋地在雪地上奔跑着，呼喊着，继而，双手捧起一把晶莹的白雪，奋力朝空中扬去，妻子饶有兴致地在旁边滚起了雪球。

看着那越滚越大的雪球和空中飘散的雪花，我不由得回想起了儿时玩雪的经历，只是儿时的玩雪，更多的是恶作剧，常常就是趁你不注意，或者正埋头接雪球之际，有人从背后突然往你的脖子里塞进一把雪，冻得你一激灵，赶紧扯开上衣，还没来得及抖掉，雪就化了。打起雪仗来，更是不停地跑呀，打呀，闹呀，头顶上冒热气，直到累得筋疲力尽的时候，才迫不得已休战。

如今，随着年龄的增长，我已经跑不动了，但对雪的兴致却一点也没减。和我同来的几个朋友，也许是受到了那一家三口的影响，在疯狂拍摄雪景的同时，偶尔也会像孩童一样，抓起一把雪在手中用力地揉一揉，然后奋力地抛向晴翠湖，雪球在空中划出一道道白色的弧线，落到水面上，溅起一个个巨大的水花……

梧桐巷里话梧桐

去过项王故里的人都知道，在项王故里有一棵树龄有两千多年的老槐树——项羽手植槐。每年都会有数以十万计的游客前去观赏拍照，树上挂满了祈福的红布条。

可是就在老槐树的北面距离老槐树大约十米远的地方，同样有一棵有名的古树，却并没有引起人们的关注，那是一棵梧桐树。这棵树可能树龄没有老槐树那么长，树冠也没有老槐树那么大，但它的传奇却一点也不比老槐树差。

传说这棵梧桐树虽然不是项羽手植，但它的下面却埋着项羽的衣胞。

据说在战国末期，项氏家族从封地项城迁徙到下相（今江苏宿迁）落户，并建起了一座漂亮的将军府邸。

当时，楚国大将项燕有三个儿子，长子项超、次子项缠、三子项梁。项梁刚过 10 周岁，其母就因积劳成疾而不幸病故。由于项燕、项超、项缠长期从戎在外，府内无人主事，项燕就委托家族中的老兵项贵，带领项梁操持府事。

眼看着项超、项缠渐渐长大成人，但没有一个结婚成家，项贵分外着急。有一天，他听一位邻居说，梧桐树可以引来金凤凰，便到处打听哪里有这种树苗。由于项府人缘好，有几位邻居主动到马陵山南麓的凤凰墩挖了十几棵梧桐树苗送到项府，项贵非常感激并派人小心翼翼地全部栽好。由于风调雨顺，项宅土地肥沃，梧桐树苗棵棵成活，第二年就长出一丈多高。项贵分外高兴，接着又栽了几十棵。

这些梧桐树在项府的精心呵护下茁壮成长，郁郁葱葱，碧绿的树干油光水滑，手掌形的树叶茎壮脉肥。特别是深秋时节，梧桐树上黄褐色的果实，活像一串串倒挂的金钟，在秋风的摇曳下沙沙作响。每个果叶又似翘首的小舟，长满黄豆粒大小的梧桐籽，吃起来酥脆爽口，香味扑鼻。周围的人，见项府栽种梧桐树，纷纷效仿，也在自家的门前屋后栽种起了梧桐树。不几年，这里就形成了一条环境优雅的梧桐巷。

说来也怪，自从栽了这些梧桐树，这里的人气就渐渐地旺了起来，来给项府提亲的人也多了起来，就连楚国国都寿春（今安徽寿县，公元前241年楚国迁都于此）的一些名门望族也到这里来提亲。其中有位公孙小姐，年方十七，能文能武，早就听说项氏父子能征善战，这次也跟随家人来到了下相。看到项府红墙绿瓦，围墙高耸，大门两侧立着两只威风凛凛的石狮子，尤其梧桐巷中那一棵棵高大的梧桐树，甚是喜欢，就想留下来。可是由于项燕和项超、项缠常年征战在外，项贵一时做不了主，就连夜差人给项燕送信，告知家中情况。项燕和公孙小姐的父亲同朝为官，对公孙小姐也有耳闻，当即同意这门婚事，待禀报楚幽王后，项超和公孙小姐当年就完婚。公元前232年，项超夫人生下一男孩，取名为籍，就是后来的项羽。

项贵为感激梧桐树，遂命人将项羽的衣胞埋在了梧桐树下。

项羽自幼在梧桐巷内习文练武，力大过人。后跟随叔父项梁举兵反秦，推翻了秦朝，并自立西楚霸王。公元前202年冬天，楚汉大战，项羽兵败垓下，自刎于乌江口，貌美的夫人虞姬也追随项羽而去。

项羽和虞姬死后，整个项府陷入无限悲痛之中。梧桐巷内的梧桐似乎也有灵性，到了第二年，整个春天，不知是天旱的原因还是因项羽早逝而悲伤，去年长势旺盛的梧桐树今年却迟迟没有发芽。而到了夏天，天气却又一反常态，蒙蒙细雨下个不停，细细的雨丝打在那宽大的梧桐叶上，发出沙沙的声音，像是在哭泣，又像是在抗争。到了秋天，秋风一起，梧桐就早早地落了叶子。

梧桐高大挺拔，本是栖凤之木、吉祥之物。在汉代之前的文学作品中，描写梧桐的大多是赞美之词。我国最早提到梧桐的《诗经·大雅·卷阿》中就有"凤凰鸣矣，于彼高岗。梧桐生矣，于彼朝阳，萋萋萋萋，雝雝喈喈"的诗句。而且常把梧桐和凤凰联系在一起，在《庄子·秋水》篇里，就有"夫鹓鶵发于南海，而飞于北海；非梧桐不止，非练实不食，非醴泉不饮。"鹓鶵即凤凰，传说中的百鸟之王，常用来象征祥瑞，非梧桐不栖，可见梧桐的神性。

但在此后的文学作品中，描写梧桐则大多以悲秋、悲雨见多。风吹落叶，雨滴梧桐，景象凄清，睹物思情，梧桐又成了文人笔下孤独忧愁的意象。而作为吉祥之鸟凤凰的描述也很少出现，即使有，也大多是惋惜、怀念，了无新意。

南唐后主李煜在《相见欢》中的"无言独上西楼，月如钩，寂寞梧桐深院锁清秋"，让悲情体现在梧桐清秋的意境上，幽居在寂寞深院里的亡国之君，看到这样凄惨的环境，就想到了自身的遭遇，原来贵为一国之主，宫廷热闹非凡，而此时却是梧桐为伴，悲伤之情不言而喻。

元代曲作家徐再思的《水仙子·夜雨》写"一声梧叶一声秋，一点芭蕉一点愁"。深秋孤夜，夜雨滴打着梧桐和芭蕉，每一声都引起相思之人的阵阵秋思和缕缕愁绪。这既是一首雨夜相思曲，又是一幅凄风苦雨的秋夜图。面对此景，相思之苦从心底涌起。作者对雨打梧桐和芭蕉的描绘，寓情于景，情景交融，凄婉惆怅，意境深远。

在唐宋诗词中，将梧桐当作离情别恨的意象和寓意也是比较常见的。白居易在《长恨歌》中所描写的"春风桃李花开日，秋雨梧桐叶落时"，诗人以昔日的盛况和眼前的凄凉作对比，描写了唐明皇因安史之乱失去了杨贵妃后的凄凉境况。

温庭筠的《更漏子》中有"梧桐树，三更雨，不道离情正苦。一叶叶，一声声，空阶滴到明"。秋夜三更，冷雨滴在梧桐叶上，一位独处秋闺的女子，脆弱敏感的心已无法承载离情别绪的痛苦，辗转反侧，幽怨伤怀，彻夜不眠。其意蕴深厚，令人回味无穷。

宋代著名女词人李清照那首千古名篇"生当作人杰，死亦为鬼雄，至今思项羽，不肯过江东"既是对项羽的赞美，也是对项羽的思念。然而在李清照的词中，一曲《声声慢》"梧桐更兼细雨，到黄昏，点点滴滴。这次第，怎一个愁字了得"，把梧桐和雨放在一起，雨打梧桐同样是营造了一种悲凉的意境。丈夫去世，独守空房的李清照，遭受国破家亡的痛苦。一个人独立窗前，感到无比的孤独忧愁，声声凄凉，如泣如诉，哀痛欲绝的词句，催人泪下，堪称写愁之绝唱，千百年来引起读者的共鸣。

这些诗人们观察到落叶的飘零景象，借景抒情，不约而同地发出无穷的惋惜和感慨，来咏叹自己的身世。"梧桐叶落秋风老，人去巷空凤不来。"从汉代开始，梧桐在中国悲秋、悲雨文学中频繁出现，不知是否与项羽的早逝有关，或许只是一种巧合罢了。

梧桐，是梧桐科的落叶乔木，亦称碧梧、青玉、庭梧等，我国所有典故里提到的梧桐，都是指中国本土梧桐——青桐。它和同名为"桐"的油桐（大戟科）、泡桐（玄参科）、法国梧桐（悬铃木科）没有亲缘关系。

梧桐树高大魁梧，树干无节，高擎着翡翠般的碧绿巨伞，气势昂扬。树皮平滑翠绿，树叶浓密，从干到枝，一片葱郁，显得清雅洁净，难怪人们又叫它"青桐"。"一株青玉立，千叶绿云委"，这两句诗，把梧桐的碧叶青干、桐荫婆娑的景趣写得淋漓尽致。

时至今日，经历了两千多年的沧桑变化，梧桐巷原有的梧桐树，早已不复存在。现在项王故里的梧桐树是后人在原址上重新栽植的。但梧桐巷的地名却一直沿用至今，甚至成了项王故里的代名词。

现在大家看到的道路两旁许多高大的梧桐，其实它真正的名字叫悬铃木，也有人叫它"法国梧桐"。这种树木只是叶子似梧桐，属于外来物种，原产于英国，民国时期由一位由法国人带到上海，栽在霞飞路（今淮海中路一带）作为行道树，供行人观赏。后来，移栽到南京，深受宋美龄的喜欢，故而在南京大面积栽植。现在已经成了南京城市一道亮丽的风景线。再后来，在其他地方也广为栽植，夏天遮日避雨，冬天高悬于树上的梧桐果就像一个个小铃铛在微风中飘荡，深受大家喜爱。

秋天的栾树

如果有人要问秋天最美的风景是什么，估计很多人都会说是树，但如果有人要问秋天最美的树是什么，估计回答一定是五花八门的。有的人说是枫树，有的人说是胡杨，有的人说是梧桐，也有的人说是银杏、乌桕、桂花，等等。而我却总觉得栾树才是秋的绝配，才是独属于秋天的植物。

其实我认识栾树还要从很多年以前说起，那时候我刚到城里不久，有一次和朋友一起到市区的废黄河边游玩，在河边的一条小道上，两边高高的树冠擎着一串串"黄花"，在黄花和绿叶之间还挂着一嘟噜一嘟噜的小灯笼，在微风中不停地晃动，特别惹眼。

我问朋友这是什么树，朋友告诉我，这叫栾树。在我国的栽种时间很长，《山海经·大荒南经》就有记载，"大荒之中，有云雨之山，有木名曰栾。禹攻云雨。有赤石焉生栾，黄本，赤枝，青叶，群帝焉取药"。

自从知道这种树的名字后，我就特别地留意它。栾树与其他景观树不同，它的花期较长，花开也有先有后，即便同一条路边的植株，花期前后能相差两三个月，有的果子早就长大甚至都已经晒出了红晕，隔壁那棵可能才不紧不慢刚绽放第一朵小花。

整个秋天，栾树你方唱罢我登场，枝头始终保持密密匝匝的繁花状态。远远望去，高高的枝头上，一条条金黄色的细小花柱，层层舒展，依次在枝头粲然开放，一副放飞自我舞出人生的姿态。黄灿灿的小花边缘，有着一抹金红，衬得栾花娇俏美艳。

黄花谢后，那舞动的枝头，开始结出梦幻的果实，宛若一个个小小的灯笼，先是浅绿色，慢慢又变成了浅粉色，没隔几天，小灯笼又变成了鲜艳欲滴的娇红色。

深秋时节，万物萧索，栾树叶子逐渐飘零，那些枯了的果实仍顽强地与树梢在夕阳的余晖下斜影成景。一串串在风中摇摆，犹如风铃，簌簌作响，让萧瑟的秋又有了别样的风采，再一次把秋意推向了高潮。

自从我认识了栾树，便认定了栾树是秋日里最美的树，怎么看都喜欢。如果说秋是一首诗的话，那么栾树无疑就是那最亮的诗眼。

当文学邂逅"苏参"

初冬时节，位于苏北水城宿迁东郊，一群文学爱好者齐聚到一个叫作苏参槽坊的地方，访名酒景区，吟诗词歌赋，举杯咏怀之间，以诗性与酒兴绘就了一幅曲水流觞的吟诗宴饮图。

作为土生土长的宿迁人，对于宿豫区陆槽坊这个地方或许并不陌生，它就位于宿泗路的边上。据说在明万历年间，一户陆姓人家曾在这里开设了一间规模宏大的槽坊，周围十里八乡的人都到这里买酒，只是后来不知什么原因消失了。因为没有文字记载，所以现在也无从考证，但陆槽坊的地名却一直延续至今。

2008年，一位叫王以树的本地企业家决定在槽坊原址上重建酒厂，研究开发"苏参"酒，并将厂区命名为"苏参槽坊"。

当我们到达时，一些先期抵达的文友以及苏参槽坊的主人王以树先生已经早早地等候在那里。一踏进厂区，首先映入眼帘的就是大门上方那几个古色古香的大字"苏参槽坊"。进了大门，迎面一块巨大的九龙壁石雕上，九条栩栩如生的巨龙，色泽鲜艳，形态逼真。有的巨龙好似腾云驾雾，要伸出影壁，飞向天空；有的瞪圆双眼，怒目而视；有的张牙舞爪，摆开架势迎战；有的气势汹汹，杀气腾腾；有的耀武扬威，得意扬扬；还有的回首遥望，呼唤同伴……在九龙壁的不远处，有一口古井，井口呈圆形，直径不到 1 米，是用一块完整的大理石雕琢而成的。井壁用石砌成，由于提水绳索长年累月地摩擦，井口周围留有十几个很深的凹槽，凸显岁月沧桑，成为真正的历史年轮，到现在大约有 500 年的历史。据说那是古槽坊唯一遗存的物品。

几句简单的寒暄过后，王总就带着我们首先去参观他的产品展示馆。一踏进展馆大门，一股浓郁的酒香直扑鼻翼，近两千平方米的展厅内，大小不一、形式各样的展柜上，各种包装、各种品牌、各种系列的酒琳琅满目。展厅的中间有一条长长的过道，过道的下面小桥流水，过道的上面，两边的护栏边上，整齐地摆放着盛满美酒的瓷瓶，金黄色的瓷瓶的口上扎着鲜艳的红色飘带，就如同威武的仪仗士兵。游客走在台上，居高临下，看着展厅内摆放的各式酒品，既像是检阅，又像是走台。

在品鉴区域，一只只精美的小盏，整齐排列，盏中的酒散发出浓浓的酒香，可以自由品尝。一些喜欢喝酒的文友自然不能放过这个机会，纷纷驻足品鉴。一滴滴带着窖香的原浆，从口中滑过喉咙，直抵肠胃，顿觉神清气爽。

一瓶苏参酒，一盘花生米，构成了宿迁浓郁的酒文化。它不仅仅象征着苏北水城人闲适、兼容的生活态度，它更是伴随着宿迁人一生的重要仪式。中国人对酒有一种特殊的感情，高兴了喝酒，不高兴也喝酒，朋友来了喝酒，朋友走了喝酒，酒简直就是流淌在中国人血脉中的诗情。

水韵一方

在随后举行的"诗酒宿迁，苏参韵长"主题诗会上，主持人首先介绍了与会的各位文友，在介绍主人王以树时，特地提到：王总不仅是一位企业家，更是著名的诗人，短短的二十多年时间，不仅在本地创立多家企业，更是先后在洋河收购了中洋股份、国洋股份、中酿酒业等三家企业，成立了集酒类科研、生产、包装、销售于一体的国洋集团。同时还利用业余时间，先后创作出版了《蓝色词神：黄河古道》《梦之经典：那山，那水，那田》《梦之传奇：运河风情》等多部诗集，现在摆在大家面前的就是王总最近出版的四部诗集《水墨苏参：项羽和虞姬的故事》《好梦缘：三月的骆马湖》《水韵国参：洪泽湖湿地印象》《梦之神话：梨园湾，梨花醉》。这时候我才发现，桌面上除了茶水果品外，每个人的面前还摆了一本厚厚的诗集。

我曾参加过多次文学采风和作者的新书发布会，但这一次给我的感受却与以往不同，震撼之余更多的还是赞叹：其一是可以一次性推出 4 本共 168 万字的诗集，而且竟然还是出自一位企业家之手，更为令我惊讶的是在诗集的扉页介绍中提到的，除了诗集以外，作者还有一部百万字的大型长篇历史小说《中洋大帝：战神的恋歌》（上中下三卷）的创作已近尾声。如此丰富的成果，即使是一位专业作家，可能也很难达到；其二是作者浓浓的故乡情结。翻阅作者所有的文学作品，都是以宿迁本地的风土人情作为主题，用简朴温柔的文笔，抒写着大地的情怀、湖水的瑰丽、森林的内蕴、梨花的魂魄、群鸟的欢歌。《上海诗刊》首席编辑、著名的评论家李天靖曾这样评价王以树的诗："他的诗歌体现着巨大的精神能量，使我迷醉，思绪飞扬。王以树先生是一位赤子诗人，是一位坚守纯正艺术理想的诗人——他保持着

242

创作的活力、自由和抒情的有效性，他用独特、细腻、诚朴、富有感染力的语言表达着他对生命、对家乡及其历史文化的热爱与眷恋。"

在谈到创作经历和感受时，王以树告诉我们，从中学时代，他就加入了学校的文学社团"春晖社"并担任社长。从那时起，他就一直没有放弃文学创作的梦想，尤其对诗歌创作情有独钟。参加工作以后，每当有空闲时间都要拿起笔，将家乡以及工作中的所见、所闻记录下来，整理、提炼，既可以陶冶情操又可以排遣工作压力。

最后根据主持人的要求，与会者从面前的诗集中随意挑选一篇朗诵。声情并茂，抑扬顿挫的现场诵读更是把座谈会推向了高潮。

座谈会结束以后，我们又一起参观了苏参酒的生产车间，储酒库房。站立在弥漫着酒香的窖池旁，与酒展开生命的对话。品一杯苏参原浆酒，时光的闸门便轰然开启，在酒香的飘逸中，去解读五谷历经酵变，在淙淙流淌的过程中，让生命拔高、裂变，弥漫出亘古不变的酒香。那每一滴醇香的酒液，都是家乡土地上小麦、玉米、高粱的凝结。一杯苏参酒入口，故乡的阳光、风雨、星月、霜露、流水和泥土混融的香便流淌进了血脉。从浓浓的酒香中，更可以读到一座酒厂一路走来的温暖和博大、厚重和沧桑、清纯和透亮。

朴素、甘醇的苏参酒，蕴藏着无穷的魅力。我们发现，这里已经不仅仅是一个酿造酒的地方，已然成了水城宿迁一道独特的文化艺术风景，更是一个全新的文学交流平台，令宿迁酒文化在各个领域都有所渗透。它交融着水城人积极向上的生活态度，流淌着水城的文化精神。它与人们的生活朝夕相伴，与城市的发展唇齿相依，成为滋润城市灵魂的绵绵春雨。

从"酒文化"到"文化酒"的物化凝练过程，正是人类社会发展历程中对物质与精神财富双重需求的良好进程。苏参之于大众，已不仅仅是酒，更是一种生活的诉求，一种精神的依恋。

一路芬芳

——盛开在幸福大道上的五朵金花

1

早就听说在宿迁的宿豫区有一条著名的网红大道——幸福大道，尤其是在这条大道沿线盛开的"五朵金花"更是远近闻名，中央电视台和《人民日报》以及省市的相关媒体都曾先后做过报道。

暮春时节，受朋友的邀请，我们一行驱车前往，期望近距离地了解和欣赏那诱人的花香，亲身感受幸福大道的一路芬芳。

幸福大道沿线共分布有曹集、新庄和顺河三个乡镇街道，十多个自然村。从 2017 年开始，宿豫区委区政府围绕这条幸福大道着手开展新一轮的乡村产业布局调整，首次提出沿线各乡村要立足于自身优势，采取示范引领、典型带动，做大做强支柱产业，以项目带动发展，促进农民增收致富，以田园之美走出乡村振兴的新路径。按照"农业+旅游"的发展思路，重点培育打造具有示范效应又适合本地发展的现代农业产业园区，以此催生了由顺河街道的梨园、新庄镇的荷园与桃园、曹集乡的石榴园和金银花园等组成的"五朵金花"。

2

我们要去的第一站是梨园湾。虽然这里我们以前来过，但眼前的景象还是让我们耳目一新。

汽车从幸福大道拐入梨园湾景区时，原先道路两边摆摊设点的商贩以及那些此起彼伏的叫卖声已经不见了，取而代之的是一棵棵花团锦簇的垂丝海棠和一丛丛画龙点睛的梨花。远处新栽的梨树枝头也开始绽出点点花蕊，在微风中轻歌曼舞。

据朋友介绍，现在的梨园湾景区，梨花面积相较于 2016 年已整整翻了几倍，达到了五千多亩。整个园区以"生态梨园"为环境基底，以"农林牧渔"为产业基础，以"梨文化"为核心文化特色，围绕"一核、两环、三心、五大片区"的空间布局，着力打造集观光、休闲、度假、体验、产业于一体的乡村旅游区。在这里，"梨"是一年四季的永恒主题——春赏梨花，夏采梨果，秋品梨膏，冬看梨雪。"梨"既是当地果农的"致富神器"，也是梨园湾景区的"流量担当"。在已连续举办了十届梨花节的梨园湾，从梨树开花到酥梨售罄，每年都会吸引三十万左右游客前来赏花品梨、旅游观光，带动相关产业年收入超千万元。当地居民都感叹，田园乡村美景变"钱景"，生活环境优美还能在家门口就业致富，心里别提多高兴。从传统单一的梨树种植到现在农旅融合多元化发展，这个仅有 200 多户人家的梨园湾，正在绘就一幅乡村振兴的美好画卷。

在千亩梨花的核心区域，几百棵树龄近百年的老梨树，依然花繁叶茂，这里也是游客聚集最多的地方。徜徉在如雪的繁花间，很自然就记起了元初思想家丘处机的《无俗念·灵虚宫梨花词》"白锦无纹香烂漫，玉树琼葩堆雪"。这里，远离了繁华城市的喧嚣，也少了都市钢筋水泥的味道，让我们感受最深的还是那梨花的嫩白、桃花的烂漫和野菜的清香。

自从幸福大道（以前叫宿穿路）改建完成后，市区的几条公交线都开始向东延伸，其中328路和k202路都将终点站设在了梨园湾的西入口，5路公交则沿幸福大道一直延伸到杉荷园。规划建设中的合新高铁宿迁东站也已经选址在了梨园湾附近，即将开工建设。建成以后将极大地方便外地旅客前来观光游玩，亲身体验这秀美的乡村自然风光。

3

在梨园湾的东面，一条蜿蜒的小河从西北向东南缓缓流过，那就是宿豫境内有名的六塘河。据史料记载，这条看似并不起眼的小河，已经静静地流淌了几百年。有着"水韵双河"美称的曹集乡双河村，就位于六塘河的东岸。

在村子的入口处，以石榴为主题的景墙结合标识独具匠心，让人眼前一亮。作为幸福田园的特色村，在这里，石榴已成为生态旅游的一张亮丽名片。

每年的五月，双河村千亩软籽石榴花盛开，如一团团星火，点缀了满园翠色。朵朵花儿身着红裙，开遍田间枝丫，红得热烈，红得灿烂，尽显生命的盎然生机，嫣然似火的石榴花成了一道不可错过的风景。

追溯到几年前，双河村还是一个以种植传统农作物为主的村庄。如何带动村民发展产业致富？这个问题一直在村支书谢振的心中盘旋。2016年，一次偶然的机会下，谢振前往昆明，在当地买了两个软籽石榴，谢振说："我当时吃了那个石榴，口感非常好，当时就追问商贩是哪里产的，想着我们村可能也适合发展种植软籽石榴。"

有了发展种植软籽石榴的想法后，谢振多次和村支两委商议，从各地请来专业技术人员测量土质、研究气候，组织村民前往云南会泽参观学习软籽石榴种植管理技术。让他们充分了解发展石榴种植产业所蕴藏的经济价值。

经过几年的试种、摸索，目前全村石榴种植面积已达近千亩。种植大户刘全给我们算了一笔经济账，他种植了300棵石榴树，前年开花，去年开始挂果，预计5年后能到盛果期，届时一棵石榴树保守估计产出30斤，每斤12元左右，每亩88棵，产值可超3万元。

2019年底，该村投资300万元盘活村内2500平方米闲置厂房，建设集分拣包装、冷藏仓储、产品展示、电商销售为一体的石榴产业集群中心，开发石榴饮料、石榴酒、石榴干等衍生产品。投产后，预计年营业额可超2000万元，提供工作岗位近百个。

在双河村农业产业结构调整过程中，基层党组织始终发挥好引领带动的作用，通过"支部+基地+农户"的合作模式，为村民们找到了一条可靠可行的发展之路。

4

与火红石榴一路之隔的另一朵金花，就是位于幸福大道北侧的曹家集社区的金银花。这个被称作大地忍冬的小小花朵，近年来已经成为当地脱贫致富和振兴乡村旅游的另一个亮点。

曹集乡的曹家集社区原先叫冒店居委会，是"十三五"省定经济薄弱村。为了改变贫穷落后的面貌，2017年初，曹集乡里组织各村（居）党支部书记到外地考察农民脱贫致富项目。

"在山东平邑县九间棚集团的金银花种植园内，我对他们金银花产出的高效益立即就来了兴趣。金银花生产期长达30年，一年栽植，多年收益，我们能不能种呢？"带着疑问和浓厚的兴趣，冒店居委会的党支部书记朱昌斌开始向九间棚集团的相关专家请教。经过多次实地考察学习并邀请专家对曹集乡的土质等进行逐项论证，结果显示无论是气候还是土壤，曹集乡都适合金银花的栽植。

2017年3月，经过多方筹措，朱昌斌带领村组党员干部，从山东引进金银花苗，在冒店居委会六组先期试栽50亩，没想到5月中旬就开始第一茬鲜花采摘，亩产鲜花达到了50斤。11月底，在冒店上塘组又栽植50亩，两次栽植均获得了较好的经济效益。

为了进一步扩大种植规模，2017年底，由朱昌斌牵头成立宿迁市胥承土地股份合作社，采取以"支部全力引领+合作社全程帮办+农户全民参与"的模式经营。如今，冒店的金银花种植面积已达到3000多亩。

在基地里干活的村民告诉我们，基地建成以前，他们只是在家做做家务、带孩子，现在每天都会来这里干活，不出家门就能挣到钱。基地负责人告诉我们，金银花盛产期每天需要几十人采摘，按每斤新鲜金银花工钱 3 元计算，手脚快的村民每天可摘二三十斤，收入近百元，慢一点的每天也可以赚到四五十元，金银花已成为当地农民的"致富花"。正在基地干活的村民陈金兰告诉我们，她已在示范基地摘了 2 年的金银花，每年的摘花期间，她一大早 5 点多就开始采摘金银花，连续采摘一茬花也能赚千把块钱。

由于刚采摘下来的新鲜金银花不易保管，为了防止坏掉造成品质下降，合作社特地从外面定制了大型烘干设备，使采下来的金银花能够得到及时烘干，不仅保证了它的药效和营养价值不会被破坏，而且品相也得到了保护。

2018 年 11 月，合作社与山东平邑九间棚集团签订合作协议，由对方提供苗木、技术，签订保底价包销合同，确保产销无忧。

有了采集、烘干、销售一条龙服务保障，越来越多的村民加入到种植队伍中来。许多贫困家庭，因为种植金银花，迅速摆脱了贫困。建档立卡脱贫户于荣子正是最早受益的群众之一，靠着这朵小小的金银花不但顺利脱了贫，日子还越过越红火。

5

继续向东便是"活力朱瓦"。在朱瓦村村部对面是一大片的桃林，当我们到达这里时，桃花的花期已过，在那些桃花落尽的树上，绿色的叶子爬满了枝头，绿叶的下面，已经长出了黄豆般大小的桃子，一个个毛茸茸的，羞涩地躲在绿叶下面，嫩嫩的，萌萌的，特别招人喜爱。

朋友告诉我，这一片都是黄桃，每年的三四月份，这里桃花盛开，几百亩连成一片，粉红的桃花，就像红云飘落到人间。到了七八月份，黄桃逐渐成熟。那时漫步桃园，映入眼帘的是满树的桃子，黄灿灿的，有成人的拳头那么大。别看它的表皮毛茸茸的，如同穿了一件毛绒大衣，但如果把它洗净，则又会变得晶莹剔透，再把它的表皮去掉，就会露出水灵灵的金黄果肉，让人看着就想流口水。可惜的是，这里的黄桃并不对外出售，所有的黄桃早已被市里的罐头厂预订一空。

看到我略显遗憾的样子，朋友安慰我，桃花还有的，在村部的南面还有一片桃林，面积比这里还大，那里的雪桃花还在开放，我们再到那里去看一下。

按照朋友的指引，我们一行从朱瓦农民集中居住区一路向南，沿途是一眼望不到边的连片草莓大棚，在大棚的东面果真还有一大片的桃花在开放。我好奇地问陪同我们的朱瓦村支部罗书记，为何那边的桃花都已经落了，这里的桃花依然在盛开。罗书记告诉我，朱瓦村的桃林中一共有三个不同的品种，除了那边的黄桃，这里还有油桃和雪桃。现在看到还在开放的是雪桃花，它的花期比较长，可达 40 天。

园区负责人告诉我们，这里的桃子都可以供游人自由采摘。油桃在七八月份就可以采摘了，雪桃由于生长周期较长，一般要到国庆前后才进入采摘期。雪桃不仅产量比较高，每亩可达 3000多斤，而且口感也好，所以价格相对也高，每斤的售价可在 15 元以上。即使这样，在采摘期，前来采摘的人每天仍然是络绎不绝。

6

与"活力朱瓦"遥相呼应是"田园河西"。作为杉荷园的核心景区，在振友村小河西，以红砖红瓦为代表的苏北特色民居群，在高大的池杉林的掩映下，呈现一派田园牧歌的壮美。这个在二十世纪九十年代就有种植莲藕传统的乡村，正在脱胎换骨地变化着。

近年来，随着乡村旅游兴起，宿豫区政府因势利导，充分利用当地现有的自然田园风光，将二十世纪七八十年代上山下乡的城市知青和乡村青年共同栽种的近百亩池杉林和近年来当地不断扩大的莲藕种植基地作为基础，围绕这片池杉林和附近的荷塘规划建设成杉荷园景区，该项目于 2013 年年初开工新建，2015 年 7 月正式对外开放。

经过几年的建设和发展，如今，这里的荷藕面积已超万亩。每当夏季来临，荷花就成了这里的绝对主角。彼时的荷塘内，风情万种的荷花仙子个个仪态万千、朵朵婀娜多姿。各种颜色的荷花相继盛开，荷叶叠翠，一片片铺展至远方，托举着朵朵荷花，别样娇艳。烟波浩淼，鲜艳的荷花伴随袅袅的雾气，恍如仙境。微风袭来，幽香袭人，绿意四处蔓延。

不巧的是，我们这一次来得早了一些。没有看到这些荷花盛开的美景。荷塘内，小荷才露尖尖角。那些去年的残荷，在经历了一冬的风雪之后，依然顽强地坚守在自己的岗位上，就像跳动的乐谱，在努力地演奏着这最后的华章。

荷塘旁边，四十多年前知青们合力种下的百亩池杉林，已经枝繁叶茂，长到了三四十米高。不知从何时起，这里的鸟类越来越多，特别是白鹭、画眉等国家级保护鸟类，更是成群结队，估计有上万只。每当你靠近树林的时候，成百上千的鹭鸟不停地从林中飞起、落下，如同操练中的士兵，既热闹又壮观。

与荷不同，这里的池杉林，一年四季，无论你何时走进它，都能看到不一样的风景。

春夏时节，阳光明媚。泛舟于翠绿的池杉林，只感觉凉风习习，带着树木和青草的香气，如喝了一杯冰雪碧，沁人心脾、清爽宜人。船行水面的哗哗声，鸟儿欢快的鸣叫声，交织成一首婉约又灵动的乐曲，天籁一般，让人心旷神怡。

秋冬时节，层林尽染。一排排挺拔高耸的池杉，切割着一片片湛蓝的天空，视线随着树干一直延伸至无限辽阔的天际。傍水而生的池杉，一列列倒映于碧水之中，就像泼满油彩的画布，梦一般的精彩。

在这里，池杉林是灵动的、神奇的，它将绿树、鲜荷、蓝天、白云、飞鸟、游鱼藏于怀中，也将大自然的荣枯、人世间的浮沉一并收纳。

7

徜徉在幸福大道上，嗅着"五朵金花"的芳香，我忽然想起二十世纪流行的一首歌，心中不由自主地吟唱了起来：

我们走在大路上

意气风发斗志昂扬

共产党领导革命队伍

披荆斩棘奔向前方
……
我们的道路多么宽广
我们的前程无比辉煌
我们献身这壮丽的事业
无限幸福无上荣光
……

后　记

这是我出版的第一本散文集，精选了我近年来所创作的部分作品，取名《水韵一方》。

作为土生土长的宿迁人，长期在审计和卫生部门工作，在单位曾撰写过大量的新闻报道和专业学术论文，在中央及省市媒体上登载。2010 年开始从事文学创作，迄今已创作文学作品二百余篇，尤以反映家乡的山水及风土人情为主。

一方水土养一方人物，一方水土育一方文化。宿迁作为一座古老而又年轻的城市，从它诞生的那一天起，就与水结下了不解之缘。宿迁境内河湖众多，水网密布，洪泽湖、骆马湖、京杭大运河、古黄河、六塘河、淮河、沂河等综合交错，环境优美，资源丰富，水陆交通便利。

诚如陈法玉老师在为我这本散文集所作的序中说的那样，近年来，有许多的宿迁本土作家创作了许多以水为主题的文学作品，如王清平老师的长篇小说《洪泽湖畔》、孙家山老师的长篇小说《潇潇骆马湖》、王兴礼老师的长篇小说《运河谣》等。但他们的作品大多是以小说的形式展现，以散文集的形式专门来写家乡的水还不多见。

描写家乡的水，是我文学创作的主要方向。在创作过程中，也曾遇到不少困难，主要是因为选题面较窄，就像王清平主席在为我所写的序中所说的那样，"以家乡水为题，风险不小"，面对司空见惯的家乡水，"千人千面，众口难调"。但这并没有影响我的创作激情，这或许与我居住的家乡被称为"苏北水城"有关，或许也是契合了宿迁"项王故里""中国酒都""水韵名城"的缘故。正因为"一部以记录家乡水文化为特色的个人散文集，起码近十多年在我市文学界还不多见"，所以我一直坚持，经过几年的积累，终于能在今年推出。欣慰之余，更加坚定了我今后文学创作的方向，那就是为家乡创作出更多、更好、更展现家乡情怀的作品。

本散文集是精选了我近年来所创的散文作品中与水有关的五十多篇，编辑成册。书中的绝大部分作品都已经在相关媒体刊载过。全书共分为"千年大运河""悠悠古黄河""大美洪泽湖""清清骆马湖""家乡的小河""远方的山水""水畔的赞歌"七个部分。从不同的水域、不同的角度、不同的感触，生动展现了家乡宿迁的风情之美、人物之美、乡间之美和民风之美。

本书在编辑过程中得到了宿迁市散文学会会长范金华的大力支持，市作家协会名誉主席王清平、市首届文艺评论家协会主席陈法玉在百忙中专门为本书写了序。三位宿迁当代文学名家鼎力相助，我感到非常荣幸，在此一并表示感谢。

丁厚银

2023 年 8 月 20 日